개간

식민주의와 문화 총서 26

개간

초판 인쇄 2025년 9월 5일
초판 발행 2025년 9월 18일

저　　자 장혁주(張赫宙)
편　　역 박혜진 김강
펴 낸 이 이대현

편　　집 이태곤 권분옥 임애정 강윤경
디 자 인 안혜진 최선주 김다윤
마 케 팅 박태훈

펴 낸 곳 도서출판 역락 / 서울시 서초구 동광로46길 6-6 문창빌딩 2층(우-06589)
전　　화 02-3409-2058 FAX 02-3409-2059
이 메 일 youkrack@hanmail.net
홈페이지 www.youkrackbooks.com
등　　록 1999년 4월 19일 제303-2002-000014호

ISBN 979-11-7396-109-0 03810

* 정가는 뒤표지에 있습니다.

이 책은 연변대학교 외국언어문학 일류학과건설 출판경비지원을 받아 출판됨.

식민주의와 문화 총서 26

개간

開墾

장혁주 저

박혜진 김강 편역

역락

머리말

2025년은 제2차 세계대전이 결속된 지 80년이 되는 해이다. 1939년 나치 독일의 폴란드 침략을 시작으로 하여 전 세계적으로 전개된 인류 역사상 최대 규모의 세계대전에서 일본 제국주의는 조선을 침략하여 식민지로 삼았고 이를 발판으로 중국까지 집어 삼키려는 음모를 꾀하였다.

1931년 9월 18일에 일어난 '만주사변'의 도화선으로 되는 '만보산사건(萬寶山事件)'은 중국 길림성(吉林省) 장춘시(長春市) 부근의 만보산 지역에서 한인들의 수로개간을 둘러싸고 중·한 농민들 사이의 충돌에 일제가 개입하면서 중국과 일본의 분쟁으로 확대, 매체의 오보에 의한 조선에서의 '배화운동'으로 번지게 되는 사건이다. 이 사건을 둘러싸고 한국·중국·일본 세 나라의 작가들은 적지 않은 문학작품을 창작해냈으며 그에 대한 평가와 연구도 적지 않게 이루어지고 있다.

1932년 일본의 문예잡지 『개조』에 「아귀도」가 입선되며 주목을 받은 장혁주는 일본의 문단에서 활약한 초기의 조선인이라 할 수 있다. 1943년 중앙공론사를 통해 출간된 『개간』은 그 부제 「만보산 부락 건설기」에서 볼 수 있다시피 조선 이주민들이 만보산에서 터전을 건설하는 이야기를 담고 있다. 소설에서는 조선인들이 만주로 이주하여 수로를 개척하는 과정에서 발생한 중국인과의 모순을 반영하고 있으며, 역사사실을 기초로 하여 이야기를 전개하고 있다.

소설에서 등장하는 조선인들은 고향을 떠나 소설의 첫 배경으로 되는 법하류역으로 이주한 이주민들이다. 그들은 노령에서 신개령, 신개령에서 법하류역으로 쫓겨 다니다가 겨우 한곳에 터전을 잡았으나 계속되는 비적들과 마적들의 기습으로 다시 떠돌이로 될 처지에 처했다. 소설은 마을 사람들에게 이주를 권유하고 먼저 피난길에 오른 신의달, 마을에 머물기로 고수하는 영준, 마을의 지도자 최세모, 삼성, 창오 등 인물들의 시각을 빌어 이야기를 전개하고 있다. 조선피난민들은 새로 도착한 개척지에서 원주민들과의 교섭을 통하여 정식 허가를 받고 수로를 파서 소택지를 논으로 건설하려고 시도하였으나 실패하고 결국 일본인의 개입으로 수로건설을 마무리 짓고 터전을 건설하는 것으로 소설은 마무리된다.

소설 『개간』은 '만보산 사건'과 그 역사행적, 그리고 역사의 환원을 위한 연구에서 에돌아갈 수 없는 작품이다. 어떤 원인에서인지는 잘 모르겠지만, 지금까지 한국어로 번역되지 않은 것이 큰 유감으로 남아, 번역작업을 시작하게 되었다. 번역과정에서 많은 도움을 주신 최련, 윤진우 선생님과 출판을 기꺼이 허락해주신 역락출판사 이대현 사장님께 고마움을 전하고 싶다.

역자로부터

2025년 4월

開墾

張 赫宙著

中央公論社

차례

| 일러두기 |

1. 이 책은 1943년 중앙공론사에서 출판된 장혁주의 "개간"을 저본으로 삼았다.
2. 원문의 풍격을 최대한 그대로 살리는 것을 기본 원칙으로 삼았다. 대화체, 방언의 경우 당시의 표현을 존중하였으나 다만 명백한 오자는 현행 한글맞춤법을 원칙으로 바로잡았다.
3. 원본에서 한자를 병기하여 쓴 경우, 문맥상 이해가 되지 않는 것을 제외하고는 한글로만 표기하였다.
4. 외래어표기법에 따랐으나 작품의 분위기에 영향을 주는 것은 원본 그대로 두었다.
5. 문장부호의 경우 읽기에 좋도록 정리하였으며 특히 반복되는 줄표, 쉼표 등의 경우에는 대체로 생략하였다.
6. 대화에 사용된 『 』, 「 」 등은 각각 " ", ' '로 고쳐 적었으며 강조 표현 등은 ' '로 통일하였다.

개간

만보산 부락 건설기

1

— 위험은 이미 눈앞에 다가와 있습니다. 어렵사리 여기까지 개간한 논밭을 버리고 싶지 않은 마음은 잘 알지만 목숨을 잃을 곳에 매달리는 것도 어리석은 일입니다.

얼마 전부터 이주를 설유하던 신의달은 마지막으로 한마디 더 덧붙였다.

— 이 넓은 천지에 분명 안전하게 괭이질할 수 있는 곳이 있을 것입니다. 혹시라도 제 말이 생각날 정도로 나쁜 시기를 만난다면 망설이지 말고 마을을 떠나십시오. 저는 장춘에서 여러분이 오기를 기다리고 있겠습니다.

그러고서 기꺼이 그와 동행하기로 결심한 다섯 가족, 열일곱 명을 이끌고 마을을 떠났다.

그날은 황사바람이 심한 날이었다. 소복이 실을 수 있는 만큼의 짐을 실은 세 대의 짐수레와 두 마리의 소 사이에 나란히 줄지어 선 그들은 기다렸다는 듯이 두껍게 몰아치는 모래먼지 속으로 노랗게 사라져 버렸다.

배웅하러 나온 많은 사람들과 함께, 친한 이에게 버려진 듯한 고독감을 느끼면서, 삼성은 생각했다.

'어차피 목숨을 버리러 온 이 땅인데, 어디서 죽든 하나뿐인 목숨임에는 변함이 없어.'

하지만 곧 그는 자신이 꽤나 심하게 자포자기하고 있음을 깨달았다. 이 북쪽 나라로 이주해 온 이후에도 그가 겪은 고초는 이루 헤아릴 수 없을 정도였다. 그런데 지금 또 새로운 고난이, 지금까지 겪어온 그 어떤 고난보다도 더 무섭고 커다란 고난이 자신들에게 닥쳐올 것이라는 것은, 신의달의 말이 없어도 잘 알고 있었다. '이번에도 우리는 또다시 이 고난에 패배하게 되리라, 그리고 신개령(新開嶺) 기슭에서 이곳으로 흘러들어왔을 때와 같은 비참한 처지에 처하게 되리라.'는 생각이 그의 마음을 미칠 듯이 초조하게 만들었다.

마침 그러한 초조에 빠진 삼성의 마음을 비웃기라도 하듯, 바람은 그의 눈과 콧구멍에 까칠한 모래먼지를 툭툭 털어 넣었다. 그는 얼굴을 찡그리고 숨을 죽인 채 비처럼 쏟아지는 모래를 피하며 기분을 북돋우려고 안간힘을 쓰고 있었다. 그것은 정말이지 참혹한 모습이었지만, 모래먼지가 물결처럼 쌓인 우묵땅을 가로질러 부락의 첫 번째 집에 도착했을 때에는 어느 정도 자신의 기분을 추스를 수 있었다.

"어떠냐, 삼성. 잠시라도 바람을 피해 한숨 돌리지 않겠나?"라고, 삼성의 귓전으로 바람에 지지 않으려는 필사적인 목소리가 간신히 흘러들어왔다.

그것은 삼성이 막 지나가려고 하던 집의 주인, 영준의 목소리였다. 삼성은 망설임 없이 그 말에 동의하며 주인보다 먼저 검게 그을린 두꺼운 널문을 확 열어젖히고 봉당으로 뛰어들었다.

그 뒤로 영준의 앙바틈한 몸이 한 줄기 모래바람에 휩쓸려 들어왔는데, 널문 너머 완전히 차단된 이 소우주 안에서는 거친 숨을 가다듬는 찰나의 짧은 시간 동안에도 헤아릴 수 없을 만큼 풍요롭고 영원한 평안을 느낄 수 있었다.

그 넓은 봉당은 어느 집이나 그렇듯, 이 집의 부엌이자 통로이며 실내 정원이었다. 그 봉당에서 오른쪽으로 또 다른 널문을 열고 좁은 봉당으로 들어가면 그 양옆에 높이 쌓아 올린 두 개의 온돌방이 있다. 기름종이 대신 암페라를 깔아놓은 그 먼지투성이 방은 이 집 주인이 부지런히 모아 온 잡목 가지와 고량겨 찌꺼기로 충분히 불을 때워 바람과 모래에 상처받은 그들의 신경을 따뜻하게 위로해 주었다.

영준은 허리띠 사이에 꽂아 둔 짧은 담뱃대를 뽑아 기름때로 번들거리는 커다란 천 주머니에서 잎담배를 집어 침을 섞어가며 채워 넣기 시작했다. 그 모습은 교하가(蛟河街)에서 구입한 권연초를 한 개비 꺼내 능숙하게 불을 붙이는 삼성에 비하면, 정말 목눌하고 흙 냄새나는 농부의 모습이었다.

좁은 방안에 희뿌연 연기가 자욱하게 피어올랐지만 두 사람은 서로의 얼굴이 흐릿하게 보일 때까지 한마디도 하지 않았다. 하지만 이따금씩 천장을 향해 날카로운 눈빛을 보내며 답답함을 감추지 못하는 삼성도, 고개를 숙인 채 가만히 있는 영준도, 지금 자신들이 마주한 어려운 상황에 어떻게 대처할 것인가를 고민하고 있었다.

"넌 어떻게 생각해, 그 신의달인가 뭔가 하는 사람이 한 말—" 갑자기 영준이 굵고 반쯤 화가 난 목소리로 물었다.

"어쩌면 그 사람이 말한 대로 되지 않을까, 그런 생각도 들어." 덮개를 벗겨내는 듯한 심정으로 삼성은 이렇게 대답했지만 왠지 모를 탄식이 가슴에 밀려왔다.

"그럼 역시 너도 피난 갈 생각이냐."

"아직 누구도 피난 간다고 말하지 않았잖아."

"난 피난 가지 않아. 그럴 생각도 없어. 난 남의 땅으로 가는 건 딱 질색이야. 생면부지의 남의 땅에, 무작정 경작지를 찾아 정처 없이 헤매는 건 이제 지긋지긋해. 고향을 떠나 여기까지 와서 몇 번이나 자리를 바꾸며 다른 땅으로 옮겨 다녔느냐, 그때마다 뼈에 사무치던 절망과 통탄은 아직도 잊히지 않아. 아직도 만지면 욱신욱신 아프게 느껴지는 것 같아. 겨우 좋은 곳을 찾아 안심하고 있는데 또 다른 곳으로 이주해야 한다고. 나는 싫다. 여기를 떠나는 건 싫어. 내 어머니도 아버지도 이 땅속에 잠들어 있는 지금, 여기는 내 고향과도 같아. 여기 흙은 내 손바닥 안에서 부서지고 다져졌어. 난 여기 흙과 헤어지고 싶지 않아. 다른 거칠고 익숙하지 않은 흙은 더 이상

만지고 싶지 않아.”

“…………” 삼성은 고개를 떨구고 영준이 내뱉는 말에 가만히 귀를 기울였다. 영준의 말은 그대로 자신이 하고 싶은 말이기도 했다. 그리고 그 몇 마디 말속에 담긴 복잡하고 헤아릴 수 없이 많은 기억들에 갑자기 압도당하여 숨이 턱턱 막혔다.

“뭐, 잘 생각해 봐. 노령(老嶺) 기슭에서 신개령, 그리고 여기로 흘러왔을 때를 말이야. 나는 그때 겨우 막 스무 살이 되었었지. 늙은이를 업고 막 시집온 아내를 데리고 말이야, 가는 곳마다 토착민들은 몽둥이를 휘두르며 위협하고 풀만 무성한 저지대에 괭이질을 하면 관리라는 놈들이 나와서 척간증(拓墾證)을 내놓으라 하지 않나. 겨우겨우 이 땅에서 소작권을 얻었을 때, 그리고 이 수량 풍부한 법하(法河) 유역에서 어떻게든 살림살이를 꾸려나갈 수 있다는 것을 알았을 때 얼마나 기뻤던가. 난 고향을 떠나 처음으로 살맛이 났어. 그런데 또다시 다른 곳으로 가야만 하는 운명이라니. 그런 당치도 않은 일이 있나…… 이봐, 삼성! 너도! 그 갈대와 백양밖에 자라지 않던 수렁 땅을 벼가 여무는 기름진 땅으로 만든 고생을 설마 잊지는 않았겠지.”

“…………” 삼성은 고개를 끄덕였다. 금방이라도 눈물이 왈칵 쏟아져 나올 것 같은 기분을 떨칠 수 없었다. 평소 말수가 적은 영준이 이토록 뜨거운 열기로 가득 차 떨리는 말들을 더 먼저 토해내자, 삼성은 그저 말없이 입을 다문 채 가만히 있었다. 하지만 그가 먼저 말을 꺼냈다면 전혀 다른 말이 되었을 말들도 지금은 그저 영준에게 맡겨두는 것이 좋겠다 생각했다. 그 속에는 어쩐지 위로와 격려의 힘이 담겨있는 것 같기도 했다.

"방금 전 그 모습을 보고 나는 우리가 경작지를 찾으러 다니던 때가 떠올랐어. 누더기를 메고 아녀자들이 손을 잡고 걷던 그 모양새는 설령 식량과 도구를 실은 짐수레가 있다고 해도 참으로 딱한 모습이라고 나는 생각했지. 게다가 아무 목적지 없이 그냥 저렇게 떠나갔던 곳들을 생각하면, 나는 설령 목숨을 빼앗기더라도, 뼈가 깎이더라도, 여기를 떠날 수 없다고 생각했어. 나는 다시는 저런 모습이 되고 싶지 않아. 저 비참한 모습으로 말이야……"라고 말하며, 영준은 느닷없이 와하고 울음을 터뜨렸다. 마치 아이처럼 소리 내어 우는 것이었다.

삼성은 흘러내리는 콧물, 하염없이 흐르는 눈물에 시야가 완전히 가려지고 말았다.

누군가 장지문을 연 것 같았다. 그리고 "어머, 무슨 일이세요. 무슨 불행한 일이라도 당한 것처럼 엉엉 울기나 하고……" 그렇게 말하며 위로하고 있는 영준의 아내의 목소리가 들렸다. 삼성은 흠칫하며 목에 두르고 있던 비단 목도리의 끝을 잡아 눈굽을 찍었다.

그 부드러운 비단의 감촉은 그를 그 7년 전의 기억으로 이끌었다.

'사촌 누이가 이별의 선물로 준 이 목도리도 나와 7년이나 고락을 함께 해왔구나.'

삼성보다 훨씬 나이가 많은 사촌 누이가 정성껏 짜준 이 비단 목도리도 이제는 해마다 다시 빨아 풀을 먹이는 사이에 색이 바래 완전히 누렇게 변해버렸다. 하지만 그는 이것만큼은 어떤 일이 있어도 손에서 놓지 않겠다고 다짐했고 어느 해에는 한밤중에 쳐들어온 마적을 피해 뒷산으로 도망칠 때조차도 상자 속에 넣고 잊어버린 이 목도리를 찾으러 위험을 무릅쓰고 다시 집으로 돌아간 적이 있었다. 이미 집집마다 불길이 치솟고, 사납게 울부짖는 바람 속에서 약탈에 열중하는 밀림 속 침입자들 사이를 뚫고, 간신히 불길을 면할 듯한 자신의 집으로 되돌아간 것이었다.

작별하는 날, 형산강의 강가까지 따라온 사촌 누이가 새하얗게 짠 이 목도리를 삼성의 손에 쥐어주며 이렇게 말했다.

"아주 아주 먼 곳이라서 이제 평생 못 만날지도 모른다고 다들 말하지만, 그래도 같은 육지이기도 하고, 걱정할 정도는 아니라고 생각해. 아마 이 목도리가 다 닳아 없어지기 전에는 너희도 성공할 거고 의외로 즐거운 재회를 할 수 있을지도 모르지."

하지만 그렇게 말하고도 나룻배가 점점 뭍을 떠나자 사촌 누이의 눈가에는 역시나 눈물이 반짝이고 있었다. 손수건을 흔드는 수많은 마을 사람들 틈에서 어찌된 일인지 삼성에게는 사촌 누이의 얼굴밖에 보이지 않았다. 그는 사촌 누이의 마지막 한마디를 지금도 또렷이 기억하고 있다.

"다만 조금 속상한 것은, 비록 소학교뿐이라 하더라도 제대로 학교를 나온 네가 저기 농사꾼들과 똑같이 타향으로 떠나가는 것이야."

사촌 누이는 자기네 가문이 다른 이민자들과 다르게 제대로 된 양반출신이라는 것을 어느 정도 자랑스럽게 여기지 않을 수 없었다. 그래서 그 운 좋게 타고난 신분과 대물림 받은 재산을 탕진하고 이민의 대열에 합류한 그녀의 삼촌을 비난하고 있었다. 이제는 더 이상 사촌 누이가 말한 대로 느끼지도 않았지만 조부께서 돌아가셨을 때 아버지가 그 군의 주읍인 경주로 이주하여 꽤나 호화로운 생활을 한 것, 아마도 무리해서인지 아버지가 해마다 땅을 팔아먹고 있었다는 것, 경주로 이주한 경로를 거꾸로 차츰차츰 성 안에서 성 밖으로, 그리고 한 걸음 한 걸음씩 교외로, 거기서 다시 금정대의 마을로, 그리고 마침내 고향인 구미산 기슭의 원래 마을로 돌아왔던 것을 기억하고 있다. 하지만 그의 가족이 만주로 이주를 결행하기까지, 아버지가 수없이 친척들에게 폐를 끼친 것, 마침내 그해 가뭄으로 생활고에 시달리던 많은 빈민들과 함께 "사람이 사는 데 차이가 어디 있겠어. 간도로 가서 새롭게 운명을 개척해 보겠다."라고 위세를 부리며 이주를 결심하기까지 이르렀던 것, 그리고 또 한 집, 그들의 근친이자 선비인 최세모 일가가 그들에게 합류한 바람에 아버지의 결심이 수월했던 것 등을 삼성은 기억하지 못했다.

어쨌든 나룻배가 뭍을 떠나고 배웅하러 나온 사람들의 모습이 작게 멀어져 가자 세상에서 가장 비참한 기분에 사로잡혀 금방이라도 숨이 끊이질 것 같은 깊은 비탄의 바닥으로 빠져들었던 그 순간이 지금도 생생한 울림으로 되살아나고 있었다.

그 후로 정말 길고 고된 여정이 이어졌다. 신라의 옛 도읍으로 이미 유명해진 경주였음에도 불구하고 아직 기차가 다니지 않던 시절이라 총 80여 명의 이민단은 걸어서 대구까지 갔다가 거기서 기차를 탔다. 그 얼마나 긴 기차 여행이었던가. 두세 군데에서 갈아타고 마지막 역인 상삼봉에 도착했을 때는 이미 세상 끝에라도 다다른 것 같은 허탈한 기분과 함께 처음 타 본 기차에 완전히 지쳐버린 일행의 모습은 망령을 연상케 할 정도로 처참하기까지 했다.

그러나 노두구(老頭溝)라는 곳에서 마침내 짐을 풀었을 때, 삼성의 아버지는 돌연 병이 들어 몸져누웠고 간도의 왕이라도 되려고 했던 그는 비장한 유언을 남기고 그곳의 쓰러져가는 황폐한 집에서 숨을 거두고 말았다.

'그때의 공포와 불안은 이제 그만 떠올리자.' 삼성은 머리를 흔들며 그 기억을 떨쳐버리려 했다.

다행히도 제 몫을 할 수 있는 형이 있었다. 아버지의 작고로 인한 괴로움에 머리가 희끗희끗해진 어머니와 형은, "나처럼 경솔한 생각을 가지지 마라. 제대로 땅에 뿌리를 내려 안정적인 삶을 구축하고 여기서면 이제 안심하고 살 수 있겠다 싶은 곳이 발견되면 내 뼈를 거기에 묻어다오."라는 유언을 남기고 세상을 떠난 아버지의 말대로 그날부터 낫을 잡고 괭이를 들고 흙투성이가 되어 일하기 시작했다.

땅은, 천고불휴(千古不鍬)의 울창한 숲속에서도 그들의 괭이질을 반기는 것 같았고 입식 첫해와 그다음 해에 연이어 놀라운 풍작으로 그들의 노고에 보답해 주었다. 그리고 세 번째 해에는 집도 모양을 갖추고 마음도 안정되어 계획적인 개간에 착수하려 하였다. 그런데 바로 그때, 마치 때를 기다리고 있었다는 듯이 국자가(局子街)의 척간국(拓墾局)에서 왔다는 관리들이 아무 글자도 쓰여 있지 않은 흰 종이를 들고 나타나 "너희 나라의 관습대로 각자 도장을 찍어."라고 강요했다. 그들은 같은 수법으로 다른 땅의 이주자들로부터 땅을 빼앗아 단물을 빨아먹고 있는 것이 틀림없었다. 그러나 그들의 간계는 이제 한 마을의 촌장이 된 최세모에게 간파되어 체면을 잃고 물러날 수밖에 없었다.

하지만 집요한 그들은 이듬해 새로운 방법으로 공세에 나섰다. 요컨대 삼성네가 개척한, 가구당 2 정보(二町步, 6, 000평)에 가까운 논밭의 소유주라고 하는 사람들을 불러 모아 소작 계약을 맺으라고 명령을 내린 것이다.

이전에 지나의 혁명정부와 일본 정부 사이에는 간도에 일본 국민의 이주권과 토지 소유권을 인정한다는 내용의, 이른바 '간도협약'이 있었으나 지나는 혁명 후의 국내 통일을 배일(排日) 정책으로 용이하게 이끌고자 했던 때였기 때문에 그 협약은 한낱 공문으로 전락해 버리고 말았다.

세모는 그들의 부당함에 분노했지만 그것을 승인하지 않고는 버틸 수 없는 주변 정세로부터 판단을 내리고 나서, 마을 사람들을 대표하여 소작 계약에 도장을 찍었다.

하지만 그 계약도 일방적으로 파기되어 소작료는 해마다 오르기만 했고 이따금씩 농비로 빌린 대출의 금리는 인정이라고는 찾아볼 수 없을 정도로 터무니없어 마을의 32가구 중 절반은 도저히 그곳에 머물 수 없는 지경에 이르렀다. 요컨대 올해 빌린 돈이나 곡물은 이듬해 수확을 다해도 절반도 갚을 수 없을 정도의 고리였던 것이다. 그들은 갚지 못한 빚의 담보로 아내와 딸을 강탈해 가는 수법을 사용했기 때문에 남녀 윤리의식이 강한 이주자들은 결국 그 4년 동안 가꿔온 개간지를 버리고 그들의 손이 닿지 않을 것 같은 오지로 이주해갔다. 그러나 이번에는 마적과 그 무렵 점차 큰 세력을 형성해가고 있었던 공비들이 번갈아가며 내려와 괴롭혔다.

마적들은 그래도 어떻게든 대처할 방법이 있었다. 세모가 그들의 우두머리를 만나 연공미를 바치겠다고 하자 그들은 방화도, 부녀자 약탈도 일절 하지 않았다. 하지만 공비들은 끈질기게 마을에 들러붙었다. 그들은 마을의 재산뿐만 아니라 정신까지도 완전히 그들의 것으로 만들지 않고는 만족하지 않았다.

노령 산기슭 일대의 많은 부락들은 그들의 세력 범위 내에 들어가는 것을 승인함으로써 화를 면하고 있었으나 세모와 삼성의 형, 그리고 마을의 청년들은 그들과는 도저히 어울릴 수 없음을 발견하고(유교문화가 뼛속까지 스며든 삼성의 형과 청년들은 밀림을 횡행하는 장발자들의 세계관을 받아들이느니 차라리 죽는 편이 낫다고 생각했던 것이다.) 단호히 그들의 요구를 걷어찼다.

그러던 어느 날 밤, 삼성의 형과 마을 청년 19명은 그들에게 납치되어 마을에서 그리 멀지 않은 소나무 숲에서 한 사람 한 사람 소나무에 묶여 모제르총의 피의 세례를 받았다.

청년들의 장례를 치른 후, 세모는 마을을 이끌고 새로운 이주지를 찾아 떠났다.

그리고 신개령의 추만구(秋滿溝) 부근에서 창오를 비롯한 열 가구 정도가 일행과 떨어져 그곳에 정착하고 나머지 스무여 가구가 이 법하에 도착해 정착한 것이다.

흥분한 채로 소리를 지르는 영준의 마음을 스쳐 지나가는 기억은 삼성과는 다르게 먼 옛날의 일만은 아니었다. 그는 노령산 기슭에서의 사건 이후로는 완전히 잊어버리기로 결심하고 마치 그들이 고향을 떠나자마자 곧바로 여기에 입식한 것처럼 생각하려고 노력해왔다. 그렇게 되기까지는 상당한 노력이 필요했지만 그 시절을 돌이켜보는 것은 쉽게 흥분하는 그가 결코 견딜 수 있는 일이 아니었다. 게다가 그는 여기에 온 이후로 충분히 행복했다. 만약 부모님의 죽음이라는 큰 사건까지 없었다면 그는 자신을 이 세상에 다시없을 행운아라고 생각했을 것이다.

어머니의 죽음은 확실히 그녀의 과로 때문이었다. 두도구(頭道溝) 이후 수차례의 야습과 스무 명이나 되는 사람들이 하룻밤 사이에 시신이 되어버린 참혹한 사건을 겪으면서 정신에 약간의 이상이 생겼을지도 모르지만, 그래도 이곳에 온 다음 날부터 용수로를 파는 일에 그렇게 열중하지 않았다면 어쩌면 조금 더 오래 사실 수 있었을지도 모른다.

이곳에 도착했을 때는 이미 5월도 절반이 지났을 무렵이었다. 선주지를 떠났을 때는 4월 초였지만 그때까지만 해도 이런 끔찍한 사건이 터질 줄은 아무도 예상하지 못했기 때문에 정말로 시기적으로 불리한 때에 이주를 시작한 것이었다. 조바심치며 개간지를 찾아다니다 보니 농번기에 맞닥뜨리고 말았다. 누군가 교하 지방에 좋은 개간지가 있다는 이야기를 얻어듣고 선발대를 파견, 그들이 돌아와 교하역에서 법하를 따라 내려가다가 송화강 본류에 가까운 곳에서 이 넓은 온유한 땅을 발견했다는 소식을 전했을 때 일행의 환희를 떠올리면 지금도 즐겁고 가슴이 설렌다.

도착하자마자 오두막이 세워졌고 토지 사용에 관한 협상은 세모에게 맡겨졌으며 다음날부터 백양의 뿌리를 파기 시작했다.

그리고 강물을 끌어오기 위한 용수로도 서둘러 파야 했다.

"파라, 빨리 파라. 꾸물거리다가는 파종기가 지나가 버리겠다." 이렇게 큰소리로 외친 사람은 영준의 어머니였다. 키가 작고 허리가 구부정한 그의 어머니는 마치 뭔가에 홀린 듯한 모습이었다.

"뭘 우물쭈물해. 여자건 남자건 생사의 갈림길에 서있는데 뭘 점잖은 체하고 있어. 남자들은 땅을 파고 여자들은 흙을 날라."

놀고 있는 사람은 아무도 없었다. 여자도 아이도 하얀 정강이를 드러내고 할 수 있는 한 최선을 다해 일하고 있었다.

그러나 그의 어머니는 정신이 나간 사람처럼 "거기 여편네야, 네 그 허여멀건 정강이는 뼈가 없냐? 살아있다면 좀 더 빨리 걸어." "네 팔은 썩은 나무토막이냐. 사내 녀석이 땅을 파는 게 왜 이렇게 굼뜬 거야." 이렇게 소리 지르며 뛰어다니기도 하고 넘어지기도 하면서 도구가 없는 사람들은 손으로 흙을 파내서 치마로 받아 나르게 했다. “아이들도 놀아서는 안 된다. 돌이라도 주워.” 그렇게 닦달한 덕분에 길이 1리에 달하는 용수로가 불과 이레 만에 파헤쳐졌다.

흑토에서 굽이치는 용수로에는 법하의 물이 와삭와삭 흙을 갉아먹으며 무서운 기세로 밀려들었다. 밀려오는 물의 선두를 따라 달려오는 아이들의 “물이다, 물이 들어온다!”라고 외치는 소리를 듣자마자 영준의 어머니는 아이들 틈에 끼어 달리기 시작했다. 그러고는 지나친 기쁨에 정신이라도 나간 것인지, 둑에서 굴러 떨어져 허우적거리며 물속에 빠지고 말았다. 앗! 하고 외치면서 영준은 어머니를 구하기 위해 수로 안으로 뛰어들었다. 하지만 어머니는 “신경 쓰지 마라. 그냥 내버려둬. 이건 내 생명의 물이니까. 마음껏 젖어보고 싶구나.”라고 말하며 아들을 힘껏 밀어냈다.

사람들은 그녀의 광란에 찬 기쁨에 흥분하여 와— 하고 환성을 지르며, 기쁜 나머지 눈물을 흘리면서 서로 손을 맞잡고 끌어안았다.

하지만 영준의 어머니는 이 땅에서 첫 쌀을 수확할 무렵, 홀연히 세상을 떠났다. 죽기 직전까지 “쌀은 아직도 못 거뒀나. 햅쌀은 아직인가?”라며 혼미한 상태에서 계속 중얼거렸다. 입관 직전에 겨우 수확한 햅쌀을 한 숟가락, 두 숟가락, 세 숟가락 어머니의 입에 넣어드린 영준은 자신의 목숨을 대가로 얻은 쌀을 아주 행복하게 입속에 머금고 있는 어머니의 얼굴을 보았다.

그는 용수로의 둑에 설 때마다 어머니의 환희에 찬 웃음소리를 떠올렸다. 그날 이후의 과로는 어머니의 생명을 앗아갔지만 언제나 물이 가득 차 있고 가뭄을 모르는 용수로 덕분에 사람들이 매 가을

풍요로운 수확을 기뻐할 때마다 어머니의 영혼을 위로하러 모여 주는 것으로 만족하고 싶었다. 그리고 어머니의 영혼이 깃들어 있는 이 땅에서 한 발자국도 물러서지 않겠다고, 그는 어려운 일이 생길 때마다 그렇게 생각했다.

아버지가 돌아가신 것은 긴 세월의 빈궁으로 약간 앞당겨진 노쇠 탓이었다. 산 중턱에 남향의 양지바른 곳을 세모에게 점쳐달라고 하여 크고 모양 좋은 흙무덤 두 개를 나란히 짓고 올해 추석에 세 번째 제사를 지낸 그는 언젠가는 내 뼈도, 그리고 자손들의 뼈도 이 곁에 잠들게 될 것이라고 생각했다. 그는 이미 이 땅의 숨결에 완전히 익숙해져 버렸다. 신개령 기슭의 그 황니하가(黃泥河街)에 가까운 부락에서 세 번째 유랑의 여정을 시작할 때의 그 초라하고 처참했던 기분은 이제 어디에도 남아 있지 않았다.

사실을 말하자면, 이 땅에서의 오늘날과 같은 행복한 삶의 전조는 그 유랑의 여정이 시작되었을 때부터 이미 존재했다.

그들이 먼 남부 조선의 고향을 떠난 이래, 일족이 완전히 한마음이 되어 여러 곳으로 이주할 때에도 굳게 뭉쳐있던 사람들 가운데 일부는 신개령 부근에 남아 집단으로부터 떨어져 나갔지만, 그 대신 그들보다 몇 년 더 일찍 이 땅에 이주해 온, 마찬가지로 그들과 같은 고향 출신의 세 가구 정도가 일행으로 합류했다.

그 새로운 세 가구는 이 간도 지방에 많이 살고 있는 북부 조선 출신의 이민자들과 여러모로 사이가 좋지 않아 따돌림을 당하는 괴로움을 견디지 못하고 있었는데, 같은 고향 출신의 사람들이 대거 이주해 온다는 소문에 애간장이 타 더는 견딜 수 없어 살림을 걷어 치우고 이 집단에 합류하러 왔다고 한다.

"그리운 고향의 말을 들었을 뿐인데도, 굶주림도 잊고 배가 불러오는 듯한 기분이 듭니다."라며, 새로 온 이들 중에 옥희라고 하는 방년의 딸을 둔 아낙이 영준 어머니의 손을 꼭 잡고 엉엉 소리를 내며 울었다. 그리고 온통 푸른 옷뿐인 사람들 틈에서 어쩌다가 흰옷을 입은 사람을 보게 되면, 반가운 마음에 실성한 사람처럼 가까이 다가가도 그들은 다른 방언과 낯설고 거친 몸짓으로, 그저 신기한 것을 구경하듯 힐끔힐끔 쳐다보기만 할 뿐, 전혀 따뜻함을 보여주지 않았다고 한다.

"자신들의 선주권이라도 방해받을까 봐 조금이라도 이익을 침해할까 싶으면, '잘난 체하는 경상도 놈들아 썩 꺼져!'라고 짖어대더군요."

남부 조선인들이 오백 년이나 서로 정권을 잡으며 북부 사람들을 멸시했던 그 원한이 이제 그들에게 되돌아왔다는 것을 모르는 옥희의 어머니네는 배신당한 쓸쓸함과 반발심에 그렇게 북부 사람들을 헐뜯었다.

어쨌든 옥희의 어머니네는 이주 이래 다섯 해가 조금 넘게 지난 세월을 회고하며 의지할 곳이 없는 고독 속에서 수명이 줄어드는 것 같았다고 했다.

"여기 올 때 겨우 열두 살이었던 저 아이를 좀 보세요. 저렇게 컸어요. 주변 토착인들이 힐끔힐끔 집 안을 들여다볼 때마다 등골이 서늘해졌어요. 그렇다고 해서 저 입이 더러운 북부인에게 시집보내는 것도 늑대에게 아기를 맡기는 것 같아 소름이 끼쳤죠. 나는 꿈에서까지 고향의 그리운 모습을 보면서 저 아이가 시집갈 곳을 상상하곤 했어요. 요즘은 뭐, 밥 먹는 걱정보다도 저 아이의 일이 마음이 쓰이고 쓰여서, 정말 살을 깎아내는 것 같았어요."

"그래도 고생한 보람이 있네요. 이 안에는 혼기 찬 청년이라면 북천의 돌멩이만큼이나 많은데 공교롭게도 처녀들이 없어요. 장터 장사꾼은 아니지만 골라잡아 열 전입니다."라고, 영준의 어머니는 타고난 장난기 섞인 말투로 말했다.

"에이, 말씀이 심하시네요. 아무리 처녀 기근이라지만 남의 집 귀한 청년을 골라잡아 열 전이라니, 그렇게 싸게는 취급하지 않아요. 하지만 이렇게 꿈도 꾸지 못했던 고향 사람들과 함께 살 수 있다니, 얼마나 행복한 일입니까." 옥희의 어머니가 치맛자락으로 눈가를 훔쳤다.

그 후로 얼마 동안 그들은 농경지를 찾아 산기슭에서 평야로, 평야에서 산기슭으로 옮겨 다녔다. 어떤 때는 밀림 속에서, 어떤 때는 냇가에서 야영을 하기도 했다. 표하(漂河) 강가에서 하룻밤을 보낼 때였다. 영준은 그 바위 같은 어깨의 힘으로 누구보다 빨리 말뚝을 박고 거적을 둘러쳐 오두막을 지었다. 그곳으로 성큼성큼 다가오던 옥희의 어머니가, "어머, 참으로 튼튼한 몸을 가졌네. 고향에 있을 때는 살갗이 희고 나긋나긋한 사람을 좋아했는데 이곳에 와서 여러 고난을 겪으면서 완전히 생각이 달라져서 말이야, 자네 같은 청년을 보면 정말 의지하고 싶어지는군. 끄떡도 않는 그런 튼튼한 몸이 아니면 여기서 살아남을 수 없을 테지." 그러고는 혼잣말처럼 한숨 같은 목소리로 덧붙여 말했다. "정말 보면 볼수록 믿음직한 사람이야. 우리 옥희 사위로 삼고 싶군."

그때부터 영준의 마음에는 내내 거센 파도가 일었다. 뭔가 초조한 듯하고 끊임없이 경계하지 않으면 안 될 것 같은, 그런 안절부절못할 기분이었다.

그는 옥희를 멀리서 가만히 지켜보고 있을 때가 많아졌다. 그래서 눈치 채게 된 것이지만, 그녀의 주변에는 금동이라든가 민수라든가, 그리고 기분 탓인지 모르겠지만 점잖은 체하는 삼성이나 방정맞고 장난을 좋아하는 육출이나 좁은 의미에서는 이 집단에서 가장 우수한 동술까지, 그녀에게 접근하려 획책하고 있는 것처럼 보였다. 그 한 무리의 사내들이 틈만 나면 그녀의 곁으로 다가가려고 하는 모습은 마치 암컷 늑대의 주위를 둘러싼 수컷 늑대들 같았다.

그는 애가 탔다. 시뻘건 불길이 활활 타오르며 혀를 내밀어 그의 마음을 핥아댔다. '젠장, 놈들 따위가 손가락 하나라도 건드리게 두지 않겠다!'라고, 그는 태어나서 처음으로 질투라는 감정을 느꼈다.

그렇게 말하면서도 그 역시 그녀의 곁에 가까이 가고 싶은 마음이 굴뚝같았다. 하지만 한 발짝이라도 다가서면 얼굴이 화끈거리며 부끄럽고 민망해서 도저히 견딜 수 없었다. 이동 중에도, 노숙 중에도 마찬가지였다. 그래서 그는 자신과 그녀 사이에 다른 젊은이들을 두세 명 끼워 넣은 위치에서 늘 감시하는 눈길을 늦추지 않았다.

어느 날 밤, 일족은(이 말이 어울릴 정도로 그들은 일심동체였다.) 이 땅에선 드물게 소나무 숲이 우거진 산기슭에서 노숙을 하게 되었다. 오두막이 세워지고 저녁 식사 연기가 걷히자 사람들은 깊은 잠에 빠졌다.

영준은 노력 끝에 옥희네 오두막에 가까이 다가갔다. 그리고 자원하여 파수꾼 노릇을 했다.

산적들이 그들이 노숙 중인 것을 알게 되면 반드시 덮칠 것이 틀림없었기 때문이다.

하지만 그날 밤은 침입자를 경계하는 것보다 그의 눈은 온통 옥희의 오두막에 집중되어 있었다. 나무 그늘이나, 개울가의 바위 위나, 움푹 팬 곳에, 제각기 생각나는 곳에 세워진 오두막 주변을 돌아보는 것을 게을리하고 한자리에 우두커니 서 있는 자신의 모습을 황량한 빛이 쏟아지는 보름달빛에 비추어 보던 그는 문득 자신이 배신자처럼 느껴졌다. '나는 이기심에 눈이 멀었나.' 그는 스스로를 부끄럽게 여겼다. 그래서 자신의 마음을 꾸짖으며 순찰에 나섰다.

처음에 그는 숲 가장자리의 민둥민둥한 작은 언덕 위에 서 있었는데, 그곳이 바로 그의 오두막에서 두 채 정도 아래에 있는 옥희의 오두막이 가장 잘 보이는 위치였다. 그러나 산기슭이나 골짜기에 흩어져 있는 다른 많은 오두막들을 내려다보려면 반드시 개울을 건너 맞은편의 높은 돈대로 올라서야만 했다. '내가 자리를 비운 사이 이상한 짓을 하는 놈이 있으면 용서치 않겠다.'라고 생각하며 그는 몽둥이를 어깨에 메고 걸음을 옮겼다. 그리고 자신의 오두막 앞에 멈춰 서서 살며시 귀를 기울여 노인들의 지친 숨소리를 살폈을 때, 어서 어디엔가 정착해야 한다는 생각에 슬퍼졌다.

그의 오두막 아래에는 젊은 부부와 그 자녀들의 오두막이 세워져 있었다. 그다음에는 육출이네 오두막이 있었다. 그리고 대여섯 걸음 내려가면 옥희의 오두막이 있었다. 모두 다 그렇지만 옥희의 아버지가 지은 그 오두막은 특히 초라했다. 세모로 만들어진 지붕의 거적은 반쯤 썩어 너덜너덜해져 있었고 버팀목도 구부러지고 가늘었다. 바람 불면 날아갈 것 같은 그 오두막 안에 희고 통통한 얼굴의 옥희가 가냘픈 몸으로 누워 있는 것을 생각하면 뭔가 안타까운 마음이 들어 견딜 수 없었다. 그는 슬그머니 다가가 거적 틈으로 안을 들여다보았다. 하지만 한 줌의 푸른 달빛으로는 많은 사람들이 잠들어 있는 그 좁은 오두막 안의 모습을 제대로 볼 수가 없었다. 옥희는 여자 셋 남자 둘인 형제자매 중 가장 맏이였다. 영준은 낮에 이곳으로 이동해 오는 동안 얼간이 육출이나 만사 빈틈이 없는 동술이 옥희의 곁에 바싹 다가서는 것을 조금 떨어진 곳에서 감시하며 걸어가고 있었는데, 옥희는 마치 야수들의 습격에 대비하기라도 하듯 등을 바짝 펴고 단단하게 팔짱을 낀 채 곁눈질 한 번 하지 않고 걸었다. 그는 그 옥희의 뒷모습을 얼마나 믿음직스럽게 바라보았는지 모른다.

오두막 안에서 갑자기 노인의 기침소리가 들려왔다. 딸을 지키려는 부모의 본능에서 비롯된 위협이라는 것이 영준에게 그대로 전달되자 그는 괜스레 놀라 펄쩍 뛰며 다른 곳으로 걸음을 옮겼다. 마치 비밀스러운 행동을 남에게 들키기라도 한 것처럼 얼굴이 붉게 물들었는데 낮에 봤다면 햇볕에 그을린 그의 얼굴이 잘 익은 대추처럼 변했을 것이 틀림없었다. 그는 잔뜩 굳은 마음으로 분노를 품은 듯한 발걸음을 산기슭에서 골짜기로 옮겼다. 그곳에는 암반을 교묘하게 이용한 오두막이 여러 채 늘어서 있었다. 푸른빛 속에 떠 있는 그 오두막들은 그가 고향에서 보았던, 여름 더위를 피해 산골짜기의 냉천을 즐기러 오는 손님들을 위해 마련된 갈대발을 친 오두막을 떠올리게 했다. 단지 겉보기가 볼품이 없을 뿐, 계곡의 물소리나 새까맣게 겹쳐진 바위(고향에서는 휴화산의 용암이었지만)까지 닮아 있었다.

매끈한 바위 위에 사지를 뻗고 있던 개가 그의 그림자에 놀라 서슬 퍼렇게 으르렁거리다가 그가 누구인지 알아차리고 꼬리를 흔들며 코를 비비러 다가왔다.

계곡 건너편의 오두막까지 다 둘러보고서야 비로소 책임을 다했다고 해이해진 마음을 틈타 다시금 옥희를 떠올렸다. 그래서 올 때와는 비교할 수 없을 정도로 빠른 걸음으로 돌아갔다. 어디선가 "고생이 많구나." 하는 목소리가 들렸지만 그는 돌아볼 생각조차 하지 않았다.

자신들의 오두막이 있는 쪽으로 오자 특별히 이상은 없는 듯했으나 좀 더 가까이 갔을 때였다. 누군가의 검은 그림자가 깜짝 놀라 일어서다가 영준과 부딪혔다.

"누구냐?"라고 외치며 영준은 황급히 몽둥이를 들었다. 그러자 상대는 "쉿—" 하고 손으로 제지하며 말했다. "조용히 해. 모처럼 다들 잠이 들었는데 가엾지도 않아?"

"뭐야! 동술이었구나." 하지만 영준은 동술이 옥희네 오두막 옆에 있는 것에 화가 나서 "너, 거기서 뭐 하고 있었냐?"라고 소리를 질렀다.

"쉿! 조용히 해."라고, 동술은 화가 난 듯이 말했다. "네가 딱해서 교대하러 온 거 아니냐. 왜 그렇게 벌에 쏘이기라도 한 것처럼 소리를 지르는 거야?"

영준은 '흥, 옥희를 엿보러 왔으면서'라고 생각하며,

"쓸데없는 참견이야. 이제 새벽이 다 됐어. 교대 같은 건 필요 없어."라고 딱 잘라 거절했다.

"그럼 넌 내일 잠이 쏟아질 거야."

"날이 밝으면 잘 테니까 괜찮아."

"흠—" 동술은 매서운 눈으로 노려보았다. 하지만 영준이 지지 않고 맞서서 노려보자 그는 뾰루퉁해서 돌아섰다.

새벽이 밝아오자 영준은 숲의 가장자리에 돋아난 새싹을 침상 삼아 따스한 햇살을 온몸으로 받으며 세상모르고 곯아떨어졌다.

그런데 문득 뭔가 이상한 고함 소리를 들었다. 깜짝 놀라 눈을 뜬 순간, 그는 동포들이 하나로 뭉쳐 지금 그들의 눈앞을 지나가고 있는 적을 어떻게 막아야 할지 궁리하고 있는 것을 보았다. 그리고 그는 손에 몽둥이, 녹슨 만도, 긴 창을 든 푸른 옷의 사람들의 모습에서 평소 밀림에서 들이닥치던 침입자가 아님을 알아차리고 일단 한숨을 돌렸다. '놈들은 아무도 모제르총을 들고 있지 않아. 아마 이 근처 토착민이 우리를 오해하고 온 것일 거야.' 그의 생각은 틀리지 않았다. 이럴 때 늘 모두를 대신해 위험에 몸을 던지는 이는 최세모였는데 그는 지금도 뒤에서 옹기종기 모인 동포들을 대표하여 침입자들에게 응수하고 있었다.

"너희들은 오자마자 바로 강을 막거나 둑을 터뜨렸지. 그래서 우리 밭을 물바다로 만들거나 가뭄 때 필요한 관개수를 빼앗아 갔잖아. 이 땅에서 논을 만드는 건 절대 용납할 수 없으니 어서 다른 땅으로 옮겨가라."고 침입자들이 주장했다.

"구실이야 어찌 됐든, 우리는 이 땅에서 논을 만들고자 하는 의사가 전혀 없다. 일단 이 근처에 논을 만들기에 적합한 저지대가 보이지 않지 않은가. 우리는 적합한 땅을 찾는 동안에만 이 산기슭을 임시 숙소로 삼고 있을 뿐이다."라고, 최세모는 유학으로 다져진 체관과 온화함, 그리고 다분한 위엄을 갖춰 말했다.

저쪽에서도 최세모에게서 자연스럽게 비치는 위엄을 금방 알아차렸다. 하지만 다소 거친 태도를 고치면서도 여전히 다음과 같이 말했다.

"임시 숙소로 빌려주는 것 정도야 별거 아니라고 생각할지 모르지만, 우리 입장에선 그럴 수 없어, 너희 코우리(고려인이라는 뜻인데 조선인을 비하하는 표현이다.)에게는 땅도 집도 빌려주어서는 안 된다는 엄중한 지시가 윗분들한테서 얼마 전부터 내려왔어. 이 법도를 어긴다면 우리야말로 어떤 봉변을 당할지 모른다. 그리고 너희들이 있으면 또다시 공비가 쳐들어올 것이 뻔한데, 우린 그런 '공비와 내통했다.'는 의심은 절대 받고 싶지 않아."

'그들의 말도 일리가 있다.'라고 세모는 생각했다. 지난 몇 년 동안 그는 이 땅의 모든 정치정세에 정통하게 되었다.

"너희들의 뜻은 잘 알겠다. 우리가 여기 있는 것이 그렇게 거슬린다면 내일이라도 이곳을 떠나겠다. 오늘 하루 정도는 머무는 것을 허락해 줄 수 있겠지."

"그건 상관없어."라고 말하며 상대방은 안도하는 듯했다. "부모의 원수도 아니고, 하룻밤 정도는 눈 감아 주지."

그들은 이 코우리들에게 자신들의 밭이 망가지지 않게 된 것을 더없이 기뻐하며 옆에 두었던 몽둥이와 창을 다시 슬쩍 잡고 다소 겸연쩍은 듯 꼼지락거리고 있었다.

이 담판을 하는 동안 세모의 두 아들, 인석과 의석은 아버지에게 위험이 닥친다면 목숨을 걸고 적진 속으로 뛰어들 각오는 하고 있었지만 너무나 긴장한 나머지 얼굴이 파랗게 질려 벌벌 떨고 있었다. 삼성의 그 젊은 얼굴도 격앙된 피로 붉게 물들었고 금동, 민수 등과 함께 금방이라도 뛰쳐나올 듯한 태세를 취하고 있었다. 이 세 사람보다도 영준의 분노가 더 심했다. 그의 분노는 동포를 모욕하러 온 저쪽의 무례함을 비난하고 싶은 마음보다도 혹시라도 그들이 옥희를 더럽히는 무도한 짓을 저지르지 않을까 하는 불안감 때문이었다. 이들 한 무리의 정의에 불타는 젊은이들 뒤에는 모두와 함께 저쪽의 난동을 막으려고 하는 척은 하고 있지만 여차하면 자신의 처자식만 데리고 산속으로 도망칠 궁리를 하고 있는 동술이 있었다. 그의 눈동자는 마치 들쥐처럼 조심스럽게 사태의 추이를 살피고 있었다. 그래서 세모의 담판이 잘 된 것을 보았을 때 가장 먼저 가슴을 쓸어내린 사람은 그였다. 그 안도하는 몸짓은 삼성의 발치에 무릎을 꿇은 채 두려움에 창백하게 질려 몸을 부들부들 떨고 있던 육출과는 비교가 되지 않았다.

원주민의 모습이 멀리 작아져 갔을 때, “염병할 놈, 늦장 부리면 살가죽을 벗겨버리겠다고 생각했는데.”라며 가장 먼저 기염을 토한 것은 동술이었다.

동술 다음으로 뛰쳐나온 사람은 지금껏 고개도 들지 못하고 있던 육출이었다.

“흥. 살가죽을 벗겨버리는 것도 좋지만 나는 저놈들을 나뭇잎 가루처럼 뭉개서 숯으로 만들어 삼켜버리려고 기다리고 있었는데 말이야. 정말 아쉽군.”

“큰소리치지 마라. 내 발밑에서 고슴도치처럼 웅크리고 벌벌 떨고 있던 놈은 누구였더라?”라고, 삼성이 육출을 쿡 찌르며 말했다.

와르르 웃음이 터져 나왔다. 아낙들의 새된 웃음소리는 어쩐 일인지 경련하듯, 파르르 떨리고 있었다.

육출은 부끄러운 듯 허리를 굽히고 얼굴을 가린 채 젊은이들의 다리 사이로 숨는 시늉을 했다.

“육출의 저런 꼴을 보니 이제 안심이야.” 삼성이 그렇게 말하자, 사람들은 또 한바탕 웃음을 터뜨렸다. 그 웃음소리에 힘입어 모두 완전히 기운을 되찾고, 언제든 출발할 수 있도록 준비에 착수했다.

다음날 아침 일찍, 그들은 다시 서쪽으로 산기슭을 따라 걸었다. 젊은이들은 지게에 도구며 나뭇개비, 그리고 거의 남지 않은 곡식을 지고 아낙네들은 이불이며 옷 보따리를 머리에 이거나 아기를 등에 업고 있었다. 아이들의 손을 잡고 가는 일행의 모습은 그들이 처음 부락을 떠날 때와는 사뭇 달라져 있었다. 그리고 고향을 떠나온 당시에 비하면 더욱더 초라하고 비참한 모습이었다. 더 이상 그 선명한 빛깔의 재봉된 옷을 입고 있는 사람은 아무도 없었다. 빛바래지고 누렇게 먼지를 뒤집어쓴, 누덕누덕 기운 얇은 옷으로 겨우 추위를 막고 피부를 가리고 있을 뿐이었다. 햇볕에 그을려 붉고 주름진 얼굴은 고된 노동의 흔적이 역력했고 보기에도 좋지 않았다. 다만 혈기왕성하게 샘솟는 젊음으로 두 뺨에 홍조를 띤 처녀만은 예외였다.

그들은 산기슭에서 강으로, 강에서 산기슭으로 옮겨 다녔다. 산기슭에서 조금씩 멀어져 끝없이 펼쳐진 평원을 가로지를 때면, 이유도 없이 공허함에 겁이 났다. 산을 그들로부터 떼어놓는 것은 무리한 일이었다.

다음 날 밤 그들이 잠자리를 마련한 곳 역시 한 강의 지류를 마주한 계곡이었다. 골짜기나 산으로 둘러싸인 분지에 다다르자 그들은 자기 집에 돌아온 것 같은 안도감과 따뜻함을 느꼈다.

하룻밤이 지나자 세모는 일행을 불러 모아 중대한 의논을 했다. 벌써 5월이 되었다. 그리고 식량도 바닥나고 있다. 그러니 언제까지나 이렇게 떠돌이 생활을 하고 있을 수는 없는 노릇이다. 하루라도 빨리 입식지를 결정해야 한다는 것이 회의의 결론이었다. 그리고 원주민과의 충돌을 피하기 위해 가능한 한 인적이 드문 곳을 선택할 것, 비적의 습격에 방어가 가능한 지형을 선택할 것, 그리고 무엇보다도 수리의 편의를 고려할 것, 이러한 요건을 갖추어 탐색대를 파견하기로 의결했다.

세모는 푸른 잔디밭에 깔린 돗자리에 앉아 젊은이들을 주의 깊게 살펴보기 시작했다. 토지 감식에 능력이 있는 자를 찾기 위해서였다. 그는 먼저 자신의 두 아들 인석과 의석을 지명했다. 이 탐색대에 다가올 위험을 고려하여 누구보다도 먼저 자신의 아들을 선택한 것이다. 그다음 선택될 사람은 당연히 영준이었다. 논에 적합한 땅을 가려내고 수리의 편의를 가늠하기 위해서는 태어날 때부터 논밭의 진흙과 함께 자란 영준을 빼놓을 수 없었다.

그러나 영준은 자신을 찾고 있는 듯한 세모의 눈을 피해 옥희 아버지의 등을 방패삼아 슬쩍 목을 움츠렸다. 멀리서 빨래를 하고 솔가지에 걸어두는 옥희의 모습을 본 순간, 그는 자신의 배신에 가슴 아파하면서도 이렇게 생각하고 있었다.

'내가 없는 사이에 옥희가 어떤 위험에 노출될지도 모른다.'

그렇게 생각하는 그의 머릿속에는 밀림에서의 예기치 못한 침입자와 원주민의 이해할 수 없는 습격과 함께, 그가 선택된다면 분명 남게 될 동술의 존재가 또렷이 떠올랐다.

'동술이 그놈, 홀아비가 된 후로 여자를 보면 굶주린 승냥이처럼 추접스럽고 집념이 강하니.'

노령 산기슭에서 비적들이 습격한 밤, 동술의 아내는 집과 함께 불타버렸고 그는 이제 여덟 살이 된 딸과 다섯 살이 된 아들을 다 늙어빠진 노모의 손에 맡겨야만 했다.

세모의 눈은 탐욕스럽게 영준의 얼굴을 찾고 있었다. 하지만 지금 누구의 얼굴을 떠올리려 하고 있는지 반쯤 잊어버린 채 그의 눈동자는 점차 흐릿해져 가고 있었다. 일행을 이끄는 자의 무거운 책임감이 그의 뇌수를 갉아먹고 있는 것이다.

대여섯 번 일행을 살피던 그는 결국 단념하고 마침 고개를 돌리던 순간, 역시나 자신에게 눈길을 주지 않게끔 얼굴을 숙이고 헛기침만 하고 있던 동술에게 딱 시선을 멈추었다.

"아, 그렇지. 동술 자네도 가담해 주게. 자네 같은 분별력을 가진 사람이 가지 않으면 모두가 곤란할 거야."

동술은 한쪽으로 지나치게 약삭빠르게 처신해 온 스스로의 행동에 지치며 이와 더불어 주변인들의 눈길에도 괴로워졌다. 그래서 그는 남들이 보기에도 안쓰러울 만큼 허둥대며 입을 열었다.

"분부를 기다릴 것도 없이 모두를 위해 가고 싶다고 생각하고 있습니다. 하지만 어린아이들과 노모를 생각하면……"

"그런 건 걱정할 필요 없어. 자네 가족이 곧 우리 모두의 가족이 아니겠는가. 이런 고난 속에 있는 우리들에게 자신과 남의 구분이 어딨겠나."

동술은 그런 말을 듣고도 어떻게든 도망칠 구실을 만들려고 했지만 세모의 말에 실로 큰 감동을 느낀 좌중이 입을 모아 "맞습니다!"

하는 말에 떠밀려 마지못해 응해버리고 말았다.

그 후로 금동이나 민수와 같이, 주된 임무는 수행 못할지라도 무언가 잔심부름에는 도움이 될 것 같은 젊은이들을 합쳐 총 일곱 명 정도가 모두에게 배웅을 받으며 평야로 내려갔을 때는 이미 해 질 무렵이었다.

그로부터 얼마 지나지 않아 저 초라한 몇 채의 오두막들 사이에서도 저녁연기가 가늘게 피어오르기 시작했다. 세모는 높은 언덕 위의 돗자리 위에 앉은 채, 애처롭게도 힘없이 하늘로 올라가 사라지는 연기나, 부모들 곁에서 멍하니 서 있는 배고픈 아이들이나, 어차피 자신에게는 돌아올 것 같지 않아 일찌감치 체념하고서 땅바닥에 널브러져 있는 개 따위를 탄식 섞인 눈길로 바라보고 있었다. 그러던 중 문득 골짜기에 대여섯 채 떼 지어 모여 있는 오두막들 옆에서 영준의 땅딸막한 뒷모습을 발견하고 가슴이 철렁해져 무심코 이렇게 중얼거렸다.

"이런, 내가 노망이 났나. 저 사내를 잊다니, 대체 무슨 생각을 하고 있었지?"

그는 곧바로 어이, 하고 영준에게 소리치려 했다. 하지만 잠시 멈추고 영준 쪽을 물끄러미 바라보았다. 놀라움에 찬 눈동자는 점차 다정하고 애정 어린 눈으로 변해가더니 결국 그는 하하 웃으며 고개를 끄덕이기 시작했다.

영준은 옥희네 오두막 옆으로 장작을 날라다 주고 있었다. 이삼일 후 이 산기슭을 떠나는 사람의 오두막치고는 너무 많은 장작이었다.

그러고는 오두막의 기둥을 흔들어보거나 쳐보기도 하고 그물을 끌어당겨 살펴보기도 하고 있었다.

세모는 옥희가 돌을 쌓아 만든 아궁이 아래를 펄럭이며 부채질하다 이따금씩 영준 쪽을 힐끔거리며 히죽거리는 옥희의 어머니를 바라보기도 하고 두세 채의 오두막을 사이에 두고 조금 떨어진 곳에서 아들의 모든 행동을 인정하고 있는 듯한 모습을 하고 있는 영준의 양친을 바라보기도 했다.

꽤 오랜 시간이 흘렀다. 세모는 무언가 깊은 생각에 잠겨 있었다. 그러다 갑자기 무릎을 치며 일어섰다.

'고난 속에서도 이것은 중요한 역할이다. 모두를 이끌고 있는 책임이 있는 나는 나름 마음을 가라앉히고 있을 생각이었으나 어허참, 흘러가는 세월에는 어쩔 수 없구나.'

이 재앙 속에서도 이성을 흠모하는 본능을 잊지 않은 젊은이의 생명력을, 그는 부러워했다.

'아무튼 오늘 밤중으로 이 일을 해내야 한다.'

그렇게 결심한 그는 어쩐지 마음이 급해져 먼저 영준의 아버지를 부르고 그다음 옥희의 아버지를 불러 천천히 중요한 이야기를 꺼냈다.

그날 밤, 맑게 갠 하늘에 휘영청 밝게 빛나는 반달 아래에서 영준과 옥희의 결혼식이 이루어졌다. 사각 상의 제단에 맑은 물 한 그릇을 신체(神體)를 대신하여 놓고 소나무 곁가지들로 금줄을 만들어 장소를 정화하고 유교의 가르침을 따라 축문을 적어 식을 진행했다.

그는 이 곤궁과 결핍 속에서 뜻하지 않게 고대 신식과 유학을 융합한 새로운 방법을 고안해 낸 것이었다.

영준 부부의 침실은 양가 부모님들의 손길로 순식간에 만들어졌고 축하주조차 없는 신혼부부는 맑은 물을 신주 대신 나누어 마시고 많은 이들의 성심을 담은 축복 속에서 그들의 침실로 들어갔다.

같은 날 밤, 세모 자신의 집안에도 또 하나의 경사가 찾아왔다. 그의 장남 인석의 아내가 출산을 한 것이다. 그것도 보배 같은 아들이었다.

다음날 아침, 이 소식을 모두에게 알리며 그는 축복을 받기 전에 일행이 방랑을 끝내는 대길의 전조라고 말해 모두를 안심시켰다.

그리고 마침내 사흘째 해 질 녘, 탐색에서 돌아온 젊은이들은 찬란한 저녁노을을 등지고 피로와 고달픔 속에서도 환희에 넘쳐 이렇게 고했다.

"송화강 지류 가운데 '법하'라는 강이 있는데 그 중류에서 광활한 저습지를 발견했습니다. 백양과 갈대가 자라고 있을 뿐, 경작한 흔적은 전혀 없고, 주변 어디에도 원주민의 모습은 보이지 않았습니다. 이곳이야말로 우리가 이제나저제나 기다려온, 하늘이 내려준 논농사 최적지였습니다."

이 말을 그대로 신의 계시처럼 믿은 그들은 환호성을 가슴에 품고 그 새로운 경작지로 향했다.

그리고 젊은이들이 말한 대로 산과 강과 언덕으로 아름다운 풍경을 이루고 있는 그 일대의 신천지를 눈앞에 두었을 때, 그들은 서로

부둥켜안고 감격의 눈물을 흘렸다.

두 사람은 오랫동안 침묵을 지켰다. 이미 서로의 얼굴을 알아볼 수 없을 만큼 방안에 담배 연기가 자욱했다.

신의달을 따라 이 땅을 떠나야 한다는 생각을 이제 두 사람 모두 잊어버리려 하고 있었다.

"이제 슬슬 바람도 잦아들 텐데." 하고, 영준이 조용히 입을 뗐다.

"그 어느 때보다 지독한 바람이었어. 밭두렁 따위는 평평하게 메워질 정도야." 삼성은 어느 정도 약해진 듯한 바깥바람에 귀를 기울이며 대답했다.

"내 종자는 싹이 아주 잘 텄어. 난 내일부터 김을 매서 올해는 좀 더 일찍 씨앗을 뿌릴 거야."

영준의 이 말에 삼성은 가슴이 철렁 내려앉았다. 그는 슬쩍 친구의 얼굴을 살펴보며 어떤 풍파에도 굴하지 않고 견뎌온 고목 같은 완고함에 적잖은 감동을 느꼈다.

"나도 바로 시작할 거야. 바람 뒤에는 비가 올 테니까—" 그렇게 가볍게 대답했지만 이내 또 뭔가 예사롭지 않음을 느끼고 말했다. "하지만 만일의 경우도 생각해 두는 게 좋겠어. 그때가 되어서 허둥댄들 따라잡지 못할 테니까."

"아니— 이 땅을 떠날 바에야 차라리 죽는 게 낫겠다. 어떠한 폭풍인들 무한정 계속되는 건 없어."

"네 말을 들으니 마음이 가벼워지네."

"비적의 습격이라면 이번이 처음도 아니잖아. 놈들은 폭풍처럼 불어왔다가 다시 불어 가는 것뿐이야."

"하지만 이번엔 다르다고 신의달 선생이 말하지 않았나. 우리를 쫓아낼 구실을 군벌에서 찾고 있다고. 놈들은 우리를 비적과 내통한 자들로 만들려 한다고 하더군. 폭풍은 폭풍이지만 보통의 폭풍과는 달라."

"그럼, 이 만주에 우리가 발붙일 틈은 없단 말이냐. 당치도 않은 소리. 이제 그런 말에 귀 기울일 생각 없어. 신의달의 뛰어난 말솜씨에는 당해낼 수 없지만 사람을 쏘삭거린 것에 대해서는, 난 신의달이 정말 가증스러워."

"나라고 쉽게 땅을 버리고 싶겠나. 하지만 헛되이 죽고 싶지는 않아."

"그 얘기라면 이제 그만하자. 난 울컥울컥 화가 치밀어서 난동을 부리게 될지도 몰라. 넌 네 좋을 대로, 난 내 맘대로 하면 되지 않겠어?"

"그렇게 성급하게 화내지 말라고. 모두 서로의 안위를 생각해서 그러는 거잖아. 어쨌든 난 여기 머물기로 했지만 일단은 세모 선생의 의견을 들어볼 생각이야."

"그럼 그렇게 해. 난 잠이 쏟아지네."라고 말하며 영준은 목침을 찾아내 벌렁 드러누웠다.

천장을 노려보고 있는 영준의 얼굴에는 복잡한 상념들이 뒤엉켜 마치 분노가 응어리진 것처럼 보였다.

삼성은 천천히 몸을 일으켰다. 밖으로 나가 거센 바람을 맞으니 한층 더 생각이 뒤얽혀 영준과 의달의 사이를 왔다 갔다 하는 자신에게까지도 화가 났다.

2

부락은 먼지 속에 갇혀 있어도 처마와 진흙 굴뚝에서 조심스럽게 피어오르는 자줏빛 연기를 통해 저녁 준비가 시작됐음을 알 수 있었다.

산기슭에서 멀리 떨어져 점점이 흩어져 있는 이 서른 여 가구의 부락은 멀리 신개령과 목단령(牡丹嶺)을 등지고 드넓게 펼쳐진 논을 앞에 두고 있어 참으로 더할 나위 없이 행복한 곳이었다. 하지만 지금 삼성의 눈에는 불면 날아갈 듯 덧없고 처량해 보였다.

'분하다.'라고 생각하며 삼성은 가슴이 쥐어뜯겨지는 고통을 느꼈다. '아깝다, 아까워.'라는 생각이 다시 한 번 그를 눈물짓게 했다. 그들이 이것을 포기할 정도라면, 상당한 일이 있었음이 틀림없다.

그는 이따금씩 굵은 한숨을 내쉬었다. 코와 입으로 기어들어오는 먼지를 불어내는 것이 아니었다. 가슴을 불태우고 창자를 아프게 하는 무언가를 토해내고 있었다.

영준의 집을 나와 세 집정도 지나갔을 때쯤, 그는 갑자기 육출에게 불려 세워졌다. 육출의 그 코 먹은 소리는 어떤 폭풍 속에서도 알아들을 수 있었다.

"왜 그렇게 처량한 모습을 하고 있는 거야. 풀기 없는 옷처럼 말이야."라고, 두 마디 우스갯소리로 넘겨버리는 육출이었다.

삼성은 육출의 얼굴에 시선을 주었다. 그리고 마지못해 웃어 보였다. 육출을 향해서는 웃는 것이 의무이기라도 하듯이.

"무슨 일이냐. 그 얼굴은 호랑이한테 영혼을 잡아먹혔다고 해도 과언이 아니야."

"음. 밀림에서 나오는 거면 분명 호랑이겠지." 신기하게도 마음을 가볍게 하는 육출의 목소리였다.

"첫! 그만해. 삼성이라는 자식이 밀림의 주민을 두려워하다니. 그해, 네 형이……"

"육출― 그 얘기만은 그만해주겠나?"

"아차차― 이러면 안 되는데. 널 슬프게 할 생각은 없었어. 단지 그때 그 끔찍한 상황에 부딪혀도 눈 하나 깜짝하지 않던 네 배짱에 감탄했다는 것을 말하고 싶었던 거야. 뭐, 미안해. 이 괘씸한 육출 놈. 입이 여섯 개나 있는지, 타고난 수다쟁이인가 봐. 그건 그렇고, 너희 집에 귀한 손님이 왔다고 해서 널 찾으러 온 마을을 돌아다녔던 거야."

"그건 미안하군. 도대체 누구야. 그 귀한 손님이란."

"예전 황니하의 그 까만 녀석. 창오라는 사람."

"창오가?"

"뭐, 그렇게 반가워하지 마. 창오가 새색시도 아닌데. 그 녀석 표정으로 내가 판단한 건데, 네 이번 혼담도 분명 망했어. 창오에게 거절당하고 상심하지 말라고."

"사람을 웃기려 해도 그런 식으로 하면 안 되지. 아무도 창오를 중매쟁이로 세우지 않았고 난 새색시가 필요한 것도 아니야."

"허! 그런 얼굴을 하고 있어도 역시 쑥스러워하는 게 보여. 이봐, 삼성, 네 어머니가 네 새색시를 찾으려고 얼마나 애태우고 있는지 마을에서 모르는 사람은 우리 집 돼지밖에 없어."

"네놈한테 이렇게 놀림을 당하는 동안은 우리가 행복하다는 거겠지."

"어이. 뭐, 뭐라고? 그냥 넘어갈 수 없겠는데, 지금 한 말은— 어이, 다시 말해봐."

"농담도 적당히 해라. 마을의 흥망성쇠가 갈림길에 섰을 때에는—"

"아, 신의달 말이냐. 그런데 난 신의달이 소동을 피울 정도의 일은 아니라고 봐. 대체, 너 사리를 잘 분별해 봐. 장학량이라는 놈이 우리 코우리를— 뭐, 그놈들 입내를 내면 말이야— 이 만주에서 한 명도 남김없이 쫓아내기로 방침을 정했어. 그래서 갖가지 함정을 파 놓고 우리들이 거기에 빠져들기를 기다리고 있다고 치자. 그럼 장춘이건, 봉천이건, 우리들이 살 곳이 없다는 것에는 변함이 없지 않겠어?"

"그런 논의라면 이제 와서—"

"잠깐, 조금만 더 들어봐. 신의달이 그런 말을 하는 건 우리를 유인하기 위한 수작이야. 그 녀석 전에 일간보(一間堡)라는 곳에서 개척사업에 실패한 적이 있다는 건 너도 알고 있지 않느냐. 농장과 자금은 있어도 정작 가장 중요한 경작자가 없었기 때문이지."

"아는 척하고 있네. 그때는 자금이 떨어졌던 것도 있지만 결국 경작권을 얻지 못했기 때문이야."

"그래, 결국 같은 거지. 그때 얻지 못한 경작권이라면 지금도 마찬가지 아니냐?"

"같지 않다고는 안 했어."

"그럼, 왜 우리에게 여기를 포기하고 장춘으로 나오라고 하는 거야?"

"뭘 모르는 녀석이네. 이래선 애당초 논의할 필요가 없잖아."

"아, 그래— 난 도무지 모르겠네."

"남의 말을 그대로 전달하는 놈이야 당연히 이해 못하지."

"당연한 일이라면 난 어떻게 하면 좋을까?"

"그런 걸 내가 알 게 뭐야."

"나도 모르겠네."

"이 자식—" 하고, 삼성은 주먹을 불끈 쥐고 육출의 목덜미를 잡으러 다가갔다. 육출은 킥킥 침방울을 튀기며 도망갔다. 대여섯 발자국 떨어진 곳에서 해죽 돌아보고는 무언가를 외치더니 다시 뛰기 시작했다. 몇 걸음 더 가고 또다시 같은 행동을 반복했지만 삼성에게는 그저 육출의 입꼬리에 떠 있는 흰 거품만 보일 뿐이었다. 그리고 사람 좋고 약간 모지란 듯한 육출의 사람됨을 우스꽝스럽게 생각했다. 하지만 어찌 되었든 육출과 만난 덕분에 그의 기분은 한결 누그러졌다.

진흙담 모퉁이를 돌아 자신의 집 앞으로 나오자 일 장은 족히 될 것 같은, 삼성이 손수 느릅나무로 만든 사립문 앞에 미륵처럼 옹골찬 창오가 우두커니 버티고 서 있었다.

"아! 창오—"

"삼성이냐—"

두 사람은 와락 서로를 껴안았다. 왜인지 도저히 형언할 수 없는 감동이 그들의 가슴을 뜨겁게 달구었다. 만날 때마다 새로운 그리움을 느끼는 두 사람이었지만 지금 또 그들이 큰 재앙에 부딪혔다는 번민이 삼성으로 하여금 누군가에게 의지하지 않고는 버틸 수 없게 만들었다.

'그런데 창오도 이 일을 알고 있을까?'라고, 삼성은 생각했다. 창오는 꽤 멀리 떨어진 신개령 기슭에 살고 있었다. 황니하역까지 5리 남짓한 들길을 걷고 거기서 기차를 타고 교하역에 도착해 또 6리를 걸어 이곳에 온 창오였다. 지난해 가을 이후 삼성에게 좋은 배우자를 찾아주려고 사방팔방으로 손을 쓰던 어머니가 문득 세배를 하러 멀리서 온 창오에게서 자신의 부락에 새로 이주해 온 사람 중에 마침 적당한 처녀가 있다는 얘기를 들은 뒤로, 노인의 간청을 이뤄주기 위해 몇 번이고 찾아왔던 것이다.

하지만 창오의 입장에서는 먼 길을 오가는 쯤은 삼성을 위해서라면 대수로운 일이 아니라고 생각하고 있었다. 그뿐만 아니라, 어느 겨울에 비적의 습격으로 그의 집이 불타버렸을 때 삼성이 겨우내 그를 먹여 살렸던 일, 어느 여름날 멀리 용정까지 놀러 간 것은 좋았지만 돌아오는 길에 비적이 출몰하여 사박오일을 먹지도 마시지도 못한 채 밀림에서 밀림으로 떠돌아다녔을 때 두 사람이 겪은 고초를 떠올릴 때마다 그는 '삼성을 위해서라면 목숨을 걸 수도 있다.'고 생각하곤 했던 것이다.

삼성은 자신을 껴안은 창오의 큰 손바닥으로부터 전해지는 체온이나 자신의 손바닥에 느껴지는 창오의 바위 같은 어깨의 촉감, 검고 넓은 창오의 얼굴에서 넘쳐흐르는 자애로움 속에도 어딘지 모르게 느껴지는 연민에서, 창오의 이번 발걸음이 단순히 그의 혼담을 위한 방문이 아님을 깨달았다. 하지만 그것을 확인하기 위해 이렇게 물었다.

"무슨 급한 용무라도—"

"그 일 때문에 온 건 아니지만—"이라고, 창오는 그 거대한 체구에 어울리지 않게 어딘가 잠긴 듯한 작은 목소리로 말했다.

"그럼, 역시 신의달의—"

"그래. 우리 쪽에서도 서서히 피난 준비를 시작하는 사람들이 있어서 말이야."

"도대체 어떻게 되는 거야."라고, 삼성은 탄식 섞인 눈빛을 창오에게 던지며 중얼거렸다.

"그저께도 우리 집에 협박장이 날아왔단 말이지."

"협박장?"

"응— 우리 마을에서 나를 제일 주시하고 있는 모양이야— 놈들이 하는 말이 가관이지. 너는 부농이다. 즉시 사재를 털어서 빈농들에게 나눠 주고 자기들 편이 되라는 거야. 매번 하는 그놈들의 상투적인 소리지만 이번엔 좀 심하게 굴고 있어. 게다가 말이지, 이 지역을 자기네 세력범위로 삼았다고 성정부에 선언한 이상, 이제 와서 발버둥 쳐봐도 성의 용병들한테 토벌을 당하는 걸 면할 수는 없을 거야. 그러니까 우리가 이도 저도 아닌 어중간한 태도를 계속 유지하는 한, 양쪽에 끼어서 당할 일밖에 없다는 거지 뭐."

"최세모 선생을 협박하는 수법과 똑같네."

"나는 그렇다 치더라도 세모 선생을 들볶을 방법은 없으니까."

"아무튼 저녁 먹고 세모 선생 댁으로 가자. 거기서 신중히 생각해 보지 않겠나?"

"응—" 하고 대답하고 창오는 삼성을 따라 마당으로 들어갔다. 그리고 마당 한가운데 깔때기꼴로 쌓아둔 볏가리와 구석에 정성껏 쌓아놓은 짚더미에서 삼성의 부지런한 모습을 헤아리며, 이게 만약 평소와 같은 방문이었다면 얼마나 즐겁고 편안한 이야기로 밤을 지새우며 보낼 수 있었을까, 하고 유감스럽게 생각했다.

세모의 집은 인근 원주민의 만석꾼과 견주어도 손색이 없을 정도로 위풍당당했고 오히려 저택이라는 표현이 더 어울릴 정도였다. 흙담은 높고 저택 내에는 타곡장까지 마련되어 있으며 마구간과 머슴 숙소가 있는 별채도 있어 언뜻 보기에는 이주해 온 지 네 번째 해라고는 믿기지 않을 정도였다. 그리고 지붕은 그들 고향인 경주의 지붕을 본떠 두꺼운 배 모양의 짚으로 덮여 있었다.

세모가 이처럼 풍족한 생계를 유지할 수 있게 된 것은 결코 밀림의 침입자가 보낸 협박장에 쓰여 있는 것처럼 부당하게 축적한 부는 아니었다. 세모의 창고와 볏가리에 저장해둔 수백 석의 벼의 유래에 대해서는 그가 일족을 이끌고 이곳에 입식해 온 당초의 일부터 이야기를 해야 할 것이다.

그가 영준의 혼인을 매작하기도 하고 첫 손자를 얻기도 했던 그 골짜기에서 이곳에 도착한 날이었다. 모두가 일제히 환호성을 지르며 강가로 몰려들 때, 멀리 서서 부근 일대의 습지대를 바라보고 있던 그는 그곳이 논 가경지로서 참으로 적합하다는 것, 인근 구릉지대의 숲의 상태로부터 이 습지대가 완전히 주인 없는 공한지로 방치되었다는 것을 알게 되었다. 하지만 이곳에서도 그들이 용수로를 만들고 괭이질을 해 비옥한 논으로 만들면 분명 또 어디선가 간섭이 들어올 것임이 틀림없다는 것이, 지금까지의 생생한 경험만큼 더욱 씁쓸하게 떠올랐다.

그는 비장한 기분에 휩싸여 있는 남녀노소의 모습을 가만히 바라보면서 무언가 거대한 의분이 활활 불타오르는 것을 느꼈다.

임시 거처를 짓느라 제정신이 아닌 아들들에게도 알리지 않은 채 그는 문득 떠오른 처음 방향으로 걸음을 옮겼다. 2리 정도 길을 걸은 그는 다섯 가구 정도의 작은 부락에 이르렀다. 그중 가장 큰 집에 들어간 그는 어눌한 원주민의 언어로 대화를 시도했다. 그리고 거기서 3리 정도 강을 따라 올라가면 진 씨라는 유력자가 살고 있다는 것을 얻어들었다.

그는 진 씨를 찾아가 진 씨보다 더 힘이 있는 사람이 대립자(大粒子)에 산다는 것을 알아냈다. 그곳에 살고 있는 손 씨야말로 이 지방을 개발한 종가라는 것이었다.

세모는 이 손 씨 저택을 찾아가 먼저 첫 대면 인사를 건넸다. 뭔가 의심스럽고 수상쩍은 눈초리를 하고 있던 손 씨도 세모의 학식이 예사롭지 않다는 것을 알게 되자 상당히 진귀한 손님이 찾아온 것이라 생각하고 그날 밤은 시와 서예를 논하며 상당한 향응을 베풀어 유쾌한 하룻밤을 보냈다. 그리고 다음 날, 방문의 의도를 넌지시 흘리며,

"그 일대 저지대의 개간권을 원합니다."라고, 세모는 말했다.

"그러니까, 저 물웅덩이 수렁 땅을 개간하고 싶다는 말씀이시군요."라고 말하며 손 씨는 눈이 휘둥그레졌다.

"그렇습니다. 거기 백양을 없애고 벼를 심을 겁니다."

"그 소택지에 작물이 자랄 수 있다는 말씀이십니까? 한 번 비가 쏟아지면 순식간에 진창이 되어버리는 그 불모의 땅에서요?"

"맞습니다. 그런 곳이야말로 벼농사를 짓기에 더할 나위 없이 좋은 곳입니다."

"호오, 이거 정말 놀랍군요. 당신들의 벼농사 기술에 대해서는 예

전부터 소문으로 들었습니다만, 설마 저런 수렁 땅까지 개간하시다니 믿을 수 없군요."

"믿을 수 있도록 훌륭하게 벼농사를 지어 보여드리겠습니다. 그와 관련해 한 가지 도움을 청하고 싶습니다."

"내가 할 수 있는 일이라면—"

"개간 허가증을 만들어 주셨으면 합니다."

"개간 허가증을요?"라고 되물으며 손 씨는 미심쩍은 듯이 세모의 얼굴을 응시했다.

"그렇습니다. 개간하려면 허가증이 필요합니다."

"이상한 말씀을 하시는군요. 거기에 소유주 같은 건 없습니다. 당신들이 개간하고 신청하면 소유주가 되는 것이 아닙니까. 간도 협정에는 그렇게 적혀 있을 터인데—"

'이 사람은 참으로 선량한 사람이군.'이라고 세모는 생각했다. '아니면 시치미를 떼고 좋은 말로 내쫓으려는 수법일 테지.'

원주민이 짓는 그 무표정에서 진심을 읽어내는 것이란 정말로 어려운 일이다. 세모는 이때만큼 마음을 쓴 적이 없었다.

그는 조심스럽게 말을 이어갔다.

"그런 협정 따위 이미 오래전에 파기되었습니다."

"네? 협정이 파기되었다고요? 그건 금시초문입니다만, 도대체 언제부터 그렇게 된 겁니까?"

'이 사람은 확실히 시치미를 떼고 있다.'는 생각에 세모는 약간의 혐오감을 느끼면서 대답했다. "제가 말실수를 했습니다. 파기된 것이 아니라 귀국 측의 일방적인 협정 불이행입니다. 지금은 더 이상 토지소유권도 소작권도 인정받지 못하고 있습니다. 그나마 토지소유권은 간도 내에서 국한된 것이었습니다만, 그곳의 기득권마저 취소되려고 하고 있습니다. 우리들이 이렇게 어렵게 개간한 땅을 버리고 온 것도 비적의 습격 외에도……"라며, 그간 관청으로부터의 압박을 요약해서 이야기했다.

"흠, 그렇군요."라고, 손 씨는 여전히 표정 없는 얼굴이지만 점차 진심을 담아 이야기하기 시작했다.

"그럼 솔직히 말씀드리자면 여기에도 당신들 이주민들을 받아들이면 안 된다는 성정부로부터의 시달은 있었습니다. 토지 임대는 물론이고 집을 빌려주는 것도, 농자재 공급도 안 된다고 합니다. 저도 여러분이 우리 측 농민들이 애써 경작하고 있는 밭을 망치거나 가경지를 집어삼킬 것이라고 생각하고 있었습니다. 하지만 그런 불모지를 개간하는 것은 전혀 문제 될 것이 없다고 생각합니다. 그것까지 허락하지 않는 건, 우리나라 정부인데도 부당하군요. 그리고 사실 그곳은 소유주가 없는 땅입니다. 나도 그곳만큼은 등록할 생각이 없었습니다. 수입이 없는 땅은 오히려 세금을 내는 만큼 손해니까요."

"제 말을 이해해 주셔서 감사합니다. 그럼 부디 그곳의 지주가 되어 주십시오. 매년 그에 상응하는 소작료를 바치겠습니다—"

"제가 지주가 되어 당신들 모두를 머슴으로라도 고용하는 형식으로 하자는 것이군요."

"그런 다음 당신과 제가 소작 계약을 맺고 제가 책임지고 그곳을 관리하는 식으로 하는 것은 어떻습니까?"

"아, 그렇군요—"라고 말하며 손 씨는 생각에 잠겨 있다가, "좋습니다. 당신들은 무고한 백성입니다. 불모의 땅을 경작하여 생명을 이어가겠다는 당신들의 제안을 거절할 이유가 없습니다. 다행히 성 정부에 나와 인연이 있는 자가 몇 명 있습니다. 오, 육 일 안에 반드시 좋은 답변을 들을 수 있도록 하겠습니다."

손 씨는 그들 원주민에게는 불모지나 다름없는 소택지에서 해마다 적지 않은 수익이 생긴다는 것에 먼저 마음이 움직였다. 그는 전혀 예상치 못했던 수익의 일부를 할애함으로써 쉽게 움직일 수 있는 성정부 요인들 이 사람 저 사람을 머릿속에 떠올리며 세모에게 그렇게 약속했던 것이다.

세모는 그렇게 안주할 땅을 얻었고 땅의 위치와 토질에 따라 등분을 매겨 모두에게 분배했다. 가경지 전부를 각 가구의 남성의 머릿수에 따른 비례로 분배하자 한 가구당 평균 다섯 향이 분배되었다. 만약 평년 수준의 벼농사가 가능하다면 적어도 한 가구당 5백 석의 수입이 있을 것이다. 그러나 여기서 남은 문제는 경작 능력이었다. 주어진 땅의 양보다는 노동량에 따라 부의 차이가 발생하고 흉년이 아닌 이상 빈곤은 문제가 되지 않았다.

세모가 손 씨와 계약한 소작료라는 것은 소작료라고 할 만한 것도 아니었고 해가 거듭될수록 누적된다고는 하지만 첫해에는 한 향당 한 석이라는 근소한 수량이었으며 그것을 중간이득으로 취하는 일 따위, 세모는 생각조차 하지 않았다.

그래서 세모가 쌓은 부는 오로지 그의 일가의 노동량에 의해서만 만들어진 것으로, 그와 소작 계약을 맺은 빈농은 단 한 명도 없었다. 마을 사람 중에서 오래전 그의 집안에 속해 있던 소작인의 차남과 같이 그를 흠모하여 따라온 사람들에게는 미개간지를 적당히 분배해 주었고 그중에서 독신인 젊은이들 중 아직 가정을 이룰 능력이 없는 사람들을 머슴으로 두고 있은 것이 부를 다른 집보다 더 크게 이루게 된 유일한 원인이었다.

이러한 이유로 그는 부락민의 한낱 대변인이자 공동 이익의 옹호자였지, 종종 날아오는 협박장에 쓰인 것처럼 그러한 사람은 결코 아니었다. 그는 진정으로 마을의 은인이었다.

삼성이 창오를 데리고 나타났을 때, 세모는 마침 비적의 마수가 어느 정도까지 뻗칠 것인가를 궁리하고 있었다. 비적의 협박에 분노만 하고 있을 때가 아니었기 때문에 그는 애써 평정심을 갖고 마을의 이익을 도모할 생각을 했다. 그의 머릿속을 맴돌던 것은 신의달의 이론과 그 이후 그와 의형제를 맺은 손 씨의 위로의 말이었다.

— 비적 토벌의 명목을 빌려 우리들을 체포하고 투옥시키려고 하고 있습니다. 군벌은 그저 그렇게 우리를 괴롭혀서 우리가 이 만주에 거주할 흥취를 잃게 하려고 하는 것입니다, 라고 신의달은 말한다.

— 뭐, 안심하십시오. 상부의 방침이 어떻든 간에 이 지역에 내가 있는 한 어떻게든 해보겠습니다, 라고 손 씨는 위로를 건넨다.

— 녹림의 양대 세력이 대동단결하고 있는 지금, 위협은 날이 갈

수록 심해질 뿐입니다, 라고 말하는 신의달.

— 의리와 인정이 완전히 결여된 것도 아닐 테니, 그에 상응하는 대응책은 있을 것입니다, 라고 말하는 손 씨.

— 하지만 우리 이주민들에게는 그 논법이 적용되지 않는다는 것을 우리는 잘 알고 있습니다.

— 정세라는 것은 시시각각 변하는 것입니다.

— 그러나 이런 배일 수단은 그렇게 쉽게 바뀌는 것이 아닙니다. 중국은 항일을 통해 나라를 통일하고 실력을 기르고 있습니다. 이제는 최후의 순간까지 항일은 계속될 것으로 보아도 무방합니다.

— 동변도(東邊道)의 비적이 없어지면 선농(鮮農, 조선농민)에 대한 압박도 사라질 것이라고 생각합니다. 그러니 항일과는 직접적인 관계는 없는 것으로 보입니다.

— 항일이 근본입니다. 중국 본토에서는 전면 항일의 형태로 나타나고 있으며, 동삼성(東三省)에서는 조선 농민 탄압과 만철포위선(滿鐵包圍線) 부설의 형태로 드러나고 있습니다. 조선 농민의 비적 연루는 구실일 뿐이며 비적 소탕의 명분을 내세워 조선농민 탄압을 정당화하고 국제관계를 호도(糊塗)하려는 것입니다.

— 그렇다면 비적의 준동은 결국 선농을 궁지에 몰아넣는 결과가 될 것인데, 어떻게 비적의 이해를 구할 수는 없겠습니까.

세모는 이에 대해 뚜렷한 견해를 가지고 있었다.

"이 마을 사람 중에서 비적에게 원한을 품지 않은 사람은 없습니다. 불구대천의 원수인 비적의 이해를 구하는 것은 당치도 않은 일

일입니다. 그리고 우리는 한낱 평범한 농민일 뿐, 정치사상과는 아마 인연이 없는 중생임을 확실히 알아주었으면 합니다."

그의 마음속을 스쳐 지나간 생각은 이론적으로는 실로 정연한 것이었지만 마을을 떠날 결심은 무뎌지고 생각은 흐트러지고 앞날이 보이지 않아 도대체 어떻게 해야 할지, 그저 한탄하며 허둥댈 뿐이었다.

지혜를 빌리려고 찾아온 두 청년의 진지한 눈빛을 보았을 때, 그는 자신의 어깨에 짊어진 짐이 예상외로 무겁다는 것을 사무치게 느꼈다.

"황니하 지방의 동포들도 위기가 임박했음을 절실히 느끼고 있습니다만, 이제 더 이상 피할 방법은 없는 겁니까?"라고, 창오는 수심이 드리워진 얼굴로 물었다. 세모는 그들의 방랑 과정에서 신개령 기슭에 떼어놓고 온 이 젊은이를 정말 듬직하게 생각하고 있었다. 마을에 위기가 닥쳤을 때 가정과 자신의 이익을 돌아보지 않고 마을 사람들을 위해 몸 바쳐 나설 줄 아는 창오였기 때문이다.

"위험은 임박해 있다. 녹림의 자들이 한발 더 적극적으로 나선다면 그때야말로 우리의 운명이 결정되는 것이지."

"그게 무슨 말씀이십니까?"

"정부의 사람들은 명확한 구실을 만들어내지 못하고 있잖은가. 녹림의 자들이 움직이기 시작하면 그것을 두고 코우리들이 비적과 내통했다고 하면서 우리들을 체포하러 올 것이 틀림없어."

"그러면 투옥, 사형과 원죄에 시달리는 동포가 몇 만 명이나 나올

까요?"

"그래, 그렇지. 무서운 일이지."

"정부에게 맹세하는 방법은 없겠습니까?"라고, 삼성이 끼어들었다. "설령 어떤 불온한 사건이 발발하더라도 우리와는 무관한 일이라는 것을—"

"효과는 없을 거다. 구실을 기다리기만 하는 그들에게 충성을 맹세하는 것보다 비적의 침입을 막는 것이 더 빠른 길일지도 모른다." 라고, 세모는 탄식하며 대답했다.

"그런 건 아무런 무기도 없는 우리들에게 가능한 일도 아니고—" 라고, 창오는 팔짱을 끼며 안타까워했다.

"그럼 여차하면 도망칠 수 있도록 준비해 두는 것이 좋지 않겠습니까?" 삼성은 깊은 고민 끝에 그렇게 물었다.

"유감스럽게도 그렇게 하는 것 외 다른 방법이 없다고 생각한다." 라고, 세모는 스스로의 대답에 깜짝 놀랐다. 지난 몇 주간의 암중모색이 마침내 갈 데까지 간 것 같은 느낌이었다. 그리고 당장 오늘 밤 안에라도 전체 부락민에게 이 사실을 전해야겠다고 결심했다.

삼성과 창오가 떠나려고 작별 인사를 건네려던 찰나, 동술이 불쑥 들어왔다. 뾰족해진 턱과 처진 눈꼬리로 미루어보아, 그의 방문이 삼성네와는 전혀 다른 이유라고밖에 생각되지 않았다. 삼성과 창오는 머뭇머뭇하고 있는 동술을 위해 자리를 비켜주었다.

두 사람이 방을 나와 봉당에서 밖으로 나가려고 할 때, 언뜻 들은 말은 이러했다.

"저, 조금 뻔뻔하다고 생각하실지 모르겠지만, 오늘 아침에 마을을 떠난 사람들의 경작지를 받을 수 없을까 해서 찾아뵙게 되었는데, 황송합니다만 어떻게 생각하십니까?" 손바닥을 비비며 교활하게 말하는 동술의 얼굴이 보이는 듯했다.

"허, 그것 참 손이 빠르군—" 세모는 어이없고 기가 막혀 평소와 달리 당황한 모습으로 말했다. "그럼 자네는 무슨 일이 있어도 이곳에 눌러앉을 결심인가 보네." 세모는 불굴의 농민 정신에 크게 감명이라도 받은 듯이 물었다.

"저런, 그렇게 위험해졌습니까?"

"아마도 위험할 거야."

"그럼 어떻게 하면 좋을까요? ……"

"마을을 떠날 준비를 하는 것이 좋을 것 같다."

"그렇지만 영준의 말로는 목숨을 잃는 한이 있어도 모두들 남겠다고 한다던데……"

"그것 참 기특하군. 농민은 그래야 해. 그런 정신이 있다면 설령 다른 땅으로 가더라도 새로운 고난에 견뎌낼 수 있을 것이야."

"그럼 역시 남는 게 좋을 것 같은데……"

"정세가 절대적으로 불가하다는 것을 알면서도 여전히 머무를 결심이라면 그 기개는 높이 평가할 만하네. 땅을 사수하는 것도 좋겠지. 피로 땅을 물들이는 것도 아주 장하지 않는가."

"흐음—"

"자네는 어느 쪽을 택할 건가?"

"어쩌면 소문만큼은 아니지 않을까 하고 생각했습니다만—"

"챙길 수 있는 건 모두 챙겨가겠다, 그런 속셈인가?"

"헤헤헤— 그렇게 대놓고 말씀하시면, 참……"

"입 다물어. 마을은 지금 죽느냐 사느냐 생사의 갈림길에 서 있는데 개인의 이익만을 좇으며 교활한 마음을 품을 때가 아니야. 알겠나, 자네는 평소에도……"

삼성과 창오는 그 뒤의 말을 들을 수 없는 곳까지 온 뒤 무심코 얼굴을 마주 보고 의미심장하게 눈빛을 주고받았다.

창오가 신개령의 자신의 부락으로 돌아간 후, 삼성은 세간을 정리하고 곡물을 팔기 위해 원주민의 부락을 방문하거나 교하역, 대립자, 오도구(五道溝), 석두하자(石頭河子) 등 지역의 원주민 상인들과 거래하면서 며칠을 보냈다. 하나 둘 물건들이 줄어들 때마다 그는 눈물을 흘리며 여러 가지 추억에 젖은 것들을 놓아주었다. 상인들은 위기에 처한 농민들의 절박한 상황을 이용하여 터무니없이 낮은 헐값에 물건을 사들였다. 게다가 그 무렵 신용이 떨어지기 시작한 봉표(奉票, 동북군벌 정권이 발행한 화폐.)로 대금을 지불했다. 그 대문짝만한 지폐를 손에 쥐고 농민들은 또 다른 불안감을 품게 되었다. 하룻밤 사이에 휴지 조각이나 다름없이 되어버리는 이 지방의, 잡다한 지폐 때문에 피해를 입은 일이 한두 번이 아니었기 때문이다.

이런 소란 속에서도 영준만은 둔중한 발걸음으로 시선 한번 돌리지 않고 경작에 열중하고 있었다. 그는 허둥대는 이웃들에게 화가 난 듯이 이렇게 말했다. "사람은 죽을 때가 되면 죽기 마련이다. 숨이 붙어 있는 동안에는 자기 몫을 다해야 한다. 우물쭈물하는 사이에 파종기는 지나가 버릴 것이다."

영준의 말이 옳다, 라고 사람들은 깨달았다. 얼추 세간 정리가 끝나자 사람들은 팔랑거리던 자신들을 부끄러이 여기며 호미를 어깨에 메고 소를 끌어내어 밭으로 향했다. 그리고 밭을 갈아엎으며 발밑에서 뒤집히는 검은 흙을 보고 소 냄새를 맡고 있으니 자연스럽게 마음이 진정되었다.

그 무렵에 뜬소문이 자주 떠돌아다녔다. 녹림의 주민들이 이 성내 일대의 중요 시설을 파괴할 계획을 세우고 있었는데 최근 서서히 실행에 착수했다느니, 그들의 세력은 족히 정부 정규군에 대항할 만큼 되었다느니, 일부 토벌군이 이미 출동했다느니 하는 소문들이 5월의 강바람처럼 사람들의 마음을 떠들썩하게 만들었다.

그러던 어느 날, 교하역 쪽에서 정부군이 출동해 왔다는 소식이 날아왔다. 사람들은 호미를 버리고 각자의 집으로 달려가 도망칠 채비를 하기 시작했다.

"뭘 그렇게 허둥대고 있어. 얼빠져있는 사이에 흙덩어리라도 부숴."라고, 영준은 씁쓸한 마음으로 아내를 꾸짖었다.

그 와중에 또다시 군대의 행선지가 동쪽으로 멀리 벗어났다는 소문, 석두하자에 나타났다는 소문 등 여러 가지 소문이 돌기 시작했다. 그러다가 갑자기 대립자에 이백여 명의 병사가 나타났다는 말을 들었을 때, 사람들은 마을 입구가 꽉 막혀 도망갈 길을 잃고 어쩔 줄 몰라 했다.

"소란 피우지 말고 각자 집에서 침착하게 있어. 꼴사납게 소란을 피우면 오히려 의심을 받네." 세모는 사람들을 타일러 경작에 여념이 없는 것처럼 보이도록 종용했다.

사람들은 밭을 갈고 용수로 손질에 착수했다. 하지만 몸은 얼빠진 껍데기가 되어 마음은 다른 곳에 날아가 있었다.

그때, 진가둔(陳家屯)의 한 쪽에서 눈사태를 일으키며 나타난 병사들이 순식간에 마을을 가득 메웠다.

"세모 선생 댁에 대장으로 보이는 사람이 들어갔다고 하더라."라고, 누군가 급히 알리러 왔다.

삼성은 자신의 집으로 달려가 어머니에게 말했다. "어머니, 침착하게 계세요. 그리고 절대로 반항하지 말고 무엇이든 달라는 대로 다 내어주세요. 만약 돈을 내놓으라고 하면 장롱과 상자를 열어 그들이 원하는 대로 하게 하세요. 돈은 굴뚝 밑에 묻어두었으니 놈들에게 들킬 리 없습니다."

하지만 젊은 처녀나 아낙네가 있는 집이 입게 될 피해를 생각하면 참을 수 없는 기분이 들었다.

삼성이 세모의 집으로 부랴부랴 달려갔을 때는 이미 멀리까지 총검으로 무장한 인간 울타리가 만들어져 있었다. 침착하려고 애썼지만 가슴이 오그라들고 입이 말라 자꾸 마른침을 삼켰다.

"들여보내줘, 세모 선생에게 볼일이 있어."

하지만 야윈 얼굴을 한 두 명의 젊은 병사들은 총검을 삼성의 배에 거칠게 들이대며 힘껏 밀어붙였다. 한 마디라도 더 하면 가차 없이 그대로 찌를 기세였다.

삼성은 인간과 인간의 마음이 이토록 다를 수 있다는 것이 너무도 슬프게 느껴졌다.

그때, 일여덟 명 정도의 병사들이 지키고 있는 문 쪽에서 의석의 목소리가 들려왔다. "삼성아, 들어오면 안 돼. 반항하면 당할 뿐이야. 여기는 걱정하지 말고 빨리 돌아가. 돌아가서 모두에게 전해. 각자 집으로 돌아가서 도망치거나 숨지 말라고. 지금 아버지와 대장이 담판 중이니까, 그렇게만 전해줘."

그의 목소리는 쉰 듯 갈라지며 떨려왔다. 삼성은 큰 목소리로 그에게 대답했다.

"그대로 모두에게 전할 테니 안심해라. 세모 선생의 협상이 잘 이루어지기를 빌겠다."

삼성이 발돋움하며 그렇게 말하자 두 병사는 모욕을 당한 것처럼 발끈하며 달려들었다. 그리고 비틀거리며 넘어지는 삼성의 가슴 위로, 키가 크고 아직 스물다섯이나 여섯쯤 되어 보이는 젊은 병사가 허리에 찬 총검을 뽑아들고 삼성의 목을 향해 찌르려 들었다. 입을 비틀어 올리고 부리부리한 눈빛을 번뜩이며 위협을 가하자 무언가 전혀 다른 종류의 생명체에게 습격당하는 것처럼 같은 인간이라는 느낌이 전혀 들지 않았다. 삼성은 병사의 눈에서 헤아릴 수 없는 증오를 보았다. 이렇게 혐오스럽고 이해할 수 없으며 비인간적인 눈을 본 적이 없었다. 삼성은 자신들끼리 격렬하게 싸울 때에도 이토록 철저한 증오와 혐오의 눈빛을 본 적이 없었다.

삼성은 자신의 목덜미를 잡고 있는 상대의 손목에 무의식적으로 손을 얹었다. 그리고 다른 손바닥으로 칼날의 뾰족한 끝을 막으면서도 곧 닥쳐올 위기를 침착하게 기다렸다.

그때, 문 쪽에서 원주민의 언어가 들려왔다. 이 병사를 꾸짖는 다른 병사의 목소리였다. 의석도 상체를 내밀고 원주민의 언어로 무언가를 외치고 있었다.

병사는 마침내 삼성을 놓아주었다. 그리고 일어서서 떠나려는 삼성을 발로 두세 번 걷어찼다. 왜 이런 짓을 하는지 도무지 이해할 수 없었다. 그 이해할 수 없는 행동이 삼성을 몹시 슬프고 괴롭게 했다.

집에 돌아왔지만 그는 완전히 녹초가 되어 일어날 기력도 없어 평상에 쓰러져 버렸다. 어머니가 놀라서 기절할 것 같은 얼굴로 삼성을 안아 일으키며 펑펑 울음을 터뜨렸다. 그는 퍼뜩 정신을 차리고 "아무 일도 없습니다. 너무 지쳐서 그런 것뿐입니다."라며, 어머니에게 쓸데없는 공포를 안겨주지 않으려 애썼다. 이 땅에 와서 남편을 잃고 아들이 살해당한 상처가 말로 표현할 수 없는 공포가 되어 나타난 것이었다. 삼성은 어머니의 마음을 아프게 한 것을 후회하며 일어나서 씩씩한 목소리로 말했다.

"어머니. 병사들이 와도 절대로 폭력을 행사하지 않을 겁니다. 지금 세모 선생이 대장과 대화하고 있으니 분명 잘 해결될 거예요."

그때, 육출이 구르듯 뛰어 들어왔다.

"삼성. 어디 다친 곳은 없나? 가슴은 어떠냐? 배에 칼자국이라도 없는지 살펴봤어?"라고, 부산스럽게 허둥대며 보기 흉하게 일그러진 얼굴로 말했다. "쉿—" 하고, 삼성은 어머니 쪽을 곁눈질하며 육출의 입을 틀어막았다. "무슨 얼빠진 소리를 하는 거야. 난 아무렇지 않아."

"어? — 아, 그래? 난 네가 틀림없이 살해당했다고만 생각하고 있었어……"

이에 삼성은 얼버무리며 말을 돌렸다. "그런데 다들 어떻게 하고 있나. 소란을 피우지 말고 반항하지 말고 조용히 있으라고, 세모 선생이 전한 말이다. 빨리 모두에게 그렇게 전하고 와."

"세모 선생이 정말 그렇게 말씀하셨어?" 핏기가 사라지고 푸들푸들 떨리고 있던 육출의 얼굴에 안도의 빛이 떠올랐다.

"정말 그렇게 말씀하셨어. 안심해도 좋아."

"그랬으면 좋겠는데." 육출은 허둥지둥 자리를 떴다. 그의 다리는 후들후들 떨리고 있었고 조그만 소리에도 기겁을 하며 놀랐다.

병사들은 마치 자기 집에라도 돌아온 것처럼 대수롭지 않게 들어왔다. 그러고는 안채의 온돌에 올라가 군복을 벗을 새도 없이 장롱을 열어 흰 홑옷을 와락와락 끄집어냈다. 그리고 그것을 자신들의 속옷 위에 겹쳐 입었다.

궤짝 바닥을 마구 뒤적거리거나 선반에 올려두었던 온갖 잡동사니들까지 끌어내리고 눈에 띄는 것들을 전부 집어내더니 털썩 누워

콧노래 같은 노래를 부르기 시작했다.

그들 가운데 하나, 중간 키의 사내가 불쑥 마당으로 나와 "빨리 밥을 지어."라고 마치 자기 부하에게 지시하듯 윽박질렀다. 그리고는 어슬렁어슬렁 마당 구석에 있는 돼지우리로 다가가 아무렇지도 않게 돼지 한 마리를 잡고 닭장을 들여다보고는 살이 잘 오른 암탉 한 마리의 목을 비틀어 부엌에서 새파랗게 질려있는 삼성의 어머니에게 툭 던지며, "맛있게 만들지 않으면 가만두지 않겠다."라고, 난폭하게 말했다.

삼성은 분노로 치가 떨리는 것을 꾹 참으며 어머니를 뒷방으로 안고 가 눕혔다.

병사들이 시키는 대로 여러 가지 음식을 차리면서 그는 이런 상황에서 왜 세모처럼 될 수 없을까 하고 안타까워했다. 세모는 미리 손을 써서, 대장이나 병사들을 달래고, 그들에게 뇌물을 주고 진수성찬을 차려주었다.

저녁 식사가 끝나자 침입자들은 이 집에 있던 이불을 있는 대로 죄다 가지고 나와 그것으로 몸을 감싸고 잠에 들었다. 그들의 가증스럽게 잠든 얼굴을 엿보러 갔을 때, 삼성은 몇 번이고 병사들을 죽여버릴까 생각했다. 하지만 금세 생각을 바꾸고 이 또한 마을을 위한 일이다, 라고 스스로를 위로했다. 그리고 어쩌면 이 정도의 피해로 큰일을 피할 수 있지 않을까 하는 생각이 아름다운 동경처럼 삼성을 다독여 주었다.

하지만 형세는 아무래도 수상했다. 날이 갈수록 침입자들의 난폭

함은 더욱 심해졌고 세모의 설득이 통할 기미는 전혀 보이지 않았다.

그뿐만 아니라, 침입자가 온 지 사흘째 되는 날, 용수로 둑의 수양버들 줄기에 옥희의 여동생이 묶인 채 그대로 숨이 끊어져 있는 것이 발견되었다. 이제 갓 열여덟 살이 된 옥원은 병사들에게 무자비한 폭행을 당하고 갖은 괴롭힘을 받다 죽었고 옥희의 어머니네는 딸을 구하려다 일가족이 몰살당하는 불운을 겪었다.

그리고 또 다음 날, 의석의 아내가 세모네 저택 뒤뜰의 감나무에 목을 매고 죽었다는 소식이 전해졌다.

마을은 수심으로 가득 차고 언제 끝날지 모르는 괴로움에 사람들은 벌레 먹은 벼처럼 썩어가고 있었다.

그러던 다섯째 날 저녁, 갑자기 병사들이 대오를 지어 떠나가기 시작했다. 그 기쁨을 나누기도 전에 사람들은 새로운 근심에 휩싸였다. 신개령 쪽에서 비적이 습격해 와서 급히 출동한 것을 알게 되었기 때문이다. 대장이 "너희 부락민들 모두 이 자리에서 체포하고 조사한 뒤 처치하라는 명령을 받았다. 비적이 나타난 건 분명 너희들을 구출하기 위한 것임이 틀림없다. 너희들이야말로 좋은 미끼다. 중요한 미끼를 쉽게 죽일 수는 없으니 잠시 목숨은 살려두겠지만 여기서 십리사방(十里四方)을 이중 삼중으로 포위하고 있으니 나는 새도 도망갈 수 없을 것이다. 우리가 돌아올 때까지 얌전하게 있어라. 그때의 근신하는 태도에 따라 목숨은 살려주겠다."라고 세모에게 말을 남겼다는 것이었다.

병사들의 모습이 표하령(漂河嶺) 기슭으로 멀어지자 사람들은 도망갈 준비를 시작했다. 아무도 대장의 협박대로 하려고는 생각하지 않고 야음을 틈타 철도 연선을 따라 도망치기로 이미 마음을 굳힌 상태였다.

그날 밤, 누군가 교하 쪽에서 불길이 치솟았다는 소문을 퍼뜨렸다. 그리고 어떤 사람은 엄청난 폭음을 들었다고도 말했다. 비적이 예고한 대로 드디어 전투를 개시한 것이 틀림없었다.

폭음은 교하역 근처의 어느 철교를 폭파한 소리임에 틀림없다는 말이 어디선가 나돌았다. 그리고 심야에 가까워지면서 마을 사람들도 번쩍이는 불길을 분명히 볼 수 있었다.

삼성은 어머니를 질질 끌다시피 하며 달려나가고 있었다. 굴뚝 밑에 숨겨둔 지폐만 꺼내고 입은 옷 그대로 집을 떠났다. 평안할 때에는 이것저것 챙겨야 할 것들을 생각하고 있었지만 지금 그런 것들은 모두 깨끗이 잊어버리고 말았다. 그는 당황하여 우왕좌왕했고 꼴사나울 정도로 흥분해 버렸다. 그리고 어둠 속에서 혈육을 부르며 울부짖고 있는 일족들의 피맺힌 목소리에 더욱더 화가 나서 어머니의 팔을 비틀어 쥐듯이 움켜쥐고 계속 달렸다.

하지만 어느 언덕에 이르렀을 때, 사람들은 숨이 차 결국 견디지 못하고 털썩 몸을 내던졌다.

"삼성, 거기 있나?"라고, 세모의 목소리가 들려왔다.

"네, 어머니와 함께 여기 있습니다. 댁의 가솔들은 모두 다 모이셨습니까?"

"음. 어찌저찌."

세모의 이 어딘지 모르게 공허해 보이는 말에 삼성은 가슴이 철렁 내려앉았다. 의석의 아내가 병사들에게 능욕을 당하는 것을 피하려 스스로 목숨을 끊은 것이 이제는 또 다른 위협이 되어 사람들의 마음을 움츠러들게 했다.

세모는 차례차례로 이웃 사람들의 이름을 불렀다. 이름을 불린 사람들은 저마다 대답을 했다. 하지만 그곳에 모여 있는 사람들은 마을의 절반에도 미치지 못했다.

"모두 흩어져 버렸군. 무사히 도망쳤으면 좋으련만." 세모는 깊은 탄식과 함께 그렇게 중얼거렸다. 모두들 몸을 부르르 떨었다. 차가운 밤공기 속에 내던져진 비참한 모습들이 너무나도 애처롭게 보였다.

삼성은 문득 영준을 떠올렸다. 다른 사람들은 다른 방향으로 도망쳤다 하더라도 영준만은 마을에 남아 있을 것이 틀림없다고 생각했다.

"영준이네 일가족을 구해내야 한다고 생각합니다만—" 삼성이 말했다.

영준이 피난을 거부했다는 사실을 알고 있는 사람들은 헛수고라고 대답했다.

"그렇다고 해서 저렇게 내버려 둘 수는 없습니다. 어린아이와 연약한 여자를 고스란히 늑대 아가리에 던져주는 거나 다름없지 않습니까."

"그럼 지금이라도 돌아가서 억지로 끌고 오겠다는 건가?"라고, 세모가 말했다.

"네, — 어쨌든 이대로 가버리는 것은 저로서는 도저히 할 수 없는 일입니다."

"그럼 누구랑 누가 갈 건가?"

정적이 흐르고 아무도 가겠다고 나서지 않았다. 영준의 고집을 떠올리며 자신들이 데리고 있는 여자와 아이들을 바라보니 도저히 떨어지고 싶지 않았던 것이다.

"어머니만 잘 돌봐주신다면 제가 다녀오겠습니다." 삼성이 결연하게 대답했다.

"이게 무슨 소리냐. 혹시라도 무슨 일이 생기면 나는 어떻게 하란 말이냐."라고, 어머니가 아들을 붙들고 늘어지며 말했다.

"괜찮습니다. 놈들이 돌아오기까지는 아직 시간이 있어요."

"좋다. 다녀오거라. 어머님은 내가 돌보겠다."라고, 세모가 강한 어조로 말했다.

"그럼—"이라고 하며 삼성은 어머니를 떼어내고 일어섰다. "제가 돌아오기를 기다리지 말고 계속 가십시오. 교하역까지 무사히 도망치면 위험은 피할 수 있을 겁니다. —"

삼성은 울부짖고 있는 어머니를 달랠 틈도 없이 아까 왔던 길로 빠르게 달려갔다. 올 때와는 확연히 다르게, 자신을 또렷이 직시하며 알 수 없는 자신감이 차오르는 것이었다.

하지만 얼마 되지도 않은 거리임에도 불구하고 좀처럼 마을에 다다르지 못했다. 달리는 다리는 무겁고 숨도 턱턱 막혔다. 그러다 겨우 마을이 보이는 곳까지 달려갔을 때, 그는 가장 앞쪽에 있는 외딴집에 불이 환히 켜져 있는 것을 보았다. 어둠 속에 남겨두고 떠나온 부락 안에서 단 한 줄기 따뜻하게 빛나는 그 불빛이 얼마나 쓸쓸하게 보였던가.

그 집의 문간에 털썩 쓰러지려는 찰나, 그는 목구멍을 찢을 듯한 목소리로 "영준 있나—"라고 외쳤다. 거무충충한 피로 범벅이 된 것 같은 목소리였다.

"열어줘. 열어줘."라고 외치며, 그는 일어서며 그 집의 널문을 거칠게 두드렸다. 늘 익숙하게 열리던 그 널문의 감촉은 무언가 기묘한 여운을 남겨 그를 오싹하게 만들었다.

안에서 조용한 목소리로 이렇게 물어왔다.

"누구십니까?"

"아— 아주머니, 접니다. 삼성입니다. 영준이 있습니까?" 삼성은 떨리는 목소리로 그렇게 외쳤다.

"있습니다." 차분하고 조용한 여자의 목소리가 더욱더 삼성을 미치게 만들었다.

"열어주세요. 빨리 열어주세요."

"잠겨있지 않아요. 밖으로 당기면 열릴 거예요."

그렇다, 문은 잠겨 있지 않았다. 문은 삼성의 몸무게로 닫혀 있었다. 삼성은 문을 거칠게 열고 안으로 뛰어들었다. 옥희는 아기를 업은 채 어둠이 깔린 봉당에 서 있었다.

"왜 도망가지 않는 겁니까? 이런 데서 뭘 그렇게 꾸물거리고 있는 겁니까?"

"…………" 옥희는 가만히 고개를 숙일 뿐이었다.

"영준은 없어요? 영준은?"이라고 삼성은 더욱 초조하게 외치면서 온돌방으로 뛰어 들어갔다.

그리고 장지문을 활짝 열어젖혔다. 영준은 어두운 등불 속에서 웅크리고 앉아 언제나처럼 담배를 피우고 있었다. 하지만 그의 몸에서는 비장한 결의가 햇빛처럼 뿜어져 나왔다. 그의 발치에서 새근새근 자고 있는 남자아이의 얼굴을 본 순간, 삼성은 울컥 화가 치밀어 올랐다.

"너 미쳤어? 이 아이와 어미를 힘없이 죽게 내버려 둘 작정이야?"

하지만 영준은 납덩이처럼 묵묵히 있었다.

"어이, 빨리 일어나. 다들 언덕 위에서 네가 오기를 기다리고 있어."

"…………"

"너 하나 때문에 마을 사람 모두에게 폐를 끼칠 참이냐?"

"…………"

삼성은 자신이 당황하면 당황할수록 영준의 마음이 둔중하게 역행하게 될 것을 두려워했다.

"조상의 묘도 중요하겠지. 그건 나 역시 마찬가지 아니겠느냐. 아무도 부모님의 묘를 버리라고는 하지 않아. 어딘가에 정착해서 좋은 묘소를 찾으면 그때 가서 유골을 모시러 오면 되지 않겠냐." 그렇게 이치를 따져가며 설득하기 시작했다.

하지만 영준은 그저 한곳을 가만히 응시하고 있을 뿐이었다.

삼성은 억지로 차분하고 이치에 맞는 말을 찾느라 기진맥진했다.

"네 어머니의 영혼이 저 용수로에 깃들어 있다고 생각하느냐."라고, 이번에는 이렇게 해서라도 영준의 입을 열게 하려고 했다.

"아니면 애써 개간한 경작지를 버릴 수 없어서 그러는 거겠지."

"…………"

"그 마음은 이해하고 존경스럽다고 생각해."

"…………"

"하지만 말이야, 그 정신만 가지고 있다면 어디로 가든 상관없다고 생각해. 새로운 개간지를 일구어 또 하나의 훌륭한 논을 만들어 내는 것. 그것 역시 값진 일이라고 생각해."

"…………"

"뭐라고 말 좀 해줘. 나는 네 마음을 전혀 이해하지 못하겠단 말이야."

옥희가 조용히 옆으로 다가왔다.

"이이의 마음은 이미 정해져 있어요. 무슨 말을 한다 한들 이제 와서 움직일 사람이 아니예요."라고, 그녀는 비난도 긍정도 아닌 어조로 그렇게 말했다.

"그럼 아주머니도 헛되이 죽을 생각이시군요."라고, 삼성은 비난 섞인 목소리를 쏟아내듯이 말했다.

"헛된 죽음인지 아닌지 저는 알 수 없어요. 저는 오직 하나, 남편을 따를 뿐이에요."

삼성은 가슴이 타들어가는 듯한 고통을 느끼며,

"이 아이들은 어떻게 해요. 이 불쌍한 아이들을……"이라며 울음을 터뜨렸다.

"아버지가 맡긴 명운에 따를 뿐이라고 생각하고 있어요."

"허, 이거 참 어이가 없군. 정말 뭐라고 해야 할지 모르겠어. 너희들은(이라며, 영준을 향해) 하나같이 다 미쳤어. 대체 뭐 하러 일부러 죽으려고 하는 거냐. 멍청한 놈아. 네놈은 미친놈이야."

거친 목소리로 외치는 삼성은 당장이라도 턱없는 억지를 부리는 영준에게 달려들 것만 같았다.

"어서 떠나세요. 모두에게 폐만 끼치게 될 뿐이에요."라며 옥희의 손이 부드럽게 그의 손을 잡아끌었다. 그 손의 온기에 삼성은 참을 수 없는 연민을 느끼며,

"네놈은 정말 고집불통이야. 이치도 뭐도 모르는 놈이야. 세모 선생조차 여기를 떠나가지 않았느냐!"라고 울부짖었다.

"아무리 말해봤자 똑같아요. 자, 어서 떠나세요. 이러면 도리어 폐가 될 뿐이에요."

옥희는 의연한 태도로 말했다.

"알겠습니다. 이것으로 작별인 걸로 하지요. 하지만 너는(영준의 바위처럼 굳은 얼굴을 향해) 네 고집 때문에 이 불쌍한 아이들을(두 아이를 힐끔 쳐다보며) 죽이는 것과 다름없다는 걸 명심해. 알겠나, 네가 저지른 죄를 깨닫게 되면 내 뒤를 쫓아서라도 바로 출발해라. 놈들이 여기로 돌아오기까지는 하루 정도 시간이 있을지도 몰라. 내일 새벽까지라면 어떻게든 위험에서 벗어날 수 있을 거야. 아주머니도(옥희를 향해) 잘 생각해 보시고, 아이들이 불쌍하다고 생각한다면 아주머니

혼자라도 좋습니다. 아이들만이라도 데리고 도망쳐 오세요."

삼성은 다시 한 번 무언가 말을 하려고 영준 쪽으로 눈을 돌렸다. 하지만 이제는 너무나 완고한 고집으로 인해 무표정한 목석이 되어 있는 영준의 얼굴을 보고는 무어라 해야 할 말을 찾지 못했다.

그는 분에 못 이겨 거칠게 장지문을 닫고 봉당을 나섰다. 그리고 널문 밖으로 나가자 등 뒤에서 "그럼 아주머님들께 안부 전해주세요."라고, 평소와 다름없는, 사지에 있다는 기색이라고는 전혀 없는 인사를 하는 옥희의 목소리가 들려왔다. 피를 토할 것 같은 극심한 고통에 짓눌려 삼성은 두세 걸음 비틀거렸다. 그리고 더는 견딜 수 없어서 어린아이처럼 소리 내어 울기 시작했다.

한참을 그렇게 걸어가던 그는 갑자기 눈앞에 드리워진 검은 그림자에 깜짝 놀라 번쩍 정신을 차리고 두세 걸음 뒤로 물러섰다.

"놀라게 해서 미안하군."이라고, 검은 그림자는 원주민의 언어로 말했다.

"아, 진 형님 아니십니까." 삼성은 가슴을 쓸어내리며 말했다.

"그래. 영준이가 걱정돼서 보러 온 참이네."

이 진(陳)이라는 원주민 농민은 유일하게 논농사를 배우기 위해 동료들의 멸시를 무릅쓰고 삼성의 마을로 이주해 온 원주민이었다.

"그래. 영준은 무슨 일이 있어도 여기서 버티겠다고 합니다. 형님에게 무슨 좋은 생각이 없을까요?"

삼성은 도움을 청하듯 말했다.

"난 말이야, 영준의 마음을 이해할 수 있을 것 같아. 자네들이 논을 일구기 위해 흘린 땀과 피를 나는 잘 알고 있어. 그렇지만 영준을 저기에 놔두면 분명히 죽임을 당할 거야. 병사들이 떠날 때 우리에게 했던 말을 기억하고 있네. 이 주변에 있는 코우리들을 한 명도 남김없이 꼬챙이에 꿰어 죽일 때 구경하러 오라고 했거든. 그 말을 들었을 때 나는 소름이 끼쳐서 살아 있다는 기분조차 들지 않았어. 자네들이 오늘 밤 어둠을 틈타 무사히 도망칠 수 있기를, 내가 얼마나 간절히 기도했는지 몰라."라고, 진은 깊은 체념과 연민을 담아 말했다.

"그럼 영준을 어떻게 하면 좋을까요?"

"내 집에 숨겨 둘까 생각하고 있어."

"그거 좋은 생각이십니다. 부탁이니, 제발 그렇게 해주십시오."라고, 삼성은 애원했다.

"부탁할 필요도 없는 일이야. 나는 지난 4년 동안 자네들과 얼굴 한번 찌푸리지 않고 사이좋게 지내왔고 이제야 흰쌀밥 맛도 알게 되었어. 나머지는 나한테 맡기고 안심하고 가게나."

"그래. 그럼 저도 발걸음을 뗄 수 있겠습니다. 그 어린 두 아이를 생각하면 말입니다……"

"역신에게 당하는 거라면 체념이라도 할 수 있겠지만."

"그럼 저는 이만 가보겠습니다."

"어어, 어서 가게." 하지만 곧 다시 불러 세우고 진은 말했다. "자네들이 떠나는 건 좋지만 언젠가는 다시 돌아올 수도 있겠지?"

"아니, 그런 건 전혀 생각하고 있지 않습니다. 이 정세가 계속되는 한, 우리는 당분간 돌아오지 못할 겁니다. 비적의 손이 닿지 않는 먼 곳으로 이주하는 것 외에는 달리 방법이 없을 것 같습니다."

"이런 판국에 이런 이야기를 꺼내는 건 실로 계산적이기는 하지만 자네들이 돌아올 때까지 그 논은 내가 소중히 관리하겠어. 하지만 불행히도 자네들이 다른 곳에 정착하게 된다면 그때는 어떻게 해야 할까?"

"글쎄요—"라며 삼성은 머뭇거렸다. 진의 말을 곰곰이 생각해서가 아니라 그런 이야기에 자신의 감정을 추스르는 데 시간이 걸렸기 때문이었다. "어차피 버리고 가는 땅입니다. 마음대로 해도 좋아요."

"그렇게는 안 돼. 자네들의 명확한 동의 없이는 누구도 손가락 하나 건드리지 못하게 할 생각이야. 그러니 그런 때를 대비하기 위한 승낙서 같은 것을 하나 작성해 줬으면 하는데."

"승낙서 말씀이십니까?"라며 삼성은 놀란 눈으로 진을 쳐다보다가, "아아, 그래요— 그럼 장춘에 한번 오시지 않겠습니까? 거기서라면 그런 얘기도 차분하게 논의할 수 있을 거라고 생각합니다. 어차피 세모 선생이 아니면 알 수 없는 이야기니까요."

"장춘 어디 어디라고, 목적지가 정해져 있나?"

"아직이요— 하지만 거류민회에라도 오시면 대충 짐작은 하실 수 있을 겁니다."

"그렇군. 시간을 너무 많이 뺏었네. 그럼 어서 가게. 뛰어가지 않으면 교하역에 도착하기 전에 동이 틀 거야. 거기서 기차를 타면 더 이상 문제없을 테니까. 아, 그리고 대립자를 피해서 산길로 가. 교하역 앞의 어느 다리가 불타고 있다는 소문이 있어."

"뭐라구요? ㅡ" 삼성은 숨이 턱턱 막혔다. 결국 자신들의 행선지까지 비적의 습격이 닿은 것이다. 이 주변 일대는 이미 계엄령이 내린 상태일 것이다. 그곳을 어떻게 빠져나가야 할지 가슴이 조여드는 느낌이 들었다. 어렵사리 일행과 헤어졌던 언덕에 다다랐지만 그곳에는 더 이상 사람들의 모습이 보이지 않았다. 어느 방향으로 갔을까, 초조하게 길을 찾고 있을 때 아득히 먼 곳에서 붉게 타오르는 불길을 발견했다.

삼성은 그쪽을 뚫어지게 쳐다보았다. 하지만 곧 정신을 차리고 이쪽이라고 생각되는 방향으로 걸음을 돌려 달리기 시작했다. 그리고 자신을 찾으며 가슴 아파하고 있을 어머니를 그리워하면서 완전히 이성을 잃고 말았다.

3

창오는 삼성네와 헤어져 혼자가 되자마자 이렇게 생각했다.

'우리는 또 하나의 큰 재앙에 부딪혔다. 슬픈 일이지만 이 마을도 결국 흩어지고 말 테지.'

태연자약하던 세모의 표정과 말투로는 이 마을의 슬픈 최후를 예단할 수 없었다. 그러나 세모의 눈동자 깊숙이 숨어 있는 불안은, 그와 같은 불안을 얼굴에 적나라하게 드러내고 억누르고 있는 삼성과는 견줄 바가 아니었다.

창오는 오랜 세월 불우한 삶에서 길러진 예감으로, 눈앞에 닥친 위기가 더 이상 피할 수 없는 것임을, 세모의 눈을 보는 순간 단박에 알아차렸다.

하지만 그는 삼성처럼 당황하지 않았다. 거의 불행의 연속이었던 그의 삶은 어느새 그의 몸에 불굴의 투혼을 심어주었고 끔찍한 슬픔에 잠기는 대신 잠시의 체념 후에 새로운 운명을 개척하려는 강렬한 생명력에 불타오르게 했다. 그것은 어떤 분노를 내포한, 사냥감을 발견한 순간의 짐승과 같은 순박한 투혼이기도 했다.

그는 자신의 집을 나설 때는 꿈에도 생각하지 못했던 새로운 계획을 위해 고민에 고민을 거듭했다. 삼성에게 찾아가기 위해 처자식과 헤어져 교하로 향했을 때는 집과 곡식을 팔아넘길 생각조차 하지 않았었다.

그가 마을을 떠날 때는 아무도 자신들이 이토록 절박한 위기에 직면했을 거라고는 생각하지 않았다. 사람들은 대개 언제나 있던 비적의 습격에 당하는 정도로만 생각하고 있었다.

창오는 한시라도 빨리 마을로 돌아가 자신의 결심을 모두에게 알리고 즉시 마을을 떠날 준비를 하라고 일러두고 싶었다.

그러나 그가 마을로 가는 도중, 이를테면 교하역에도, 황니하역에도 오랫동안 그와 거래해온 원주민 상인들이 있었다. 그 가게들을 그냥 지나쳐 곧장 마을로 달려갈 만큼 그는 마음이 급하지 않았다.

교하역에 도착했을 때, 그는 역 앞의 검은 벽돌로 지어진 창고 같은 건물 앞에 서서 대문을 쿵쿵 두드렸다.

대문이 열리고 안으로 들어서자 나와서 맞아준 이 가게의 주인은 이 계절에 맞지 않는 그의 방문이 다소 의외라고 여기는 기색을 보였다. 파종기의 상거래는 창오와는 인연이 없었기 때문이다. 그것을 빠르게 눈치 챈 창오가 먼저 말을 꺼냈다.

"조금 큰돈이 필요해서 작년에 당신이 원했던 벼를 팔고 싶은데, 어떤가?"

"요즘 같은 때 그런 말을 해봐야 곡물 매매는 힘들어."라고, 가게 주인은 단호하게 거절했다. 하지만 이런 수법에는 익숙하다고 생각한 창오는 집요하게 추궁하듯이 말했다.

"그런 말을 해도 지금이 가장 곡식이 필요할 때가 아닌가? 햇곡식이 수확될 때까지 앞으로 네다섯 달은 중요한 시기일 테니까."

"그렇게 중요한 곡물을 왜 내다 팔려고 하는 건가?"

'이 자도 이미 소문을 들었군. 신의달네가 분탕질했나 보네.'라고 창오는 생각했다. 그래서 그는 약한 모습을 보이는 것만으로도 손해라고 생각해 "필요 없다고 하니 억지로 권하지는 않겠다. 황니하에 가면 친하게 지내는 곽 선생이 있으니까. 온 김에 들른 것뿐이다."라고, 딱딱한 발음의 원주민어로 대답했다. 하지만 대문을 나서도 아무런 반응이 없었다. 대개 이쯤에서 다시 불러 세우기 마련인데.

'뭐, 괜찮아. 황니하로 가자.'라고 생각하며, 창오는 그대로 대합실 쪽으로 걸어갔다.

마침 기차 시간이 다 되었는지 대합실 안은 7할 정도 승객으로 가득 차 있었다. 그가 들어서자 먼저 와 있던 승객들이 그를 힐끔힐끔 쳐다보았다. 그들의 그저 묵묵히 바라보는 눈빛에도 창오네에게 닥쳐오는 위기를 웅변적으로 이야기하는 듯한 기색이 내비쳐졌다. 창오는 무표정한 얼굴로 그에 대응할 수밖에 없었다. 하지만 그 무표정한 얼굴과는 달리, 그의 마음에 북받쳐 오르는 감회는 실로 복잡한 것이었다.

이윽고 기차가 도착하여 삼등석의 낡은 좌석에 몸을 던지고 변함

없이 뒤로 흘러가는 차창 밖의 풍경을 멍하니 바라보며 그는 아득히 먼 지난날을 회상하기 시작했다.

그는 삼성과 같은 고향 출신이었지만 그들과 함께 이주해 온 초창기 농민은 아니었다. 그가 태어난 것은 지금으로부터 27년 전의 어느 겨울날이었다. 그는 태어난 지 열흘 만에 어머니를 잃는 비운을 겪었다. 하지만 불행은 오히려 그가 태어나기 전부터 있었다고 하는 것이 맞을지도 모른다. 그의 집안은 조상 대대로 소작농이었는데 차남이었던 그의 아버지는 산골의 한촌에서 읍내로 나와 어느 음식점의 용부로 일하게 되었고 그곳의 하녀였던 그의 어머니와 부부의 연을 맺었다. 그리고 음식점의 문 옆 오두막집에 가난한 부부의 보금자리를 마련한 뒤 날이 밝기도 전에 일어나 밤이 깊어질 때까지 쉬지 않고 일을 했다. 남편은 장작을 패고 물을 나르고 장을 보는 등 온갖 궂은일을 했고 아내는 밥을 짓고 빨래를 하고 청소부터 손님 접대, 심부름까지 꾸역꾸역 해내느라 타고난 정신과 영혼은 이 음식점에 고용된 5년 동안에 다 닳고 닳아 없어져 버렸다. 단지 잠을 자기 위해 돌아오는 침실에서의 겨우 여섯, 일곱 시간이 그들의 생명을 간신히 이어주는 역할을 했다. 그렇게 일하는 와중에 창오가 태어났다. 하지만 아무도 그의 탄생을 축하해 주지 않았다. 이 집 안주인은 그를 들여다보며 돼지 새끼 같다고 냉혹한 평을 하고는 두 번 다시 들여다보지 않았다. 그리고 사흘째 되는 날, 그의 어머니를 다시 부려먹기 시작했다. 그때 그 안주인이 했던 말은 아버지로부터 늘 들었던 말이라 지금도 기억하고 있는데 "출산을 하고 사흘이나 누워 있는 여자는 본 적이 없다. 나는 첫아이를 낳았을 때 조차도 다음 날 아침에 바로 일어나서 빨래까지 했었다. 시어머니도 엄격한 분이었지만 나도 너처럼 얼빠진 사람은 아니었어. 편히 쉬고 싶으면 빨리 나가."라는 것이었다. 그의 어머니는 무거운 허리를 질질 끌며 부엌으로 내려갔으나 그로부터 일주일 후 심한 열병을 얻어 시름시름 앓다가 그대로 세상을 떠났다고 한다. 이렇게 그의 아버지는 자주 술회하곤 했다. "네가 남달리 큰 아기인 데다 정말로 힘든 난산이어서 출산 도중 두 번이나 정신을 잃었을 정도였지. 원래도 이미 약해져 있던 몸이었으니까. 일주일 정도는 누워있게 하고 싶었지만 그럴 수 없었단다." 그의 아버지는 그 가혹하고 무정한 안주인과 다투다가 결국 쫓겨나게 되었다. 그래서 여러 음식점을 돌아다니며 다른 읍내를 전전하다가 마침내 경성에까지 이르렀지만 창오가 열두 살이 되던 해에 그의 아버지도 홀연히 세상을 떠나고 말았다. 그는 그 가게 주인에게 거두어져 아버지가 하던 일을 이어받아 일하게 되었다. 죽을 것 같은 고통을 참아낸 것도 세 끼 식사와 따뜻한 국물을 얻을 수 있다는 즐거움이 있었기 때문이었다. 진드기처럼 악착같이 그 가게에 붙어 있던 중에 어찌 된 일인지 주인은 가게를 접고 만주로 이주했다. 주인을 따라 처음 도착한 곳은 봉천(奉天)이라는 곳이었는데 그곳 도심 외곽의 더러운 골목길에 주인은 여관 겸 음식점을 열었다. 이 땅에서 오래 살았다던 붕배의 이야기에 따르면 이 땅에서는 밤에 잠자리에 들 때 자신의 목을 만져보고 목이 있는지 확인하고 잠들고 다음날 아침 눈을 뜨자마자 자신의 목을 만져보고 목이 있으면 안도한다고 했다. 창오 역시 반 년 정도는 매일 그것을 반복했던 것이다. 집에서 조금만 멀어져도 그 누렇고 칙칙한 얼굴빛에 푸르고 먼지투성이인 사람들을 보는 것이 두려워서 정말로 목숨이 깎여나가는 듯한 느낌이 들었다. 게다가 가게에서 멀리 나가야 하는 심부름도 자주 있었기 때문에 그는 자나 깨나 공포의 한가운데 서 있어야 했다. 그런데 어찌 된 일인지, 어느 날 갑자기 원주민들이 떼를 지어 몰려와 가게를 습격해 문을 부수고 돌을 던지며 몽둥이와 빨간 털이 달린 창으로 옆구리를 찔러댔다. 그들이 입에 달고 다니는 욕설 중에 코우리, 코우리라는 말이 자신들의 멸칭이라는 것을 알았지만 말이 통하면 어떻게든 화해할 방법도 있으리라 생각하기도 하며 그저 세상에서 가장 처참한 기분으로 그 피해를 견뎌냈다. 그 소동이 있은 직후, 주인은 다시 가게를 접고 어디서 어떻게 왔는지도 모르는, 마치 세상의 끝으로라도 가는 것 같은 먼 곳으로 이주했다. 그곳은 용정(龍井)이라는 곳이었는데, 언뜻 보기에도 자신들과 같은 옷을 입은 사람들이 많이 살고 있어 일단 가슴을 쓸어내렸다. 이곳에서는 주인의 가게도 순조롭게 운영되어서인지 오래도록 머무를 것 같았다. 그러나 어느 날, 사소한 실수로 (아마 그릇을 깼던 것으로 기억하는데, 그 정도의 일로 내쫓을 정도는 아니었다.) 그곳에서 쫓겨나 다른 가게에 고용되었다. 그러던 중 남쪽에서 대거 몰려오는 이민자 무리들을 만나게 되었고 어느 날 들려 온 고향 방언에 갑자기 향수에 사로잡혀 그 무리를 따라가게 되었다. 그는 그런 불운한 성장 과정을 겪은 것치고는 붙임성 좋은 호인으로 자라

났다. 이는 자신에게 닥친 온갖 박해를 견디기 위해 자연스럽게 익힌 보신 수단이었으나 그 어떤 모욕에도 예예하고 굽실거리며 참고 견뎠던 아버지의 피 덕분이었을지도 모른다. 그 반면에 인간에 대한 반발과 편협함이 때때로 그의 가슴속에 폭풍처럼 휘몰아치기도 했다. 다른 사람과 시비를 일삼고 마을에 받아들여지지 않았던 할아버지의 피가 알게 모르게 그의 몸속에 잠재해 있었던 것이다. 그래서 대부분의 경우 매우 순종적인 그도 가끔은 강한 반항심을 불태우며 주인에게 맞서 대들기도 하고 며칠씩이나 꿍해 있기도 했다. 저놈의 입을 꾹 다물고 있는 얼굴을 보면 내 속이 뒤집힌다고 주인이 자주 외치곤 했는데 그가 그 가게에서 쫓겨난 것도 어쩌면 그런 데서 비롯된 것일지도 모른다.

하지만 그런 반면, 새끼 새가 어미 새를 따르듯 사람을 잘 따르는 경향이 있었다. 그런 성격에 끌려 그를 머슴으로 고용한 사람이 바로 이제는 작고한 삼성의 아버지였던 것이다. 그는 밤낮없이 혹사당하는 여관이나 음식점의 부자연스러운 생활로부터 해방되었고 그의 몸속 깊숙이 존재하던 흙을 향한 향수가 이 새로운 생활에 기쁨을 가져다주어 자연스럽고 건강한 농경생활에 매우 빠르게 적응해 갔다.

삼성의 아버지가 그렇게 세상을 떠나고 그는 삼성과 그의 형에게서 신임을 받으며 계속 삼성 일가를 위해 몸을 사리지 않고 일했다. 그리고 삼성의 형의 그런 불행한 죽음에 맞닥뜨렸을 때 타고난 사람을 잘 따르는 성격이 역으로 작용한 데다 또 항상 마음 한구석에 숨어있던 편협함이 갑자기 고개를 쳐들어 침입자들에게 맞서 싸우려 했다. 삼성과 세모를 비롯한 사람들의 질타가 없었다면 그 역시 그 폭풍 속에서 목숨을 잃었으리라. 그는 그날 이후로 아군과 적군을 명확히 구분했고 어떤 명분이 있더라도 이미 결정한 그의 생각을 바꾸게 할 수는 없었다.

그렇게 그는 삼성에게 머슴인 동시에 집안의 기둥이며 절친한 벗이었다. 삼성은 그를 형처럼 신뢰했고 후견인처럼 상담 대상으로도 삼았다. 창오 역시 그러한 환경 속에서 완전히 사람이 변하여 예전의 그 위축되고 부자연스러운 인간성을 벗어던지고 본연의 모습으로 되돌아갔다.

하지만 그는 언제까지나 삼성 일가만을 생각하며 살 수는 없었다. 자신의 가정을 꾸리고 싶다는 욕망이 서서히 생겨나기 시작한 것이다. 그리고 삼성도 이제는 충분히 자립할 수 있게 되었기 때문에 그들의 방랑의 여정이 신개령 기슭까지 이르렀을 때 그곳에서 약간의 경작지를 발견한 몇몇 가구가 정착을 주장한 것을 계기로, 창오는 삼성 일가와 헤어지게 되었다.

그곳에서 창오는 자신의 경작지를 갖게 되었고 함께 남은 무리 중 한 가구에서 혼기가 찬 여자를 만나 한 집안의 가장이 되었다. 그리고 어떤 굴욕에도 견뎌온 그의 불굴의 정신과 타고난 친화력으로 세모가 법하 유역에서 성공했던 것처럼 자신들의 경작지 경작권을 능숙하게 획득했다. 그때까지 그의 든든한 후원자가 되어준 이는 황니하역에서 조금 떨어진 곳에 살고 있는 곽 씨였다. 그는 이 곽 씨를 의부라 부르기도 하고 곽 씨의 권유로 글을 읽고 쓰는 것을 배우기도 했다. 그리고 관청과의 교섭이나 원주민과의 모든 타협의 중재를 맡아 그 자신 외 스무여 가구의 안정을 도모했다.

창오는 이번 사건에 대해서는 아직 곽 씨와 상의하지 않았다. 대부분의 위험은 곽 씨의 대처 덕분에 벗어나왔기 때문에 이번에도 또 어떤 방책이 마련될 것임이 틀림없다, 그렇게 확신하며 대수롭지 않게 여기고 있었다.

하지만 이제 그는 결심을 굳혔다. 수시로 날아드는 협박장이 창오의 마음을 흔들지 못하자 요즘에는 곽 씨의 저택에도 던져졌다. 이 지역의 개조인 곽 씨는 그 오래된 가문의 역사와 함께 재력 또한 이 지역에서 제일이었다. 비적들이 적대시하고 협박의 좋은 목표로 삼는 것도 이유가 없는 것은 아니었다. 하지만 이곳처럼 정부의 치안력이 강하게 미치는 곳에서는 그것들의 협박장도 결국엔 그저 천진난만한 아이들의 코 푸는 종이가 될 운명이었으므로 곽 씨의 마음을 동요시킬 정도는 아니었지만 최근 들어 창오네의 편의만을 봐준다는 불만이 원주민들 사이에서 일어났고 정부로부터는 한간(漢奸)이라고 지목받기에 이르렀다. "뭐, 상관없네. 벼슬아치들은 내 힘으로 어떻게든 될 것이고 주민들의 불평 따위는 아무것도 아니야."라고 곽 씨는 말했지만 만에 하나 치안부의 규탄을 받게 되는 처지라도 된다면 큰일이라는 생각을 창오는 기차 안에 있는 동안 하고 있었다.

그는 곽 씨를 위해서라도 마을을 떠나기로 결심했다.

그래서 창오는 황니하역에서 내리자마자 곧장 곽 씨의 저택으로 향했다.

"어떻게 되었는가?"라고, 창오의 얼굴을 보자마자 곽 씨가 물었는데 그의 산동(山東) 사투리는 그 상황에서 창오에게 실로 온화하게 들렸다.

"역시 마을을 떠나는 수밖에 없을 것 같습니다. 교하 지방의 사람들도 모두 그렇게 결심하고 있는 모양이었습니다."라고, 창오는 대답했다. 이 말의 이면에는 주인집을 생각하는 충실한 가복의 탄식이 서려 있었다. 그는 삼성 일가와 세모를 중심으로 하는 그 부락을 본능적으로 모촌(母村)이라고 생각하고 있었다.

"그렇군. 사실은 말이야."라고, 곽 씨는 희끗희끗 해진 염소수염을 두세 번 잡아당기며 목소리를 낮춰 말했다. "관청에서 이런 통첩이 왔어."

펼쳐진 서장을 읽어보니, 첫째, 소작 계약을 철회할 것. 둘째, 가옥 대여 관계를 끊을 것. 셋째, 학교를 폐쇄할 것. 이상의 조항들을 실행하기 위해 금리 인상, 소작료의 배액 요구, 모든 편의 제공 중단을 명령하고 만일 이상의 명령을 준수하지 않을 시에는 엄벌에 처한다, 등의 통보가 내려져 있었다.

창오는 그 굵은 활자로 인쇄된 명령서를 들여다보며 자신들과 같은 이민자들의 힘으로는 도저히 되돌릴 수 없는 완고한 아집을 뼈저리게 느꼈다. 그리고 이곳 원주민의 손에 맡겨두면 천만 년이 지나도 불모의 땅으로 버려질 소택지를 옥토로 만들고 변화시킨 자신들이 이 나라 정부로부터 칭찬을 받아야 마땅하지, 이런 기휘(忌諱)

를 당할 이유는 없다는 생각이 그의 편협한 성질을 자극하고 증폭시켜 어떤 형태로든 자신의 고집을 드러내지 않고는 견딜 수 없게 만들었다. 하지만 이 부당한 억압이 끝까지 밀어붙여질 때에는, 틀림없이 예기치 못한 반발과 분노의 폭발이 터져 나오게 될 것이다.

"이건 아무래도 좀 지나친 것 같군. 인의에도 어긋나는 일이지. 제비처럼 해를 끼치지 않는 자네들을, 어째서 이런 꼴을 당하게 하는지, 나로서는 이해할 수 없군."이라고 말하며 곽 씨는 탄식했다.

"모든 것을 불가항력이라고 생각하면 단념도 할 수 있습니다. 땀 흘려 개간한 땅을 함부로 버리는 천치도 없겠지만, 뭐, 어쩔 수 없죠. 어르신을 위해서라도 여기서는 우리가 한발 물러나는 것이 좋겠습니다."

"그렇게 말하니 나는 마음이 너무 괴롭네. 악을 선으로 갚고 사람을 원망하지 않는 자네들 같은 이를 칭찬할 말을 찾는 게 나로선 참 골이 빠지는 일이야."

"그런데 부탁이 있습니다만, 우리들의 세간을 정리하는 데 조금만 더 도와주실 수 없겠습니까? 이런 소문이 도는 중이라, 어느 상인도 제대로 상대해 주지 않습니다."

"흠— 그렇군. 뭐, 한 번 생각해 보지. 사태가 아직 그렇게 급박하지는 않을 테니 천천히 정리하게나. 조금씩 역으로 옮겨두는 것도 한 가지 방법이겠지."

"그러고 싶다고 생각하고 있습니다. 마을을 떠나면 그날부터라도 길거리에서 헤매게 될 우리들입니다."

"그래서, 행선지는?"

"일단은 장춘으로 가서 목숨만이라도 건질 생각입니다만, 그 이후의 일은 생각하지 않았습니다."

"그렇군. ㅡ" 곽 씨는 고개를 떨군 채 의미 없는 끄덕임을 반복하고 있었다. 창오네를 추방하는 것이 자기 혼자만의 책임이라도 되는 양.

창오는 곽 씨 댁을 떠나 자신들의 마을로 돌아갔다. 집을 비운 사이에 혹시나 했던 걱정은 기우(杞憂)에 불과했고 경지정리도 이미 끝난 논밭 주변에 두세 가구씩 띄엄띄엄 세워져 있는 어느 집에도 별다른 변고는 없는 듯했다.

집에 도착하자 아내가 닭에게 먹이를 주고 있었다. 아내의 등에 업힌 아기가 그를 보고 반갑다는 듯 팔을 바동거렸다. 아기의 이름은 호용이라고 곽 씨가 지어주었다. 그는 용아, 용아, 라고 부르며 아기의 손을 잡았다. 문득 그는 자신의 아기 시절, 그리고 새삼스레 음식점에서 심부름을 하던 시절의 그을리고 새까만 자신의 모습이 눈앞에 선하게 떠올랐다. 불운하다는 감정이 순식간에 그의 마음을 검게 물들여 현기증까지 느껴지는 것 같았다. '뭐, 어디에 가든 땅은 있어.'라고 그는 억지로 스스로를 다독였다. 이 아이를 위해서라도 어떤 고난도 이겨내야 한다는 비장한 결심에 몸이 떨렸다. 그들 부자 두 대에 걸쳐 겨우 찾은 이 가정을 잃지 않겠다는 그의 소망은 어쩐지 애원에 가까운 것이었다.

사나흘 동안 그는 마을 사람들에게 이촌(離村)을 설득하고 세간을 정리하는 데 시간을 보냈다. 어느 집도 아직 본격적으로 세간을 끌어내려고는 하지 않았다. 창오가 자신의 집과 처가 두 집의 세간을 실은 소달구지를 끌고 황니하가로 향하는 것을 보고서야 비로소 피난하지 않고는 버틸 수 없을 것 같은 위기를 실감했다. 그리고 그중 눈치 빠른 사람들은 그다음 날 때쯤 짐을 꾸리기 시작했다.

창오는 넷째 날과 다섯째 날을, 곽 씨 댁에서 잔뜩 불러들인 중매인들과 가격을 흥정하는 데 보냈다. 약점을 파고들려는 상인들에게도 의심을 일깨우려는 곽 씨도, 조금이라도 더 많은 돈을 받으려는 창오도, 흥정 둘째 날에는 모두 녹초가 되고 말았다.

그다음 날, 봉표로 받은 천이백 원 정도의 돈을 곽 씨에게 맡기고 마을로 돌아가는 길에 오른 것은 해가 뉘엿뉘엿 저물어갈 무렵이었다. 마을에서 나온 이웃들을 돌본 일이나, 애지중지 키운 소와 짐수레를 팔아버린 설움 때문에 당장은 마을로 돌아갈 수 없는 울적함을 달래고 있었다. 백주가 울적한 그의 기분을 조금이나마 날려주는 듯했다. 그는 좁은 오솔길에서 남도의 노래를 부르면서 비틀거리며 걸어갔다. 그렇게 많이 취한 것도 아니었지만 취했다고 생각하고 취한 척하는 것이 왠지 모르게 유쾌한 기분을 불러일으켰다. 지금까지 겪어온 여러 기억들이 탄식과 슬픔, 그리고 결심과 한데 뒤섞여 그를 비장하게 만들기도 하고 격분하게 만들기도 했다.

도중에 몇몇 원주민 부락 근처를 지나 언덕을 넘고 숲을 빠져나오며 비몽사몽으로 보낸 네다섯 시간이 더할 나위 없는 위안이 되었다. 그는 그것에 의지라도 하듯 일부러 비틀거리기도 하고 노래를 부르기도 했다.

그런데 갑자기 무시무시한 굉음이 그의 귀를 찔렀다. 휘청휘청 멈춰 선 창오는 기우뚱한 몸을 가누려 발을 내디디며 방금 전의 소리가 자신이 내뱉은 얼빠진 소리였는지, 아니면 다른 소리였는지를 확인하려 했다. 그러자 눈앞에 새빨간 불길이 혀를 날름거리며 타오르는 것이 보였다. 깜짝 놀라 두세 걸음 그쪽으로 뛰어가려는 순간, 이번에는 다른 쪽에서 일어난 굉음에 놀라 멈춰 서고 말았다. '큰일 났구나.' 하는 생각이 가장 먼저 그의 마음을 뒤흔들었다. 그리고 '아, 교하의 철교 폭파다.'라는 규환이 엄청난 기세로 그의 온몸을 뒤흔들었다. 저 멀리 서쪽에서 붉게 타오르는 불길에 그는 정신을 잃을 뻔했다. 그러나 다시 조금 전의 불길을 떠올리고 방향을 바꾸었다.

"내 마을이다. 우리 마을이 불타고 있어."

창오는 이미 이성을 잃은 상태였다. 마치 초인적인 힘이라도 얻은 것처럼 쏜살같이 마을을 향해 달려나갔다. 그의 마음을 헤집고 있는 것은 오직 아기와 아내뿐이었다. 그의 목숨 전부를 집에 두고 온 것처럼 그는 계속 달렸다. 낮에 마신 백주와 어물어물하며 시간을 때운 것이 헤아릴 수 없는 후회가 되어 한없이 안타까웠다. '내 인생은 이미 엉망진창이 되었고 완전히 망가졌다. 무슨 바보 같은 짓을 한 거야.' 그는 자신의 심장을 갈기갈기 찢어도 모자랄 것 같은 기분이었다.

이윽고 불타고 있는 부락이 눈에 들어왔다. 한 집 한 집 정성스럽게 불을 붙여 봉화처럼 선드러지게 타오르고 있었다. 황량한 밤의 들판에 그 스무 개가 넘는 봉화는 무언가를 저주하듯 활활 타오르고 있었다. 그는 그 불꽃의 그림자 속에서 사람의 모습을 찾아 헤맸다. 하지만 움직이는 건 아무것도 없었다.

창오는 절망 어린 비명을 내지르며 언덕을 뛰어올라갔다. 그리고 몇 분을 계속 달리다가 논두렁길로 뛰어내려가며 "용아—" 하고 목이 터져라 외쳤다. 그러다가 옆에서 갑자기 튀어나온 누군가에 의해 발이 걸려 넘어졌다. "누구냐?"라고, 창오는 정신없이 달려드려 했다. 그러나 상대가 "쉿—" 하며 그의 입을 막고 "나네, 나야. 모두 무사하니 진정해."라고 말하는 목소리에 비로소 그것이 자신의 장인임을 깨달았다.

"아이와 엄마는 어디 있습니까?"라고, 창오는 숨을 멈추고 다음 대답을 기다렸다.

"무사하네. 다들 이 위의 숲속에서 자네가 돌아오길 기다리고 있었어. 아직 놈들이 이 근처를 어슬렁거리고 있으니 조용히 하게." 그렇게 말하며 노인은 창오의 팔을 억세게 끌어당겼다. 말라비틀어진 노인의 팔에는 거역할 수 없는 비정상적인 힘이 담겨 있었다.

창오는 아이처럼 노인이 이끄는 대로 잡목 숲속으로 들어가 아내의 얼굴을 보고 그 품에 안겨 있는 아기를 보고나서야 안도의 한숨을 내쉬었다.

그들의 말에 의하면, 비적의 습격이 있었던 것은 오늘 밤이었고 마을 사람들은 대부분 이미 도망친 뒤였지만 그들만은 그곳에 남아 창오가 돌아오기를 기다리고 있었다고 한다.

"이 언덕을 넘지 못하면 어떡하지, 하고 마음을 졸이고 있었네. 그래도, 뭐, 다행이야. 자, 빨리—"라고, 장모가 말했다.

창오는 이 난장판 속에서 그가 차곡차곡 모아둔 은화 상자를 가져다준 아내의 노고를 위로하며 산기슭을 따라 황니하역으로 도망쳤다.

역에는 이곳저곳의 부락에서 도망쳐 온 피난민들이 서로 육친을 부르며 가져오려던 세간이 없다며 공포와 탄식에 얼어붙은 목소리로 북적거리고 있었다. 그들은 자신들의 마을을 불태운 자들의 추격을 여전히 두려워하고 있는 한편, 자신들을 그 추격자들의 일원으로 만들려고 하는 정부 용병들의 공격을 예상하며 이루 헤아릴 수 없는 불안에 떨고 있었다.

열차는 날이 밝고 나서야 출발하기에 사람들은 그때까지 기다리기로 했다. 하지만 그 기다림의 시간이 얼마나 길게 느껴졌을까.

기회를 포착하는 데 매우 재빠른 몇몇을 제외한 나머지 사람들은 거의 모두가 입은 옷밖에는 가진 게 아무것도 없었다. 너무 잦은 불행에 익숙해져 무뎌진 그들의 신경으로는 이렇게까지 철저한 타격을 입으리라고는 꿈에도 생각지 못했던 것이다.

그 와중에 교하 지방에서 용병이 출동했다는 소문이 돌았다. 사람들은 열차의 도착과 용병의 습격 중 어느 쪽이 더 빠르냐에 따라 자신들의 운명이 결정될 것이라 생각했다. 그리고 이제는 그저 자신들의 최후의 운명이 오기만을 기다리는 것뿐이라고 마음을 다잡고 아무 생각 없이 잠들어 있는 어린아이들 위에 몸을 웅크리고 지친 몸을 잠시나마 쉬려고 했다. 하지만 한숨도 잘 수 없었다.

창오도 이제 더는 어쩔 수 없다고 각오하고 대합실 한쪽 구석에서 아내와 장모를 지키고 있었다. 하지만 어쩐지 분노에 휩싸여 그는 사람들 틈에 끼어들었다. 그리고 장정들은 장정끼리, 부녀자들은 부녀자끼리 한곳에 모여 만약 최후의 순간이 오더라도 개죽음은 당하지 않겠다고 서로 맹세했다. 그들은 몽둥이를 찾아내어 무기로 삼았다. 몽둥이를 찾지 못한 이들은 가져온 짐 속에서 낫을 꺼내들었고 또 어떤 이는 부엌칼을 대도 대용으로 허리에 차고 씩씩하게 자신들의 아내와 어머니, 자식들을 지키려 했다.

하지만 그런 결연한 마음가짐에도 불구하고 그들을 공포에서 구원해 준 것은 그들의 용기가 아니라 용병보다 한 발 먼저 도착한 열차였다.

그들은 기차 소리를 듣자마자 열차에 몰려들어 앞다투어 객차 안으로 몸을 숨겼다. 열차가 움직이기 시작하자 그들은 비로소 살아 있는 듯한 기분을 느꼈다. 그리고 열차가 그들이 익히 알던 산과 강에서 완전히 멀어졌을 때, 전날 밤부터 쌓인 피로가 한꺼번에 몰려와 맥없이 좌석에 기댄 채 깊은 잠에 빠져들었다.

창오는 자신의 어깨 아래에서 몸을 웅크리고 잠든 아내와 아기의 얼굴을 가만히 내려다보며 깊은 한숨을 내쉬었다. 눈앞에서 사랑하는 이 두 사람이 죽임을 당하는 것을 보지 않았다는 것이 마치 기적이라도 되는 것처럼 느껴졌다. 지금까지 겪어온 그 어떤 불행보다 이번 사건이 가장 무서웠다. 이는 대부분의 불행에는 익숙해져 있던 그도 자신의 목숨보다 소중히 여기는 처자식, 두 명의 약한 존재를 지키려는 본능 때문에 몇 배의 용기가 필요했고 그에 못지않은 불안과 공포를 느꼈기 때문이다.

그래서 이제야 비로소 눈앞의 위기에서 벗어났다는 안도감이 그의 피로를 갑절 증가시켰다. 하지만 그는 다른 이웃들처럼 푹 잠들어 버릴 수는 없었다. 그는 장춘에 도착한 후의 일, 그리고 곽 씨에게 맡겨둔 돈을 생각하다가 문득 삼성을 떠올렸다.

'그래, 맞다.' 창오는 무릎을 탁 치듯이 생각했다. '삼성네는 어떻게 되었을까?'

위험에 처해 있는 동안에는 단 한 번도 생각나지 않았던 삼성이었지만 이제는 온통 그 생각에만 사로잡힌 채 그날 헤어질 때 나누었던 대화를 어젯밤까지 교하 지역이 용병의 습격에 시달렸다는 소식과 결부시켜 생각하며, 창오는 삼성네에게 닥쳤을 재난이 자신들이 경험한 것보다 몇 배나 더 컸을 것이라고 생각했다.

'모두 체포되었음에 틀림없다.'라고, 창오는 결론지었다. 전후 사정을 종합해 볼 때, 삼성네가 체포되어 투옥됐음은 틀림없다는 생각이 들었다. '무고한 죄로 수백 명의 사람들이 신음하고 있으리라.'라고, 창오는 개탄했다. 그리고 소문으로 들었던 이 나라 옥사의 추잡함과 조사의 잔혹함을 생각하며 그는 비탄과 분노를 동시에 느꼈다.

'어쨌든 나는 교하에서 내려야겠다. 삼성의 안부를 확인하지 않고는 도무지 견딜 수 없어.'라고, 그는 결심했다. 그리고 교하역에 가까워졌을 때 처남을 불러 처자식을 부탁했다.

하지만 그들이 탄 기차는 교하역 바로 앞의 어느 다리 근처에서 한참을 정차하게 되었다. 폭파된 작은 철교의 수리가 완료될 때까지는 반대편에서 올 예정인 열차와 도보로 연락을 취해야 한다는 것이다.

철교 폭파는 폭탄 장치가 조잡했던 탓에 아주 작은 부분만 파괴되었을 뿐이었다. 그러나 그 작은 파괴된 교항(橋桁) 때문에 지금 이렇게 그들이 목숨을 건 채 피난길에 오르게 되었음에도, 사람들은 이를 아는 기색도 없이 위태위태한 발걸음으로 다리를 건넜다.

다음 열차가 도착할 때까지의 긴 시간을, 사람들은 또다시 공포에 떨며 보냈다. 그리고 마침내 다시 객차에 오르게 되었을 때 그들은 마치 소라게가 껍데기를 찾아낸 것처럼 안도했다.

"나는 여기서 내려야겠소. 삼성이 걱정돼서 어쩔 수 없소."

열차가 교하역구내로 들어서자 창오는 아내에게 말했다.

"아니, 그럴 수가……"라고 말하며 그의 아내는 눈물을 글썽였다. 남편의 안위를 걱정하는 마음에 숨이 턱턱 막힌 듯했다.

창오는 견딜 수 없는 애처로움을 느끼며 아내의 얼굴에서 눈을 돌리고 말했다. "삼성 일가는 나한테 생명의 은인이니까. 생사도 불분명한 삼성을 두고 이곳을 그냥 지나칠 수 없소."

"…………" 가만히 응시하던 눈을 결국 살며시 내리깐 아내의 얼굴에는 이렇게 쓰여 있었다. '당신이 그렇게 생각한다면, 너무 거스르는 것도 아내로서의 도리가 아니라고 생각해요.'

이 열차에서 내린다는 것은 실로 위험천만한 일이었다. 이 철도 연선을 한 발짝이라도 벗어나는 순간, 그의 목숨은 누가 보증해 주겠는가.

짧은 시간이었지만 그는 처자식을 향한 애틋한 마음과 은인의 안위를 걱정하는 의리 사이에서 괴로운 번뇌를 견뎌야 했다.

"그럼, 장춘에서 기다려주시오."라고 말하며 그는 승강장에 들어서자마자 몸을 일으켰다. 그러나 창오는 창밖의 광경에 깜짝 놀라 넋을 잃고 말았다. 거기에는 그들이 황니하역에서 그랬던 것처럼 열차를 향해 몰려드는, 자신들과 같은 복장의 사람들이 있었다.

"피난민이다—"라고, 그는 토하듯 말하고는 승강구 쪽으로 돌진해 갔다. 비적의 습격, 용병 출동, 체포, 투옥 등 최악의 사태를 겪어왔을 사람들의 처참한 모습이 그의 마음을 아프게 했다.

창오는 무서운 기세로 올라타는 사람들의 팔을 끌어올려 마치 짐이라도 던지듯 객차 안으로 밀어 넣었다. 모두 아는 얼굴들이었지만 말을 주고받을 틈도 없이 그저 그렇게 기어오르고 끌어올리는 것만 할 뿐이었다. 한 중년 아낙이 창오에게 끌어올려지자마자 와락 그에게 매달린 채 울부짖었다.

"이제 괜찮습니다. 울지 마세요."라고, 창오는 다음 사람을 돕기 위해 그 아낙을 객차 안으로 밀어 넣으며 말했다.

"이제 괜찮은가? 정말 이제 괜찮은가? 나는 내가 안전한 곳에 왔다고 해서 마음 놓을 수는 없어. 소중한 아들과 생이별하고 말았으니."라며, 아낙은 부르짖었다. 뒤에서 밀려오는 사람들에게 떠밀리면서도 창오의 팔을 붙잡고 늘어졌다.

창오는 깜짝 놀라며 그 아낙의 얼굴을 쳐다보았다. 그러고는 갑자기 미친 듯이 소리를 질렀다.

"앗, 당신은!"이라고 말하자마자 숨이 막혀버렸다.

"그래. 나야. 삼성의 어머니란다."라고, 아낙은 창오가 자신의 얼굴을 잊어버린 것은 아닐까 걱정하며 말했다.

지금 이 순간까지도 내내 생각해왔던 삼성, 안위를 걱정해왔던 삼성의 어머니였다. 창오는 자신의 어머니처럼 존경하고 소중히 대했던 삼성의 어머니를 알아보지 못할 정도로 자신이 얼빠져 있었던 것을 창자를 도려낼 듯 원통해하며, "삼성은 어떻게 되었습니까? 삼성은 어디로 갔습니까?"라고 외쳤다.

"마을로 되돌아갔어. 영준이를 데리러 간다더니 돌아오지 않았어. 세모 선생이 글쎄 삼성을 그런 곳에 보내버린 거야."라고는, 얼굴을 눈물로 범벅이 되도록 흠뻑 적시고, 이어지는 말마저 전부 눈물에 젖어버리고 마는 것이다. 이 땅에 와서 남편을 먼저 떠나보내고 장남은 살해당하고 이제 또 하나 남은 아들마저 잃을 것 같은 슬픔이 이 노부인을 무참히 짓밟았다.

"후우—" 창오는 끓어오르는 고뇌에 견딜 수 없어 불을 붙이면 금방이라도 타오를 듯한 뜨거운 숨을 내뱉었다. 더 이상 무슨 말을 해야 할지, 어떻게 해야 할지, 온갖 감정이 어지럽게 뒤엉켜 주변의 모든 것을 마구잡이로 부숴버리고 싶은 충동만 느껴질 뿐이었다.

삼성의 어머니는 창오를 만난 반가움에 너무 흥분한 나머지 열다섯, 열여섯 살의 소녀처럼 훌쩍훌쩍 울기 시작했다.

창오가 그것을 알아차린 것은 그의 가슴을 계속 불태우고 있던 격앙이 어느 정도 가라앉았을 무렵이었다.

'앗, 큰일 났다. 아주머니 기력이 너무 쇠약해졌어.'라고 생각하며 그는 삼성의 어머니를 조용히 안아주었다. 그리고 부드러운 목소리로 이렇게 위로했다.

"아주머니. 걱정하지 마세요. 제가 달려가서 데려오겠습니다." 삼성의 어머니를 구하려면 어떤 말을 찾아야 할지 몰라 정말 답답한 마음에 내뱉은 말이었다.

"그래. 네가 가서 데려온다고 했으니 나는 이제 안심해도 되겠니?"라고 말하며 삼성의 어머니는 창오의 가슴에 얼굴을 묻었다.

"네. 이제 절대 걱정하지 않으셔도 됩니다."

"응—"이라고 말하자마자 그녀는 힘없이 쓰러졌다.

"앗, 아주머니. 아주머니."라고, 창오는 계속 불렀다. 하지만 무거운 눈꺼풀을 닫은 그녀의 눈은 영원히 닫힌 것처럼 창오의 부름에 응답하지 않았다.

창오는 삼성의 어머니를 객차 안으로 옮겼다. 그의 아내와 장모가 노부인을 간호하며 물을 마시게 하거나 뺨을 문지르기도 했다.

다행히도 숨은 쉬고 있는 것 같았다. '괜찮아, 목숨에는 지장이 없는 것 같아.' 창오는 그렇게 생각하며 일단 허리를 펴고 객차 안을 둘러보았다. 거기에는 난을 모면한 것에 안도하며 축 늘어져 있는 사람, 재회를 기뻐하는 사람, 아직 위험이 지나가지 않았다는 불안을 이야기하는 사람들로 전혀 수습되지 않은 혼란이 소용돌이치고 있었다.

창오는 그 짧은 순간에 엄청난 속도로 지금 당장 그가 해야 할 일을 생각하고 있었다. 그리고 우선 세모를 만나야겠다고 생각했다.

열차가 움직이기 시작하는 찰나에 결행하고 다음 행동으로 옮겨야 했기 때문에 통로에 가득 앉아 있는 사람들을 밀치고 뛰어넘으며 다음 칸으로 향했다. 그러나 거기에도 세모의 모습은 보이지 않았다. 누군가 대화할 수 있는 사람은 없을까 싶어 주위를 둘러보았지만 그럴듯한 사람은 보이지 않았다. 포기하고 다음 칸으로 이동하려는 순간, 자신의 허리 아래에서 노랗게 핏기가 사라진 얼굴로 기절한 듯 축 늘어져 눈을 감고 있는 육출을 발견했다. 창오는 와락 육출의 어깨를 붙잡고 격렬하게 흔들었다.

"이봐. 세모 선생이 어디 계시는지 모르나, 세모 선생이……"

그러자 육출은 멍하니 창오를 바라보고 있다가 갑자기 화들짝 놀라 몸을 부들부들 떨면서 "어, 창오구나. 이봐, 우리 이제 괜찮은 거야? 죽지 않고 살아남을 수 있는 거야?"라고 아우성을 쳤다.

"괜찮아, 이제 괜찮아."라고, 창오는 조급한 마음을 꾹 누르며 말했다.

"정말이야? 정말로 괜찮은 거야? 나는 너무 무서워. 죽는 건 싫어. 이 땅에 와서 단 한 번도 사람답게 살지 못하고 죽는다고 생각하니 너무 슬퍼."

"멍청한 놈!"이라며 창오는 그 큰 손바닥으로 육출의 얼굴을 후려

갈겼다. "세모 선생은 어디 계시니? 빨리 세모선생이 계신 곳을 알려줘."

"세모 선생 말이지. 응, 세모 선생 일가는 삼성이 올 때까지 기다리겠다며 대립자에 남았어. 그 후의 일은 나도 몰라."

"그렇군. ㅡ"이라고, 창오는 실망한 듯 중얼거렸다. 하지만 혹시나 하는 마음에 승강구 쪽으로 되돌아갔다. 그리고 뭐라고 말로 표현할 수 없는 초조함과 불안감을 느끼며 매표구 쪽으로 눈을 돌렸다. 당장이라도 그곳에서 불쑥 삼성네 얼굴이 보이기를 기도하면서.

하지만 결국은 헛된 기대였다. 그리고 삼성을 데리러 대립자로 향하는 것보다 삼성의 어머니와 자신의 처자식을 위해 이대로 장춘으로 가버리는 편이 현명하지 않을까, 그런 생각을 지금은 차분하게 가라앉은 마음으로 고려하고 있었다.

이미 기차는 출발준비를 마쳤다. 발차 벨은 벌써 울리고 있었다. 피난민을 보내고 난 뒤의 적막한 승강장에는 극히 적은 사람 그림자들만이 고요해진 광야에 덩그러니 남겨진 나무들처럼 서 있었다.

이윽고 기적이 울렸다. 열차의 첫 번째 바퀴가 끼익하고 소리를 냈다. 그러자 창오는 승강장으로 뛰어내렸다. '역시 삼성을 데리러 가야겠다.' 그렇게 조용히 생각했다. 그리고 가족들에게 그 사실을 알리려고 서둘러 앞으로 달려가려고 했다. 바로 그때였다, 열차의 사람들이 창문으로 얼굴을 내밀고 팔을 내밀어 가리키면서 "삼성이다- 세모 선생이다-"라고 외치는 소리를 들은 것은.

창오는 앗 하고 외치며 지금 막 달려오고 있는 세모와 세모의 두 아들, 인석과 의석의 뒤를 따라오고 있는 삼성을 향해 달려갔다. 그리고 쏜살같이 열차를 향해 돌진하여 먼저 세모를, 이어서 인석, 의석 형제를 밀어 올린 뒤 삼성과 창오는 손을 맞잡은 채 승강단에 매달렸다.

위로 기어올랐을 때, 삼성이 먼저 입을 열었다.

"너를 걱정하고 있었어."

"나도."

"어쨌든 무사해서 다행이야."

"너야말로— 왜 또 어머니에게 그런 걱정을 끼쳐드렸어. 정신을 잃고 누워 계셔."라고, 창오는 너무 기쁜 나머지 그렇게 따끔한 말로 친구를 꾸짖었다.

"어머니께서?"라고, 삼성은 깜짝 놀라며 반문했다.

"그래. 하지만 그렇게 걱정은 하지 않아도 돼."라고 말하며 창오는 자신의 경솔함을 후회했다. 모든 것이 혼란스러워서 하고 싶은 말이 전혀 정리가 되지 않는 것 같았다. 그래도 어쨌든 삼성을 자신들의 객실로 안내했다.

삼성은 미친 듯이 사람들을 헤치며 앞으로 나아갔다. 그리고 창오의 가족들이 돌보고 있는 어머니를 보자마자 마치 여린 어린아이처럼 어머니의 품에 와락 달려들어 울음을 터트리며 무너져 내렸다.

4

거류민회의 좁은 마당은 피난민들로 북적였다. 판잣집을 짓거나 천막을 쳐 어디에도 의탁할 곳이 없는 사람들만을 수용하기로 했지만 친척이 있는 사람들은 극히 드물었다. 교하 지역에서 눈사태처럼 우르르 몰려온 피난민의 거의 전부를 이 좁은 마당에 수용해야 하는 데다 성하를 목전에 둔 작금에도 길돈선(吉敦線) 연선에서 올라오는 피난민들은 날이 갈수록 늘어만 갔다.

민회장 김동만은 분주한 발걸음으로 하루에도 몇 번씩 민회와 일본 총영사관을 오갔다.

그는 피난민들의 현지 귀환을 최우선 처리 방안으로 고려하고 있었다. 이에 영사관의 다시로 영사도 전적으로 동조하며 상대국 정부와의 열성적인 교섭을 시작했다.

피난민들이 구축한 기득권은 당연히 일본 측에서 옹호할 의무와 권리가 있었다. 그러나 상대측은 다시로가 재촉하면 재촉할수록 회답 시기를 지연시키거나 면담을 회피하기 일쑤였다. 그리고 소란이 일어난 현지의 치안 확보와 피난민을 협의자로 취급하는 것을 멈추라는 주장에 관해서 상대측은 역으로 구실을 만들어 오히려 일본측을 비난하는 식의 태도를 보였다.

어쨌든 현지 귀환을 논하는 것도 치안 확보가 제일 중요한 조건이었는데 비적 소탕을 명목으로 이민자 배척에 열을 올리는 상대국 정부에 성의가 있을 리는 없었다.

김동만은 애타는 마음으로 민회의 간부회에 말했다.

"난민들의 현지 귀환은 당분간 절망적일 것 같습니다. 그래서 새로운 입식지를 찾아 난민들을 수용하고자 하는데, 어떻게 생각하십니까?"

그러자 공주령(公主嶺) 민회에서 막 전근 온 김용옥이,

"그건 찬성입니다만, 입식지가 쉽게 찾아질 수 있을지—"라고 대답했다.

이번 교하 지방의 사건만 해도 이민자 추방 정책에서 비롯된 것임이 역력했고 이 만주가 그들의 국토인 한, 난민의 입식을 허용할 리가 없기 때문이다.

"그렇다고 해서 수수방관하고 있을 수만은 없습니다. 아직 파종기는 지나지 않았고 지금 상태라면 올겨울 정도는 먹고살 수 있을 것 같은데 말입니다. 이 짧은 여름을 허투루 보내면 내년까지의 긴 기간을 난민들이 어떻게 버틸 수 있겠습니까. 민회의 재정으로는 도저히 저 많은 난민들을 먹여 살릴 수 없으니까요."라고, 수심 가득한

주름이 이마에 새겨진 동만이 말했다.

“글쎄요. 신의달 군을 불러서 그의 의견을 들어보는 것이 어떻겠습니까? 이통강(伊通河) 개간을 계속 종용하고 있으니 뭔가 성안이 있을지도 모릅니다.”라고, 이사 엄상인이 말했다.

“신의달이라면, 그도 역시 교하 지방의 난민이었던가요.”

“네, 맞습니다. 하지만 이전에는 계속 장춘에서 살면서 부사정(富士町)에서 농신정미소라는 곳을 운영하던 남자입니다. 그러다가 쇼와 2년에 일간보(一間堡) 부근의 개간에 착수한 적이 있었는데 결국 실패하고 교하 지방으로 이주했습니다.”

“그 실패한 사정은 뭔가요?”

“그 근방이 마침 동지선(東支線) 철도 부속지였던 것을 모르고 착수한 탓에 교섭에 난항을 겪었던 데다가 자금이 부족했기 때문이라고 합니다. 이천 엔 정도를 쏟아붓고 손을 뗀 것 같습니다.”

“일간보보다는 삼성보(三姓堡) 쪽이 더 유망했습니다.”라고, 김용옥이 말을 꺼냈다. “하얼빈(哈爾濱)의 조재환과 서정(曙町) 길원정미소의 이홍로, 한철 등이 삼성보 개간에 착수한 적이 있습니다. 신의달과 충돌하기도 했는데 그 이유는 수원이 모두 같은 이통강이었기 때문입니다. 지금은 양쪽 모두 포기했지만 일간보보다는 삼성보 쪽이 논 농사에 더 적합하다는 소문이 있습니다.”

“삼성보라는 곳은 만보산둔(萬寶山屯)에 가까운 곳을 말하는 건가요?”

“맞습니다. 이통강과도 가까운 것 같습니다.”

"어느 쪽이 됐든 개간 허가를 얻는 게 어렵지요. 장춘에 가깝고 통비 운운하며 배척당할 구실도 없으니 입식만 할 수 있다면 안전지대가 될 텐데요."

신의달이 오는 동안 동만은 수용소에서 발생한 이질 처리에 대해 고민하고 있었다. 파종기에 맞춰서 입식이 이루어진다면 모를까, 만약 그 시기가 지연된다면 이 좁은 수용소에서는 병자와 사망자가 늘어나기만 할 것이다. 그는 피난민들을 다른 곳에 연고자가 있어 이주할 수 있는 사람, 전업이 가능한 사람, 조선으로 귀환을 희망하는 사람으로 분류하여 차근차근 처리해 나갈 생각이었다.

이 일을 김용옥에게 명했다. 민회의 재정이 허락하는 한도 내에서의 구제는 이미 다한 상태이기 때문에 금융회의 최보경 이사에게 구제비 대출을 요청하도록 엄상인에게 교섭을 맡기려는 것이다.

그러나 어쨌든 빨리 어딘가 적당한 곳으로 입식 시키는 것이 최선의 방법이었다.

신의달은 서둘러 달려와 동만의 의향을 묻고는 이렇게 말했다.

"그게 좋을 것 같습니다. 현지 귀환은 도저히 가망이 없습니다. 그런 위험지대로 농민들을 돌려보내는 건 너무 가혹합니다."

"그렇다고 해서 다른 입식지를 찾는 것도 꽤 어려운 일입니다."

"현장님만 어떻게든 구워삶을 수 있다면 좋은 방법이 있습니다."

"좋은 방법이란 무엇입니까?"

"원주민 중에 학영덕이라는 사람이 있습니다. 이 사람은 예전에 제가 일간보 개간에 착수했을 때 공동사업으로 참여한 적이 있고 논농사가 밭농사보다 이익이 있다는 것도 알고 있다고 생각합니다만, 이 사람의 명의를 빌려 현정부와 협상한다면 어떻게든 되지 않겠습니까?"

"음. 고용인으로서 동포 이민자를 수용할 생각이군요."

"네, 그렇습니다."

"그 학영덕이라는 자는 어떤 사람인가요?"

"상당히 유력한 인물입니다. 지주와의 협상 같은 건 수월하게 처리할 수 있을 것으로 생각합니다."

"그렇다면, 일단은 그 학영덕이라는 사람과 협상해 보십시오. 협상 결과를 보고 나서 저희 측에서도 구체적인 계획을 세우도록 하겠습니다."

수용소 한구석에서 새로 피난 온 한 가족을 둘러싸고 앉은 삼성 일행은 그 피난민의 입에서 흘러나오는 조난 이야기에 자신들이 겪은 고난의 기억을 되새기며 불안에 떨기도 하고 의분을 느끼기도 했다.

누렇게 말라 핏기가 거의 없는 이 이병일이라는 피난민은 거적 위에 축 늘어져 누워 있었는데 심한 구타로 언어 중추신경이 손상을 입은 것인지 입가에 거품을 물고 간질 환자처럼 얼굴 근육을 씰룩거리며 겨우 사람들의 질문에 대답하고 있었다.

삼성은 이 병일이라는 남자를 그들이 살던 부락에서 7, 8리 떨어진 송화강 본류의 어느 산자락에서 논농사를 시작한 지 얼마 안 되었다는 열 가구 정도의 새 이민자 부락에서 만난 적이 있었다.

병일의 말에 따르면, 그들 역시 삼성의 부락이 피난했던 날 밤에 세간을 정리해 도피를 시작했다고 한다. 그러나 그들 열 가구의 부락민 43명은 삼성네 부락이 습격당했다면 길림(吉林) 방면으로 도망칠 수 없음을 직감하면서 또 신개령과 목단령 사이를 지나 조금이라도 조선에 가까운 곳으로 가고 싶다는 본능에 이끌려 송화강 본류를 거슬러 올라가 그 지류인 목기하(木箕河)를 따라 길을 재촉했다고 한다. 그리고 팔도하자(八道河子)에서 부이하(富爾河)의 원류로 나와 그 강을 따라 낭낭고(娘々庫)까지 도망친 것이다.

"그런데 낭낭고로 간 것이 애초부터 잘못이었는데 말이죠, 우리가 도착했을 때는 토벌군이 마을을 소탕하고 있었습니다. 그래서 우리 모두 그대로 잡히고 말았죠……"라고 말하던 병일은 한숨 돌리기 위해 오랫동안 입을 다물고 있었다.

"당신들 외에 잡힌 부락은 없었습니까?"라고, 삼성이 참다못해 물었다.

"있었죠. 여기저기서 열 명, 스무 명씩 한데 밧줄로 묶여서 도살장으로 끌려가는 소 같았습니다. 감옥의 마룻바닥은 금세 사람들로 가득 찼고 마구간이나 창고에까지 쑤셔 넣어도 여전히 수용할 곳이 부족한 상황이었습니다. 그러자 놈들은 한 사람 한 사람 쇠고리로 발목을 묶어서 마당의 말뚝에 매달아 놓았습니다. 밤이슬에 젖고 비에 맞아 차마 눈 뜨고 볼 수 없는 지경이였지요."

"당신이 도망칠 때까지 계속 그런 상황이었습니까?"

"아니요, 열흘 정도만 같이 있었는데 그 이후에는 어딘가로 끌려갔습니다."

"여자나 아이들은요?"

"뿔뿔이 흩어졌습니다. 나는 오직 그것이 걱정이었는데— 내가 도망치기 전날 밤 한밤중에 총소리를 들었는데 그때 대부분 죽은 것 같습니다."

"그래서 당신은? 심문 같은 건 없었습니까—"

"아니, 당연히 있었습니다. 말해 뭐 합니까—"라고 말하며 병일은 또다시 길게 한숨을 내쉬었다. 그리고 살이 빠져 보기에 조금 굽은 듯한 어깨를 주무르거나 목덜미를 움켜쥐고 있었다.

"많이 당했겠군요."라고, 창오가 불타는 듯한 눈으로 물었다.

"네. 매달리는 게 가장 고통스러웠습니다."

"그래서, 어떻게 도망쳐 나온 겁니까? 그런 곳에서 빠져나오다니, 기적이군요."

"내 동료 중에 용호라는 친구가 있었는데 그가 조사를 받으러 마당에서 담당관이 있는 방으로 끌려가는 도중에 잽싸게 몸을 돌려 도망친 적이 있습니다. 흙담을 넘어서 다음 집으로 들어가자마자 바로 잡혔는데 곧 극형에 처해졌습니다. 총성이 울리기 전에 '병일아, 네 처자식은 아직 살아있어.'라는 용호의 목소리가 들려왔습니다. 저는 그 말을 듣고 가슴이 쿵 내려앉았습니다. 이미 죽은 줄로만 알고 있었거든요— 네, 더 이상 가만히 있을 수 없었습니다. 그로부터 사흘 쯤 지난 뒤, 감사하게도 비적의 습격이 있었습니다. 복수하러 온 것이겠지만 어쨌든 우리에게는 하늘이 도운 것이였지요. 그때 같은 방에 남아 있던 사람은 여섯 명이었는데 놈들이 교전중인 틈을 타 도망치자고 마음을 모았습니다. 그래서 다 같이 창살을 부수고 뛰쳐나갔습니다. 그리고 아내와 아이가 있는 집을 넘어가서 뒷산으로 도망쳤는데, 그때부터는 도대체 어디로 어떻게 도망쳤는지 잘 기억이 나지 않습니다. 어쨌든 정신을 차리고 보니 아내와 이 아이와 셋이서 나무 사이를 기어올라가고 있었습니다. '아, 이래서는 안 되겠다.' 싶어 별빛으로 방향을 가늠하며 동쪽으로, 동쪽으로 달린다고 했지만, 결국 북쪽으로, 북쪽으로 향하고 있더라고요. 그래도 어찌어찌해서 조양천(朝陽川)에 도착했습니다. 그런데 거기도 위험하다고 해서 여기까지 오게 됐습니다. 본디 이 근방에서 살았었고 이제는 여러분과 생사를 함께 할 각오로 왔으니, 부디 저희를 동료로 받아 주십시오."

"거두고 말고 할 것도 없습니다. 우리도 어떻게 될지 아직 알 수 없으니까요."라고, 창오가 흥분한 나머지 붉게 상기된 얼굴로 대답했다.

병일의 오두막을 나오며 삼성네는 자신들 부락의 행운을 서로 축하하지 않을 수 없었다.

"사실 우리는 운이 좋았어. 한 명도 빠짐없이 무사히 살아남았으니까."라고, 동술이 기고만장해하며 말했다.

그러나 삼성은 그 말에 문득 영준을 떠올렸다. '그 녀석도 어딘가의 감옥에서 이슬로 사라졌을까. 옥희와 두 아이들은 어떻게 되었을까.' 가슴이 먹먹해지면서 눈물을 참지 못한 그는 격렬하게 흐느꼈다. 그러자 창오도 방금 전의 흥분을 가라앉히지 못하고 있던 차에 삼성의 흐느끼는 소리에 휩쓸려 왁 하고 울음을 터뜨렸다. 크고 넓은 어깨를 격하게 떨며, 주위 따위 아랑곳하지 않은 채 아이처럼 목놓아 울부짖는 것이었다.

동술은 자신이 한 말이 어째서 두 청년을 울게 만들었는지, 어안이 벙벙하여 눈을 휘둥그레 뜨고 있었다. 세 사람의 뒤를 따라오던 육출은 어딘지 익살맞은 표정의 얼굴이 눈물범벅으로 되며 "알아. 너희들이 우는 이유를 알아."라고 말했다.

그때 신의달이 나타났다. 그는 이 기이한 광경에 잠시 주춤했지만 곧 상황을 파악하고는, "사내대장부가 꼴사납게. 오늘 내일 당장 죽는 것도 아닌데. 자, 기운을 내세요. 좋은 소식이 있습니다."라고, 위로하고 격려하며 기쁘게 해주려는 듯 말했다.

"좋은 소식이라면, 현지로 돌아갈 수 있는 겁니까?"라고, 동술이 작은 눈을 깜빡이며 한 걸음 의달 쪽으로 다가갔다.

"돌아가고 싶은 사람은 빨리 돌아가야지요. 늑대한테 잡아먹혀도 우리는 모르는 일이니까요."라고, 의달은 약간 빈정거리며 대답했다.

"그럼, 뭡니까? 좋은 소식이라는 건."이라고, 육출이 괘사를 떨며 가까이 다가왔다.

"삼성도 창오도 그렇게 굳은 얼굴 하지 말고 상의 좀 하자구요." 라고, 의달은 서운하다는 듯이 말했다.

"입식지를 찾았나요?"라고, 창오가 입을 열었다.

"찾지는 못했지만 찾기로 했습니다."

“그럼, 현지 귀환은 포기한 거네요?”라고, 삼성이 진지한 표정으로 물었다.

“네. 포기해 줘서 다행이지요. 민회장님도 결국 항복했어요. 오늘까지 현지 귀환만 주장해 오셨는데 역시 저쪽 정부를 상대로는 협상을 진행해도 결론이 나지 않는다고 판단하신 것 같아요. 그래서 이제 막 새로운 입식지를 찾기로 심기일전했습니다.”

“그럼, 의달 선생의 일간보에 들어가는 건가요?”라고, 창오가 물었다.

“어쨌든 이통강 강변이에요. 어디가 될지는, 학영덕 씨를 만나서 학 씨의 승낙을 받은 후에 결정할 겁니다.”

“우리 대리인이 될 그 사람이지요.”라고, 삼성이 끼어들었다.

“그렇지요. 우리가 직접 지주와 소작 계약을 맺을 수 없게 된 것은 모두가 알고 있는 사실이지만 학 씨만 납득해 준다면 나머지는 어떻게든 될 겁니다.” 의달은 희망에 차서 얼굴이 환하게 빛나고 있었다.

“누구 한 명 따라가지 않아도 괜찮겠어요?”

“글쎄— 아니, 나 혼자면 돼요. 사람들 눈에 띄면 시끄러워지니까요.”

“그럼 부탁할게요. 우물쭈물하다가는 파종기가 완전히 지나가 버릴 테니까. 어디든 좋으니 씨앗만이라도 뿌려두고 싶어요. 올겨울을 어떻게 넘길지 생각하면 살아 있다는 기분도 안 납니다.” 삼성은 수척해진 얼굴로 의달을 바라보며 말했다.

“맞아요. 한여름에 어떻게든 파종할 수 있도록 힘써 줘요.”라고, 창오가 간청하듯이 말했다.

“이 길로 바로 학 씨를 만나러 가겠어요. 세모 씨와 다른 분들께는 여러분이 대신 잘 전달해 주세요.” 신의달은 자신에게 지워진 무거운 책임을 느끼며 발걸음을 재촉했다.

학영덕과는 일간보 개척을 시작할 때부터 알고 지낸 사이로, 서로의 속마음은 충분히 이해하고 있었다. 하지만 과거 학영덕에게 농장에 입식하는 농민을 대상으로 한 대가업(貸家業)을 의뢰했으나 사업이 중단되어 상당한 손해를 입혔다. 학영덕이 아직도 그 일을 마음에 두고 있다면 오늘 방문의 결과는 예측할 수 없게 될 것이다.

“아니, 이제 당신들 말에 더는 동조하지 않을 겁니다. 얼떨결에 넘어갔다간 또다시 4년 전과 같은 일이 벌어질 테니까요.”라고, 학영덕은 경계심을 드러내면서 과장되게 손까지 흔들며 말했다.

“그때는 정말 큰 손실을 끼쳤지요.”라고, 의달은 학영덕의 공세를 순순히 받아들였다.

“손실도 손실이지만 어쨌든 이백 가구의 입식을 기대하고 목재를 사들이고 땅을 고르고 부지도 빌렸는데, 아니, 그때는 정말 지독한 꼴을 당했습니다. 나는 이제 당신들은 믿지 않기로 마음먹었습니다.”

“그때 사들인 목재는 어떻게 하셨습니까?”

“가지고 있어도 어차피 쓸모가 없으니— 전부 팔아치웠습니다. 거의 헐값에.”

"당신은 자신의 손해만 말씀하시는데, 저는 그 일로 이미 파산해서 말이죠, 정미소는 남의 손에 맡기고 교하 지방으로 농사지으러 가서는 완전히 비참한 처지에 이르렀습니다. 누가 일부러 사업을 실패하게 만들겠습니까?"

"그건 뭐 그렇긴 하지요. 나는 당신을 원망하고 있는 것은 아닙니다."

"뭐, 지나간 일은 흘려보내고, 어떻습니까, 삼성보의 그 소택지는 논이 될 수 없겠습니까?"

"거긴 말이죠."라고, 학영덕은 목소리를 낮추고 얼굴을 가까이 대면서 말했다. "저 넓은 땅을 그냥 놀려 둔다고 생각하니 실로 아깝다는 생각이 들 때가 있습니다. 나는 당신들이 저런 진흙땅에서 새하얀 쌀을 만들어내는 것을 잘 알고 있습니다. 우리 동포들에게는 백 년이 지나도 그저 진흙땅일 뿐이니까요. 가끔 일간보 부근을 지날 때면 그때 사업이 성공했더라면 지금쯤 이미 옥토가 되어 한 향에 수십 석의 쌀을 거둘 수 있었을 텐데, 하고 헛된 비육지탄만 늘어놓을 뿐입니다."

"일간보는 철도 부속지였으니 이제는 더 이상 가망이 없지만 차라리 삼성보 쪽이 더 가능성이 있지 않겠습니까?"

"거긴 유망하겠지요. 면적도 넓고 무엇보다 이통강에 가까운 것이 장점이죠. 하지만 저 백양과 갈대를 없애는 것이 문제인데—"

'선생께서 상당히 열의를 보이시는군.' 의달은 이렇게 생각했다. 흰쌀밥의 맛을 알고 진흙탕에서 이익이 생기는 것을 알게 되면 결국 아편 중독자처럼 영원히 그 매력에 빠져들기 마련이다.

"백양 따위 몇 천 그루 있다고 해도 전혀 문제가 되지 않습니다. 논농사에 적합한 땅이라면 손톱에서 피를 철철 흘리면서도 우리는 파내서 없앨 겁니다."

"그나저나, 뭔가 새로운 계획이라도—"

"아예 없는 것도 아닙니다. 교하 지방에서 온 피난민 백여 가구가 길거리를 헤매고 있다는 건 이미 들으셨겠지요?"

"모를 수가 없지요. 사실, 길림성 정부의 방식은 너무 가혹합니다."

"무고한 백성들이 저렇게 고통 받고 있는 것은 모두 당신네 동포들 덕분입니다."

"자, 그렇게 말하지 마세요. 모두가 다 그런 것도 아닌데—"라고, 학영덕은 겸연쩍은 듯 말했다.

속마음을 숨기는 데 익숙한 원주민치고는 학영덕은 성마르고 정직하고 시원시원했다. 의달은 학영덕의 그런 타고난 성격을 좋아했다.

"그래서 한 가지 벌이가 될 만한 일을 가지고 왔습니다만—" 의달은 부드러운 미소를 띠며 말했다. 그것이 이런 종류의 협상을 할 때마다 누구나 마음속에 품고 있는 교활한 미소라는 것을, 학영덕도 곧 알아차렸다. 하지만 그것을 모르는 척하며, 학영덕은 대답했다.

"또 대가업이라면 이젠 질색입니다. 목재만 잔뜩 떠맡기고 도망가 버리면 셈평 펴일 날이 없습니다."

의달은 호탕하게 웃으며 그에 대응했다. 그의 갸름한 얼굴에는 확신에 찬 빛이 반짝이고 있었다. 학영덕은 그 얼굴을 보고 방금 입

밖으로 내뱉은 말을 후회하며 생각했다. '방금 내가 너무 세게 쏘아붙인 건 아닐까?'

의달도 그 점을 정확히 파악하고 있었다.

"이번에야말로 영원한 이윤을 손을 더럽히지 않고 주머니에 넣으실지 어떨지는, 오직 당신의 결심에 달려있습니다."라고, 여전히 웃는 얼굴로 말했다.

"허허— 그렇다면 당신이 내게 행운을 불러오는 신이 된다는 말이겠군요."

"행운의 신으로 삼을지 말지도 오로지 당신의 결심에 달려 있습니다."

"말씀은 알겠습니다. 그렇다면 한번 당신의 부탁을 들어보지요." 라고 말하며 학영덕은 성큼성큼 걸어 나왔다. 그리고 집안사람에게 귀한 손님을 대접하기 위한 음식을 준비하라고 명령했다.

한 잔 기울이면서 느긋하게 그 맛깔스러운 이야기를 음미해 보자는 것이었다.

술이 돌고 음식 접시들이 꽤나 비워졌을 무렵, 의달은 가지고 온 이야기의 보따리를 풀었다. 그는 만주로 건너온 이후 여러 가지 일에 종사하면서 타고난 달변을 더욱 갈고닦았기 때문에 학영덕을 설득하려는 오늘 밤의 변론이 그 어느 때보다 빛을 발하고 있었다.

하지만 요건은 간단했다. 이주 농민들의 소작권은 이미 상실되었고 새로운 개간 허가를 받을 수 없는 현 정치정세에서는 이주 농민들을 대신할 사람을 찾아야만 했다. 그리하여 원주민 중에서 이주 농민을 이해하고 논농사의 이점을 인식한 사람이 땅을 빌린 후 이주 농민들에게 그 땅을 다시 빌려주는 방식에 의존할 수밖에 없었다. 그러나 이를 대놓고 얘기하면 운 좋게 학영덕이 승낙하더라도 두고두고 학영덕에게 큰 은혜를 입는 것이 될 것이므로 이 일을 시작하면 학영덕 본인에게 더욱 이득이 되고 농민들은 겨우 최소한의 생활을 할 수 있는 것이 고작이라는 식으로 이야기를 끌고 가야 했다.

학영덕은 충분히 납득했다.

"요컨대 내가 두 번째 지주가 되고 당신들은 내가 고용한 일꾼이 된다, 이런 뜻이군요."

"그리고 당신은 매년 향당 얼마씩 중간이득을 챙기게 되는 것이죠. 그저 이름만 빌려주고도 이만한 대가라니, 너무 좋지 않겠습니까. 아하하하—"라고, 의달은 못 박듯 말하며 일부러 큰 소리로 웃었다.

"좋습니다. 생각해 보겠습니다." 이익과 손해를 저울질하느라 신경을 곤두세운 탓에 약간 지친 기색을 띤 얼굴로 학영덕은 다시금 다짐을 받으려는듯 물었다. "그런데 영농 자금은 문제없이 유지될 수 있겠습니까?"

"물론입니다—"라고, 의달은 두둑한 배짱을 과시했다. "그 점은 걱정하지 않으셔도 됩니다. 민회가 나서서 도와주는 일이니 개인 사업과는 다릅니다."

하지만 사실 거기까지 이야기가 구체화되어 있지 않았다. 그는 조금 뒤가 켕겼지만,

"그럼 승낙을 얻은 것으로 해석해도 되겠습니까?"라고, 역으로 다

짐을 받아냈다.

"보증하죠."라고, 학영덕은 흔쾌히 승낙했다.

의달은 학영덕의 구두 약속을 얻어 일단 마음을 놓았다. 그것은 다수의 피난민을 구제할 수 있다는 것보다도 4년 전부터 꿈꾸던 그의 이상이 드디어 실현될 것이라는 환희에서 비롯된 것이었다. 일간보 농장이 그때 만약 성공했더라면 지금쯤 그는 어엿한 대지주가 되어 수십 가구의 소작농을 부리는 권력가가 되어 있었을 것이다. 하지만 지금도 그는 학영덕과 같은 원주민에게 중간이득을 빼앗기면서도 여전히 어떤 형태로든 사업가가 될 희망을 버리지 않고 있었다.

'우선 자금이 필요하다. 무엇보다도 자금이다.'라고, 그는 생각했다. 그리고 민회가 이 농장 경영에 뛰어들 의향이 있는지 없는지 확실하지 않은 지금, 그것이 우선 알아두어야 할 문제였다.

그는 학영덕의 저택을 떠나 곧장 김동만의 사저를 찾아갔다.

동만은 낮에 쌓인 피로로 이미 일찍 자리에 누웠지만 반갑게 의달을 맞이했다. 그리고 의달의 보고를 듣고서,

"이제 자금도 마련해야 하고 농민들의 의향도 들어봐야 하는데, 난관은 지금부터가 시작이군요."라고 말했다.

"민회가 농장을 직접 운영할 생각은 아니었던 거군요." 의달은 이유 모를 설렘에 가슴이 두근거리며 물었다.

"농장을 경영할 만큼의 자금이 있었다면 진작에 착수했을 겁니다.

민회 따위는 그저 당국과 거류민 사이에서 절충의 가교 역할밖에 할 수 없는 곳이 아니겠습니까?"

동만은 다소 거친 말투로 말했다.

"그럼 출자금 전부를 민간에 의존하려는 거군요."

"뭐. 그렇지요. 뜻이 있는 자들을 설득해 보는 겁니다. 이참에 그 일도 한 번 해보시지 않겠습니까?"

'완전히 내가 생각한 대로 흘러가는구나.'라고, 의달은 생각하며,

"좋습니다. 미력하나마 온 힘을 다하겠습니다."라고 대답했다.

그는 농장에 출자하려는 사람들을 찾는 동시에 자신을 위한 출자자를 찾는, 두 가지 생각을 동시에 가슴에 품었다.

동만은 서기인 용옥과 이사인 상인으로부터 이런 상담을 받았다.

"의달 씨네의 출자에만 의존하지 말고 농민들 중에서도 어느 정도 재력이 있는 자들에게도 공동 출자를 시켜보면 어떻겠습니까?"

"좋은 생각이지만 출자가 가능한 농민이 있을까요?"

"있습니다. 최세모, 삼성, 창오 같은 사람들은 원래부터 상당한 재력을 가진 농민이었으니 돈을 들고 와 있을지도 모릅니다."라고, 용옥이 대답했다.

"지금 어디에 있습니까?"

"수용소에서 나와 셋집을 구해 살고 있는 것 같습니다."

"어쨌든 신의달 한 사람에게 맡겨 두는 건 위험할 수 있습니다. 이런 때일수록 사리사욕이 횡행하기 쉬운 법이니까요—"라고, 상인

도 한마디 말참견을 했다.

일본 총영사관의 한 방에서 동만은 다시로 영사와 대좌하여 이야기를 나누었다.

"새로운 입식마저 허용하지 않는다니, 참으로 가혹하네요."

"그들의 무신경함에 놀랄 따름입니다."

"그래서 농민들의 기득권 침해에 대한 배상 문제는 뭐라고 하던가요?"

"기득권 따위는 있을 리 없다고 하고 있습니다. '불온사상자를 추방하는 건 당연하다.' 이렇게 나오고 있습니다."라고 말하며, 다시로는 아직 이십 대의 젊은 얼굴에 청년다운 의분의 불꽃을 불태우고 있었다.

"그럼 어떻게 처리하면 좋을까요? 피난민들을 언제까지고 먹여 살릴만한 예산은 없잖습니까."

"농사 외의 일로 본업을 바꾼 이는 없습니까?"

"두세 명 있는 것 같습니다만 대부분 귀농을 희망하고 있습니다."

"조선으로 돌아갈 사람은요?"

"지금으로서는 한 명도 없습니다. 이제 와서 염치없이 돌아갈 수 있을까, 그런 얼굴을 하고 있습니다. 어딘가에 뼈를 묻을 땅을 찾지 않는 한 고향의 얼굴은 보지 않겠다, 그런 결심인 것 같습니다."

"음—" 하고 침음(沈吟)하며 다시로는 팔짱을 꼈다.

"어쨌든 새로운 입식지를 찾는 수밖에 없다고 생각합니다."

"정면에서의 교섭은 절대 안 됩니다. 여기는 어쨌든 그들의 나라니까요. 하지만 이렇게까지 항일을 노골적으로 하면 참는 데도 한계가 있습니다."

다시로는 자신의 분노를 억누르기 위해 이를 꽉 악물고 있는 듯했다.

"그럼, 비상수단을 취할 수밖에 없겠군요. 사실 저도 그렇게 생각해서……"라고, 동만은 의달, 학영덕과의 일화를 꺼냈다.

"뭐, 할 수 있는 만큼 해보세요. 문제가 생기면 그때 가서 어떻게든 생각해 봅시다."라고, 다시로는 굳은 결심을 가지고 그렇게 대답했다.

창오는 용옥이 찾아와 농장에 공동 출자한다는 이야기를 듣자마자 그 돈을 떠올렸다.

하지만 섣불리 돈을 가지러 돌아갈 수 없다고 생각하여 삼성에게 상의하러 찾아갔다. 조금이라도 돈을 챙겨온 그들은 언제까지나 그 열악한 수용소에 처자식을 방치할 수 없었기 때문에 어제 해 질 무렵, 미리 부탁해 두었던 셋방이 마침내 구해진 것을 다행으로 여기고, 곧바로 이사해 온 것이었다.

먼지에 뒤덮인 붉은 벽돌 단층집, 무네와리 나가야(棟割(り)長屋, 하나의 지붕 아래 벽을 칸막이로 해서 여러 가구가 연결된 형태의 집)의 방 한 칸이었다.

"황니하에 간다고?"라고, 삼성은 수척해진 얼굴을 번쩍 들어 말했다. "아직 위험하니까 그 생각은 접어. 오늘 아침에 교하에서 온 사람이 있었는데 그놈들의 만행은 정말 말로도 형언할 수 없을 정도야."

"누가 찾아왔는데?"

"원주민인 진 형."

"아, 그 진 형이? 그래서 무슨 일로 오셨대?"

"우리가 버리고 온 그 논의 경작 권리를 팔아달라고 하러 왔더군."

"그냥 주워서 경작하면 될 텐데."

"뭐, 견실한 사내니까. 그리고 그 자도 그 자 나름대로 욕심이 있거든. 우리가 떠나고 인근의 원주민들이 너도나도 씨앗을 뿌리러 왔다고 하더군. 그런데 그렇게 하면 곤란하다고, 진 형이 '이 땅은 내가 보관을 부탁받은 것이니 마음대로 경작하면 안 된다.'라며 나섰다는 거야. 그러자 저쪽은 오랫동안 우리와 함께했던 진 형을 경멸하고 배척했던 터라, 일단은 진 형의 체면을 세워주지 않으면 일이 복잡해질 거라고 생각했는지 그 보관증을 보여달라고 했다는 거야. 그래서 그 자도 생각한 거지. 우리한테서 경작권을 양도받아서 지주와 협상하려는 속셈인 것 같아."

"소작권을 독차지하고 싶은 모양이군. 뭐, 오랜 세월 경멸 받았던 걸 이번 기회에 충분히 보상받고 싶다는 거지."라고 말하며, 창오는 흙탕물에 잠긴 버드나무처럼 마르고 꾀죄죄했던 진 형, 아무리 멸시당해도 태연하게 있던 진 형을 떠올리며 피식 웃었다.

"아, 말하는 걸 깜빡했는데, 영준 일가가 죽었다고 하더라."라고,

고통으로 검퍼레진 얼굴을 숙이며 삼성이 말했다.

"영준이?"라고, 창오는 놀라서 외쳤다. 벌써 십 수 년이나 된 옛날 일처럼 느껴지는 옛 정착지의 일이, 방금 전 그 한 마디에 또렷하게, 생생한 모습으로 다가왔다. "그렇군, 불쌍하게 됐어. 영준은 자기 고집 때문에 스스로를 죽인 것이나 다름없어."

"나는 그 녀석 생각만 하면 자꾸 눈물이 나 견딜 수 없어. 그 녀석은 참 듬직한 사내였는데 말이야. 그곳에 와서도 그 녀석이 제일 열심히 일했지. 꼭 소 같은 녀석이었어. 녀석의 어머니도 억척스러웠는데 그 녀석은 그걸 더 뛰어넘은 놈이었으니까. 나는 그날 밤 일을 생생히 기억해. 내가 피난 도중에 녀석을 데리러 돌아갔을 때 말이야, 녀석은 어떤 모진 말을 듣고 모욕을 당해도 가만히 있었어. 내가 작별 인사를 해도 끝내 한 마디도 하지 않았어. 그때 이미 죽을 각오를 했던 것이겠지. 나는 이제 와서야 녀석이 그곳에서 죽고 싶어 했던 마음을 이해하게 되었어. 지금 이렇게 내일을 알 수 없는 삶을 살고 있는 우리를 보고 녀석은 황천에서 우리를 비웃고 있을지도 몰라."

"…………" 창오는 입을 꾹 다물고만 있었다. 삼성의 말이 이해가 되는 것 같았다. 도대체 어떻게 되어가는 것인지, 앞길이 막막한 자신들의 어두운 마음을 어떻게 말로 설명할 수 있을까.

"그저 나를 밖까지 바래다준 옥희 씨가 아무렇지도 않게 내 어머니께 안부를 전해 달라고 했던 말을 떠올리기만 하면 슬프고 슬퍼서 견딜 수가 없어. 힘없는 여자가 남편과 죽음을 함께 하기로 결심하기까지 어떤 심정이었을까. 어린 자식들의 무참한 최후를 보면서 어떤 마음이 들었을지를 생각하면 나는, 나는, 참을 수가 없어. 정말 견딜 수가 없다고."

그 이후의 말은 피에 맺힌 절규로 흠뻑 젖어 있었다.

창오는 잠시 삼성을 울게 내버려두었지만 마음속에 불타오르는 고뇌를 견디지 못하고 말했다.

"네가 아무리 울어도 이미 벌어진 일은 어쩔 수 없어. 그보다 영준이 어떤 일을 당했는지, 조금은 들었나?"

삼성은 소매로 눈물을 훔치며 "응, 진 형이 얘기하더군. ―"라고는, 진에게서 들은 이야기를 꺼내기 시작했다.

진이 이상한 소동을 듣고 달려갔을 때 영준은 이미 길가에 끌려 나온 상태였다고 한다. 두 명의 병사가 영준의 팔을 질질 끌어당겼다. 영준은 끌려가지 않으려고 애썼다. 처음에는 무슨 일인가 싶었지만 차츰 이야기를 들어보니 "감옥에 끌려갈 이유는 없다. 나는 죽어도 이 집을 떠나지 않겠다. 이 땅에서 한 발짝도 물러나지 않겠다."라고 영준이 외치고 있었다는 것을 알 수 있었다. 병사들은 총대로 때리고 걷어차며 지독하게 학대했지만 영준은 바위처럼 가만히 앉아 있었다. 그러자 한 병사가 "귀찮군, 그냥 죽여버려."라고 격앙된 목소리로 호통을 쳤다. 진은 더 이상 참지 못하고 병사들 사이를 헤집고 들어가 영준의 팔에 매달리며 "순순히 따라가는 게 나을 거야. 풀려날 수 있다면 그게 제일이지 않겠나."라고, 간절히 설득했다. 그러나 영준은 입을 꾹 다문 채 한 마디도 대답하지 않았다. 그러는 사이 진은 병사들에게 밀려났다. 영준은 묶인 채 그의 집 토벽에 세워졌다. 그러자 옥희가 아기를 업은 채 남편의 품으로 달려들었다.

“고집불통이었지. 결국 그 자리에서 당하고 말았어. 탕! 하는 소리를 들었을 때, 난 깜짝 놀라 눈을 질끈 감아버렸어.”라고, 진은 영준의 몸이 앞으로 푹 꼬꾸라지고 밑에 깔린 옥희와 젖먹이의 처참한 모습을 떠올리며 공포에 젖어 이야기했다고 한다.

“그럼 다른 아이는?” 창오가 푸르뎅뎅해진 낯빛으로 물었다.

“물론 함께 갔지—”라고, 삼성은 분개한 듯이 대답했다.

깊고 어두운 침묵이 두 사람의 마음을 짓눌렀다. 서로의 얼굴을 가만히 응시하며 두 사람은 앉아 있었지만 이내 삼성이 눈을 돌리며 긴 한숨을 내쉬었다.

“어쩌면 우리도 같은 운명을 맞게 될지도 몰라. 하지만 피할 수 있을 때까지 피하고 싸울 수 있을 때까지 싸운 후에 쓰러진다면 원한은 없겠지.”라고, 창오가 침묵을 깨며 말했다.

“그렇지. 목숨이 붙어있는 한, 나는 개간지를 찾아 눌어붙을 거야. 내 뼈를 묻을 만한 안전한 땅을 찾아서 후손들이 정착하는 것을 보기 전까지는 나는 그렇게 쉽게 목숨을 버리지 않을 생각이야.”라고, 삼성은 낮지만 울부짖는 듯한 목소리로 말했다.

“어쨌든 출자자를 찾아야겠군. 지주와 협상할 사람은 정해졌다고 하니—”

“그래. 의달 선생에게만 맡겨둘 수는 없어. 우리도 우리 나름대로 자금을 모아야 해. 그렇지. 세모 선생네 가서 자세히 상의해 볼까?”

5

"이 정도의 고난이 있을 거라는 건 우리가 교하 지방에서 피난해 올 때부터 각오하고 있었던 일이지 않은가. 농장 경영의 출자자를 찾지 못하는 것 정도는 고난의 축에도 끼지 못한다고 생각하는데, 다들 어떻게 생각하나? 아니면 다른 곳으로 가는 것이 좋다고 생각하는 사람, 연줄이 있어 갈 수 있는 사람은 주저하지 말고 가도 좋다. 하지만 나는 이 집단을 무너뜨리지 말고 끝까지 하나로 뭉쳐서 맞서 싸우고 싶다. 점점 뿔뿔이 흩어지겠지만 여기 모인 스물한 가구만큼은 한마음이 되어 고난을 극복해 나가고 싶다고 생각하고 있다만—"이라고, 세모는 자신이 임차하고 있는 정미소의 창고에 모인 사람들에게 말했다.

"우리와 갈라서고 싶은 사람은 지금 당장 작별을 고하고 나가면 됩니다. 이런 때에 딴마음을 품은 사람이 섞여 있으면 여러모로 방해만 될 뿐입니다."라고, 삼성이 좌중을 둘러보며 말했다.

그러자 깜짝 놀라며 고개를 숙이는 자가 있었다. 동술의 그을린 아래턱이 자꾸만 떨리고 있었다. 삼성의 날카로운 눈총을 받고 당황한 것이다.

삼성보의 농장은 아직 실지 답사도 하지 않은 상태에서 난관에 봉착해 있었다. 의달의 말대로 자금 조달이 이루어진 후에 개간지의 지주 측과 교섭을 시작하겠다는 말을 믿었던 그들은 오직 의달만을 의지하며 그날이 오기만을 기다리고 있었다.

그러나 그날이 언제 올지, 그들은 의달의 표정을 읽는 것만으로는 알 수 없었다.

그리고 학영덕이 의달네의 자금 조달이 어느 정도 윤곽이 잡히는 것을 보기 전까지는 지주와의 교섭을 시작할 수 없다고 꽤나 완강한 태도를 취하고 있는 점이나, 의달이 자기 측의 출자 조달에 많이 전념하고 있다는 점, 간신히 유력한 출자자를 찾았더라도 농장의 권리를 독점할 것 같은 의심이 가는 사람과의 교섭을 피하고 있다는 점 등은 아직 눈치 채지 못하고 있었으며 캐내려는 야비한 생각조차 품지 않았다.

—이제 곧 윤곽이 잡힐 겁니다. 조금만 더 기다려 주십시오.

—역시 틀렸습니다. 유력한 사람이었는데 막상 그 순간이 되자 도망가 버려서……

이렇게 의달이 말할 때마다 사람들은 기뻐하거나 기대하거나 실망할 뿐이었다. 그렇게 여름도 지나고 어느덧 가을이 되었다.

—어차피 파종기도 지났으니 서두르지 말고 자금을 마련하는 게

낫지 않겠습니까. 급하게 찾다가 나쁜 놈에게 걸리면 장래가 걱정이니까요.

의달이 이렇게 말하면 사람들은 순순히 그렇다고 믿었다. 그리고 물거품이 된 올 한 해의 수확, 황금빛 물결을 이루는 논밭의 광경을 마음속에 그리며 원통한 한숨을 내쉬었다.

그렇게 짧은 가을도 지나고 그 길고도 혹독한 겨울이 눈앞에 다가온 지금, 사람들은 이제 새로운 개간지를 단념하고 단신으로 미개간지를 찾아 나서는 사람, 원주민 농가의 고용인이 되는 사람, 멀리 있는 개간자 친척에게 기식하러 가는 사람, 무작정 정처 없이 떠도는 사람, 등등 이런저런 이유로 수용소에 모였던 백여 가구는 대부분 뿔뿔이 흩어졌다. 지금은 법하 유역의 개간 부락에 있던 사람들과 그들과 노령 이후부터 함께 했던 신개령의 창오 외 세 가구, 법하 부락의 인접지에 있던 병일 외 한 가구를 합쳐 스물한 가구로 줄어들었다.

"그래서 모두에게 제안을 할까 하는데—"라고 말하며, 세모는 결정적인 순간에는 항상 모두를 대신하는 그 의열심을 발휘하기 시작했다. "이번 겨울나기는 어떻게든 이겨내야 하지만 그 선후책을 생각하지 않으면 안 될 것 같다. 남에게만 의존하고 있으니 이런 일이 벌어진 것이 아닌가. 민회든, 의달 씨든, 그 사람들은 이미 열심히 최선을 다해 도와주고 있으니 그건 감사하게 생각하고 있다. 하지만 여기까지 왔으니 이제 우리 일은 우리 손으로 어떻게든 해결해야 한다고 생각한다."

"우선 주택 문제와 식량 걱정을 하지 않으면 안 됩니다."라고, 삼성이 끼어들었다.

"그렇지. 무엇보다도 집과 식량이 우선이지. 입을 옷이라든가 이불 같은 건 나중 문제야."

"저는 이렇게 생각하는데요."라고 말하며, 창오가 무릎을 앞으로 내밀며 다가앉았다. "집을 찾더라도 여기저기 흩어지지 말고 한곳에 모이면 어떨까요?"

"한곳에 모이는 건 좋지만 그런 집이……"

"짓는 겁니다. 널빤지와 기둥을 사서 우리가 직접 짓는 거죠. 돌을 구하기는 어렵지만 벽돌을 쌓아 올리면 충분히 온돌의 대용이 될 수 있을 것입니다. 온돌만 따끈따끈하면 웬만큼 옷을 얇게 입어도 참을 수 있고 배고픔도 견딜 수 있을 겁니다."

"무슨 소리야, 따뜻한 온돌이면 더 배가 고파진다니까."라고, 육출이 큰 소리로 떠들며 혼자 신나서 껄껄 웃자 모두들 와하고 쾌활하게 웃었다.

"이 개 같은 놈. 너 같은 먹보는 모르겠지만 가만히 웅크리고 있으면 하루 한 끼 정도로 참을 수 있지 않겠냐."라고, 창오가 되받아쳤다.

"바보 같은 소리 하지 마라. 너처럼 상자 가득 봉표를 가지고 있으면 쌀 걱정은 없겠지만 우리처럼 피천 한 닢 구경하기 어려운 사람들은 무엇보다도 먼저 먹을 걱정을 해야 한다고."

"그럼 너는 마누라를 껴안고 들판에라도 가라."

“헤헤헤. 호색한 놈은 농담을 할 때도 색시를 들먹여야 직성이 풀리나 보네.”

“뭐라고, 이 자식아. 기차 안에서 만났을 때는 겁먹고 파랗게 질려 있었던 주제에—”

“자, 자, 좀 조용히 해줘. 죽느냐 사느냐 하는 때 아니냐. 농담은 그만해.”라고, 삼성이 두 사람을 말렸다.

“어쨌든 한곳에 모여 있는 건 여러모로 편리하다. 그리고 어떻게 하면 좋을까, 돈을 가지고 있는 사람들은 모두 여기다 내놓고 유무상통하는 건 어떨까. 그냥 나누자는 얘기는 아니야. 이런 때니까, 모두 각자 가지고 있는 건 이 스물한 가구에서 공유하는 것으로 하고 누군가에게 관리를 부탁하는 것으로 하자. 그리고 분배한 만큼은 며칠 안에 반드시 상환하고 원래대로 돌려놓는 것으로 하면 어떨까.”라고, 인석이 말을 꺼냈다.

“그게 좋겠어. 나는 내가 가진 것을 모두 여기 내놓겠어.”라고, 삼성이 말했다.

“거기에 이의는 없다. 하지만 모두가 가진 것을 다 합쳐봤자 얼마나 되겠어. 그것만 털어먹다가는 다가올 봄 농사 자금 마련에 어려움을 겪을 수도 있지 않은가. 결국 다른 곳에서 빌리는 것도 잊어서는 안 된다고 생각해.”라고, 창오가 얼굴을 붉히며 말했다.

“물론이지. 어쨌든 일심협력해서 나아가야 해. 이 난관을 돌파하는 건 쉬운 일이 아니니까—”

정미소 창고 앞에는 넓은 공터가 있었는데 남향에 햇볕도 잘 들어 그들의 집을 짓기에는 안성맞춤이었다.

삼성네는 다음 날 즉시 주택 건설에 착수하여 오래된 목재를 구하러 가는 사람, 오래된 장지나 널문을 찾으러 가는 사람, 벽돌을 주우러 나서는 아녀자들 등으로 나뉘어 일사불란하게 작업에 임했다.

그리고 사나흘이 지나자 벌써 터를 닦기 시작했다.

그러나 그들이 명색뿐인 주춧돌을 놓고 기둥을 세우는 단계에 이르렀을 때, 예기치 못한 방해꾼이 나타났다.

"누구의 허락을 받고 여기에 집을 짓는 것이냐."라며 찾아온 사람은 사십 대의 광대뼈가 튀어나온 원주민 사내였다.

"누구의 허락을 받다니, 여기는 이 정미소의 소유지 아닌가?"라고, 창오가 그 사내에게 맞받아쳤다.

"터무니없는 소리 하지 마라. 이 정미소를 포함해서 여기 전체가 내가 관리하는 땅이다."라며 사내는 아주 위압적인 태도로 말을 이었다.

"네가 어디서 굴러먹던 개뼈다귀인지 모르겠지만 우리는 이곳 주인의 허락을 받고 사용하고 있으니 불만이 있으면 주인에게 말해라." 창오는 툭 쏘아붙였다.

"주인을 만나도 마찬가지다."라고, 그 남자는 거만하게 말했다. "이미 너희들에게는 집도 땅도 빌려주어서는 절대 안 된다는 관청의 명령이 내려졌다. 자, 꾸물거리지 말고 나가라."

"뭐라고 이 자식아, 여기는 이 정미소의 부속지다. 네놈들의 법규 따위 우리가 상관할 바는 아니지만 어쨌든 한번 빌려준 땅을 무효로 만드는 법도 있다고 지껄이는 것이냐?"라고 외치며 창오는 상대의 멱살을 잡고 흔들었다. "우리의 목숨과 재산을 짓밟은 것도 네놈이 말하는 그 관청의 짓거리다. 우리를 얼어 죽게 하고 싶다면 방해해도 좋다."

"뭐 하는 짓이야!" 그 남자는 주위를 둘러싸고 있는 창오의 동료들의 얼굴을 죽 훑어보며 생각했다.

'자칫 잘못하면 뭇매를 맞을 것 같군. 여기서는 일단 으름장만 놓고 물러나는 게 좋겠어.' 그러고는 고래고래 소리 질렀다. "너희들은 예의의 나라니 군자의 나라니 떠들어대면서 이렇게 난폭한 짓을 하고 부끄럽지도 않냐?"

그러자 삼성이 자신들의 언어로 창오에게 말했다. "그냥 놔줘라. 이 자식 분명 술값이 필요해서 시비를 거는 거니까 조금 쥐여 주자."

그렇게 말하고는 인석이 있는 곳으로 찾아가 얼마간의 돈을 쌈지에 싸 들고 그 남자에게 돌아왔다.

"이봐, 그렇게 떠들어봤자 우리한테는 아무 소용없을 거야. 아무래도 모두 연약한 여자와 아이들을 데리고 있어서 제정신이 아니니까. 너도 우리 처지에 놓이면 같은 기분일 거야. 이거라도 가져가서 백주 한 잔 마시면서 천천히 생각해 봐. 이 빈 땅에서 우리가 목숨을 부지할 수 있다면 너희도 그만큼 덕을 쌓게 될 거야. 죽어서 염라대왕님의 심판이 두렵다면 여기에 방해하러 오지 말아 줘."

겨우 창오의 억센 주먹에서 풀려난 그 남자는 삼성이 건네준 쌈지를 손에 꼭 쥔 채 골목길 입구로 나가면서도 계속 소리쳤다. "이 염치없는 놈, 오늘 일을 잘 기억해 둬. 너 같은 놈의 목숨 따위 언제 날아갈지 모르게 만들어주마."

남자의 푸른 장삼이 완전히 보이지 않을 때쯤, 삼성이 이렇게 말했다. "저 녀석, 이제 꽤 기분이 좋아졌을 거야. 쌈지를 열어보면 5원짜리 봉표가 한 장 들어있으니까. 어딘가에서 한 잔 걸치고 나면 아마 다시 와서 소란을 피워볼까 하는 못된 생각을 품게 될지도 몰라."

"소리치면서도 쌈지만은 놓지 않으려 하는 걸 보니 귀엽기도 하네."라고, 육출이 팔을 휘두르며 입가에 흰 거품을 물고 말했다. 그러자 사람들이 와르르 웃음을 터뜨렸다. 어쩐지 유쾌한 기분이 들어 모두들 손바닥에 퉤하고 침을 뱉고 다시 일을 시작했다.

해 질 무렵, 외부와의 모든 교섭을 맡은 세모가 돌아왔다.

"민회장에게 다녀왔는데 금융회에도 돈이 별로 없는 모양이야."라고, 세모는 오늘의 교섭 경과를 모두에게 대강 이야기했다.

금융회란 민회의 금융기관으로, 주로 거류민을 중심으로 금융 사업을 하고 있었다. 노서아인을 상대로 한 모피상이라든가, 조선 인삼과 그 밖의 약재를 거래하는 무역상이라든가, 일용잡화상이라든가 하는 상인들이 이 장춘에만 해도 스무 명이 넘었다. 그중에는 오로촌족이나 몽골인 등 유목인에게 생활필수품을 공급하고 모피와 맞바꾸어 막대한 이득을 챙기는 이들도 있었다. 하지만 그렇게 오랜 세월 생사의 경계를 넘나들며 살아온 이들답게 그들 중에는 더 이상 동포애나 국가관 같은 것을 가슴에 품고 있는 사람은 없었다. 그래서 오지에서 피난해 온 이런 농민들을 만나도 또 피난민들인가 정도로밖에 생각하지 않았다.

내버려두면 자연히 해결될 것이다, 라는 관념이 오랜 세월 그들의 경험 속에서 형성되어 있었다.

그래서 동만이 이번 피난민들은 좀 다르다, 단순한 비적의 습격에 의한 피난이라면 현지 복귀도 가능하겠지만 앞으로도 장학량의 입김이 닿은 음모가 계속될 것이므로 일본의 세력권 내에 머무르게 해야 한다, 이렇게 말하며 설득해도 누구 하나 그럼 이 돈을 써라, 라고 선뜻 내놓는 이는 없었다. 동만은 한 가지 계책을 생각해 냈는데 주로 같은 반도 출신자들에게 호소하기 위한, 피난민의 참상을 이야기하는 간판을 내건 강연회를 열었고 그제서야 겨우 약간의 의연금이 모이기 시작했다.

"내년 봄까지의 양식비로 오백칠십 엔 가량의 돈이 내려왔을 뿐이다. 현재 상황으로는 금융회 단독으로 농장 자금을 빌려주는 건 어려울 것 같다."

"남의 주머니 사정만 들여다보고 있을 수는 없습니다. 우리는 지금까지도 맨손으로 해왔습니다. 이번이라고 해서 못할 것은 없습니다."라고, 창오가 말하며 나섰다.

"하지만 그 시절과는 상황이 많이 다르지 않나. 토지 대여가 아주 엄격하게 금지되어 있는 데다 오늘 들은 바로는 이통강과 농지 예정지 사이에 원주민의 기경지가 있다고 하더구나. 거기를 뚫지 않고는 용수로를 만들 수 없는데 그러기 위해서는 그 일대 지주의 동의도 얻어야 하고 토지 임대료도 지불해야 한다고 들었다. 게다가 그 학영덕이라는 사람이 개간지 지주와의 교섭을 대행해 준다고 해도 결국 우리 입장에서도 어느 정도 비용을 내야 할 것이야. 더군다나 대가업이 엄격하게 금지되어 있는 점을 악용하여 토착민들은 임대료 선납을 요구할 생각인 것 같더구나. 이래저래 현금이 없이는 아무 일도 손댈 수 없는 상황이다. 어쨌든 돈이 필요하다. 그 돈을 어떻게 마련하느냐가 문제인 거지."

"의달 선생은 통 얼굴을 보이지 않는데 어떻게 해결될 기미는 없습니까?"라고, 삼성이 불쑥 끼어들었다.

"그 작자는 자기 욕심만 생각하니까 어떻게 할 도리가 없어. 어렵게 출자자를 찾아도 자기 마음에 들지 않으면 바로 거절해 버리니."

"왜 그런 짓을 하는 걸까요?"

"나쁜 출자자라면 없는 게 낫다고 하는데, 이야기를 들어보면 납득이 가기도 해."

"지푸라기라도 잡아야 하는 지금 상황에서 그런 사치스러운 소리를 하고 있을 수 없을 텐데 말이죠."라고, 동술이 멀리서 중얼거렸다.

"뭐, 천천히 생각해 보도록 하고, 자, 이제 일을 계속하자. 이렇게 부쩍 추워진 걸 보니 굶주림보다 방한이 우선이야."

"이제 걱정할 필요 없습니다. 모든 일이 잘 풀렸으니 이번 달 안에 계약에 착수합시다."라고, 하얼빈에서 남하하는 기차로 돌아온 의달은 장춘역에 마중 나온 세모의 대리인 인석, 삼성, 창오 등에게 말했다. 그의 얼굴에는 기쁨이 넘치고 있었다. 그리고 푹신한 노서아 외투로 몸을 감싼 모습도 왠지 모르게 풍요로워 보였다. "자, 나갑시다. 이런 곳에서 서서 이야기할 수는 없으니 어디 중국 요릿집에라도 가서 따뜻한 음식이라도 먹으면서 천천히 이야기를 나누도록 합시다. 뭐, 오늘은 제가 대접하겠습니다. 하하하."

마중 나와 달라는 전보를 받은 삼성네는 무슨 일인가 의아해하면서도 그 전보에서 뭔가 좋은 일이 있을 것 같은 기운을 느끼고 이렇게 살을 에는 듯한 추위 속을 변변한 방한복도 없이 얇은 옷차림 그대로 나왔다. 그리고 지금 의달의 넘쳐흐를 듯한 웃음소리를 듣자 몸이 어느새 포근히 데워지는 것 같았다.

두껍게 쌓아 올린 벽돌 건물의, 난방이 되어 있는 네모난 상자 같은 방으로 들어가 가물치와 달걀 등 보기만 해도 맛있어 보이는 요리를 게걸스럽게 먹으면서,

"하얼빈에 다녀오신 일은 잘 해결되었습니까?"라고, 인석이 그다지 열의 없는 목소리로 물었다. 그도 그럴 것이, 그들은 더 이상 의달네의 도움을 기대하지 않고 어떻게든 자력으로 해내겠다는 결심을 한 상태였기 때문이다. 그렇지만 재력이 거의 없는 그들은 강한 단결력과 개개인의 의지력으로 밀어붙이기는 했어도 막상 어디서부터 손을 대야 할지 전혀 갈피를 잡지 못하고 있었다. 그러던 차에 그런 전보를 받고 의달의 활기찬 담소에 동참하다 보니 금세 마음

이 흔들려 의지하게 되는 것이었다.

"이야, 정말 잘 해결됐습니다. 등잔 밑이 어둡다는 말이 있지요. 나와 가장 가까운 사람을 두고 너무 밖으로만 돌아다녔던 건 아닌가— 다름이 아니라 제 사촌 누이의 남편이 하얼빈에서 모피 무역상을 하고 있는데 말이죠. 박성산이라고, 약간은 세간에도 알려진 사람인데 이 사람이 독자적으로 자금을 대주기로 했습니다. 어떻게 이 사람을 생각하지 못했는지, 완전히 잊고 있었습니다. 뭔가 기분이 좋아서 지금까지의 놈들한테 꼴좋다고 비웃어주고 싶은 기분입니다…… 하하하."라고 말하며, 나이에 걸맞지 않게 호탕하게 웃었다. 그 표정과 태도에는 자못 대사업가라고 거드름을 피우는 듯한 기색이 노골적으로 드러나 있었는데, 만약 다른 상황이었다면 거만한 사람으로 치부하고 웃어넘겼을 일이지만 지금은 그야말로 구세주를 만난 기분에 젖어 있는 삼성네였기에 계속 캐물었다.

"그럼 어떻게 되는 건가요, 모든 자금을 혼자서 대주신다고—" 말이 끝나기도 전에 의달이 호언장담했다.

"물론입니다. 다른 출자자가 있으면 재미없으니까 자기 혼자서 대겠다고 하더군요. 정말 대범한 사람이죠."

삼성네는 의달의 말속에서 그 사촌 누이의 남편이라는 사람을 뚱뚱하게 살이 찌고 배가 불룩 나오고 의욕이 넘치는 인물로 머릿속에 그려보았다. 그 환상은 매우 믿음직한 남자로 보였다가 갑자기 제 잇속만 차리는 탐욕스러운 사람으로 변해 왠지 모르게 못마땅한 놈으로 느껴졌다. 그리고 문득 이 이야기가 또다시 무산되면 어쩌나 하는 불안이 스쳐 지나가자 뭔가 교활하고 입에 발린 말뿐인 사람처럼 생각되기도 했다. 그래서 삼성네는 하나같이 마음속으로 이렇게 기도했다. '부디 이번만큼은 꼭 실현되기를—'

진짜 중요한 이야기가 질질 끌리는 사이에 세월은 어느새 훌쩍 흘러, 이제는 벌써 신정의 섣달그믐까지 다가오고, 시내의 일본인 거리는 세말대매출(歲末大賣出, 연말 대세일)을 알리는 말뚝이 세워지기 시작했다. '구정까지는 어떻게든 정리를 마치고 싶다. 비록 임시 거처일지라도 떡국 한 그릇 정도는 느긋하게 먹으며 새해를 맞이하고 싶다.'고 그들은 마음속으로 합장하며 기도하기도 했었다.

"좋은 소식은 그것뿐이 아닙니다. 그 박 씨는 자신이 직접 나와서 농장을 경영할 분수가 못 된다고 했으니까— 뭐, 워낙 바쁜 사람이라 그럴 여유도 없겠지만— 그러한 이유로 은행 이자로 농장에 빌려주겠다고 했습니다. 1년이나 2년 안에 반제하라는 것도 무리일 테니, 10년을 기한으로 연부 상환해도 좋다고 했습니다. 어떻습니까, 이런 좋은 얘기가 어디 있겠습니까. 여러 사람이 끼어들어 시끄럽게 하는 것보다 우리의 돈으로 우리의 농장을 경영하는 것. 이보다 더 이상적인 이야기는 없지 않겠습니까. 명확히 말해둡니다만, 이는 당연히 제 개인을 위한 자금은 아닙니다. 그렇게 하고 싶다면 얼마든지 할 수 있겠지만 수많은 사람들의 생사가 걸린 중대한 위기를 사리사욕에 이용하는 악랄한 짓은 하고 싶지 않습니다." 의달은 자신의 협상이 잘 풀린 기쁨과 더불어 자신이라는 존재에 대한 고마움을 느끼게 하고 싶은 무의식적인 욕망에서 무심코 이렇게 모두에게 은혜를 베풀듯이 말했다.

그러나 삼성네는 그것을 전혀 개의치 않았다. 그저 너무 감격스럽고 감사해서 의달에게 절이라도 하고 싶은 충동을 억누르느라 애를 먹을 정도였다.

“걱정하고 있는 동안에는 밥맛도 모른 채 지내기 마련입니다. 오늘 하루는 미리 축하하는 의미로 크게 마셔봅시다.” 의달은 모두가 몹시 감격하고 있는 분위기에 흠뻑 젖어 있었다. 그리고 기세 좋게 차례로 요리를 주문하여 다양한 음식을 식탁 가득히 펼쳐놓았다.

의달이 이번 개간지를 그의 개인 경영으로 삼으려고 마음을 먹게 된 것은 다음과 같은 사정 때문이었다.

그가 일간보의 개간에 착수했을 때는 정미업으로 어찌저찌 그날그날의 생계는 이어갔지만 이 정미업이라는 것은 가까이에 쌀 생산지를 두고 있어야만 유리한 사업이라 멀리 떨어진 농장에서 가져오는 얼마 되는 않은 벼로는 일 년의 6할은 휴업 상태였기 때문에 그것으로는 도저히 수지가 맞지 않았다. 게다가 동종업자가 늘어나면서 그 무렵에는 거의 모두가 공멸 상태에 이르렀다. 그래서 자신의 정미업을 돕고 또한 오랫동안 꿈꿔왔던 개간 사업을 이루고 싶다는 희망에 재우쳐 그 해의 일간보 개간 사업에 뛰어든 것이었다. 그러나 여러 가지 어려움에 부딪혀 이천 엔이라는— 당시 그에게는 전 재산에 해당하는— 큰돈을 쏟아부어 버린 후에는 정미업 쪽도 막다른 길에 들어서 결국 세간을 정리하고 교하 지방으로 이주하게 되었다.

그래서 이번 재난으로 교하 지방의 모든 농민이 피난해 온 것을 기회로 삼아 오랜 희망을 이룰 때는 지금뿐이라는 생각에 투지가 샘솟았다. 그래서 피난 당초에 동만과 다시로가 피난민의 현지 귀환을 목표로 외교 절충을 계속하는 방침을 결정했을 때만큼 실망하고 낙담한 적이 없었다.

그래서 도중에 방침이 바뀌어 새로운 입식지를 물색하기로 했다는 이야기를 동만에게서 들었을 때, '좋아, 새로운 사업의 기를 올릴 때는 바로 지금이다.'라고 생각하며 용기를 냈던 것이었다.

일간보 개간에 실패한 원인은 그곳이 우연치 않게 동지선의 부속지였다는 점, 자금이 부족했다는 점도 주요한 요인으로 꼽히지만 입식 시킬 농민이 없었던 것도 있었다. 그 당시에도 그는 이 교하 지방의 이주민들을 후보에 넣고 있었지만 오늘날처럼 한마을을 통째로 데려오는 식으로는 잘되지 않았다.

어쨌든 그런 이유로 그는 삼성보의 개간 사업이 전임자에 의해 중단된 것을 다행으로 여기고 그것을 무상으로 이어받아 이곳에 새로운 대농장을 일구는 것을 꿈꾸게 되었다.

그래서 유력한 출자자를 찾더라도 가급적 공동경영의 형태를 피하려고 일부러 외면하기만 했던 것이었다.

그러나 그러는 동안에 개간까지는 아직 많은 어려움이 있을 것이라는 사실에 불안을 느끼고 야심을 품고 있던 몇몇 출자자들은 일찌감치 손을 떼고 말았다.

그렇게 되자 의달이 역으로 당황한 것도 당연한 일이었고 그는 자신의 체면이 형편없이 된 것을 끙끙거리며 속을 앓기 시작했다.

하얼빈의 박성산을 떠올린 것은 그런 상황에서의 궁여지책으로, 벌써 6, 7년이나 만난 적이 없는 성산에게 과연 그만한 재력이 있는지 없는지 전혀 짐작할 수 없었다.

하지만 뜻밖의 좋은 결과가 되었다. 그는 일단 성산의 말을 믿고 또 성산이 의달 개인을 상대로는 돈을 빌려주고 싶지 않다는 내색을 비췄을 때, 바로 이렇게 결심했다.

'내 개인 농장으로 만드는 것은 단념하자. 대신에……'

어쨌든 이 농장의 결재권을 그가 쥐는 것은 충분히 가능한 일이기 때문에 그 스스로가 개간자의 일원이 되어 많은 삯꾼을 고용해 자작농이 되는 동시에 농장의 모든 생산 곡물의 판매권을 그가 쥐는 것도 불가능하지는 않았다. 그러면 정미업도 다시 되살아나 번창할 수 있으니 이것이야말로 일석이조가 되는 것이다, 라는 복잡한 생각을 하며 이리저리 머리를 굴렸다. 그래서,

"자, 어서 드세요— 그렇게 사양하지 마십시오. 한바탕 근심을 털어버리고 유쾌하게 마셔봅시다."라고 말하는 그의 목소리에도 자연스레 활기가 넘치고 여유로움이 묻어났다.

6

의달이 하얼빈에 가서 자금줄을 대줄 사람을 찾았다는 소문은 정미소 창고 앞의 판잣집에 살고 있는 피난민들의 마음에 한줄기 빛을 던져주었다. 긴 암야가 끝난 뒤 갑자기 만월이 떠오른 것 같은 뜻밖의 광휘에 사람들은 당황하기도 하고 기뻐하기도 하고 불안해하기도 하며 쉽게 마음을 가라앉히지 못했다.

그리고 어쨌든 의달이 자금을 가지고 돌아와 확실히 지주와의 교섭에 들어가는 것을 기다릴 수밖에 없다는 생각이 들었다. 한번 믿기로 한 이상, 비록 어떤 불안이 있더라도 교활하고 간사한 꾀를 부려 뒤에서 은밀히 행동한다든가 하는 생각은 꿈에도 하지 않는 이 농민들은 그저 한결같이 의달의 노력에 모든 것을 맡길 뿐이었다. 설령 협상이 잘되지 않아 완전히 실패할 것이 분명해진다 해도, 그것이 명확히 드러나기 전까지는 묵묵히 인내하는 것이다. 그리고 그러는 사이에 생긴 시간적 손실 따위는 이제 어쩔 수 없다는 깊은 체념 속에 자신을 맡길 뿐이었다.

"의달 선생이 저렇게까지 우리를 위해 힘써 주고 계시니 마음을 느긋하게 먹고 기다리자고."

사람들은 그렇게 생각하며 서로를 위로하고 안심시켜가며 인내심을 가지고 그날이 오기를 기다리고 있었다. 그리고 의달이 자금을 가져온다. 지주와의 협상이 성사된다. 곧 새로운 개간지로 용맹하게 뛰어들어 괭이를 들이댄다. 이러한 황홀한 공상이 더할 나위 없이 그들을 즐겁게 해주었다.

그러나 그 기쁨은 나날이 기울어가는 달처럼 차츰 그 밝은 자취를 감추었다.

양력설이 지나고 구정이 되어도 의달은 여전히 적극적인 움직임을 보이지 않았다.

하얼빈을 오가는 횟수가 거듭될수록 삼성네는 찻삯까지 자비로 부담하게 하는 건 안 됐다, 라고 서로 말을 주고받고는 염낭을 끌어 자잘한 돈을 모아 여비로 보탠 적도 있었다.

"뭐, 안심하고 새해라도 잘 맞이하세요. 아무래도 천이나 이천과는 달리 큰돈이니 우리가 담뱃값을 내는 것과는 차원이 다르잖습니까."라고, 의달은 걱정하는 듯한 농민들의 얼굴을 보고 그렇게 말하며 격려했다. 그런 그의 태도에 거짓이 있을 리 없었기에 일단 불안했던 마음을 가라앉히고, '그래. 의달 선생에게 맡겨두면 돼. 너무 자주 재촉하지 말자.'라며 스스로를 다독였다.

그러나 그것은 긴 인내의 시간이었다. 기다림에 지쳐 안절부절못

하기도 하고 짜증을 부리기도 하면서,

"아무래도 잘 될 것 같지는 않다. 워낙 큰돈이니까. 그렇게 쉽게 될 리 없다는 것을 경솔하게 믿어버린 우리 쪽이 잘못이야."라며 스스로를 책망했다.

"이렇게 질질 끌다가는 또 작년의 전철을 밟게 될지도 모른다. 의달 선생, 통 얼굴을 보이지 않는데 어떻게 된 건지 물어보러 가야 하지 않겠어?"라고, 창오가 조금 열을 올리며 말했다. 음력 2월에 들어서서 벌써 중순에 가까워지고 있었기 때문에 그들도 슬슬 조바심이 나기 시작했다.

창오와 삼성, 그리고 인석을 선두에 내세우고 사람들은 의달의 집을 찾아갔다.

"당신들 쪽에서 먼저 말을 꺼내줘서 이야기하기가 편하겠군요."라고, 의달은 풀이 죽은 얼굴로 말했다. "솔직히 말하자면 이번에도 안 됐습니다. 그렇게 굳게 약속해 놓고도 막상 그 순간이 되니 슬그머니 도망가 버리더군요."

그리고 그 박성산이라는 남자가 작년 말에 그런 약속을 했을 당시에는 장사가 상당히 잘 됐던 것 같았다는 점, 그런데 올해 들어서 뭔가 큰 손해를 본 것 같다는 점, 그 외에도 성산이라는 남자의 장사에 관한 여러 가지 일들을, 삼성네가 보기에는 거의 알 필요도 없는 일들을 장황하게 늘어놓았다.

그래서 삼성네는 또다시 캄캄한 어둠 속으로 되돌아가 버리고 말았다.

"파종기까지는 앞으로 서너 달밖에 남지 않았다."

"그때까지는 용수로를 파고 백양을 뽑아내서 씨앗을 뿌릴 수 있도록 준비해 둬야 해."

"정말이네. 그러고 보니 이제 곧 파종기가 되겠군."

삼성네는 극심한 초조함에 이제 몸도 마음도 타버릴 것만 같았다.

긴 겨울 동안 무엇을 망설이고 있었던 것일까, 하고 그들은 저마다 가슴을 쥐어뜯고 싶었다.

울적한 번뇌가 그들의 마음을 까맣게 태우고 진창 속으로 밀어 넣었다. 그래서 마구 불평을 늘어놓고 원망의 말을 쏟아내며 자신의 처지를 한탄했다. 아마도 정체를 알 수 없는 원한이, 세상의 모든 것을 슬픔으로 물들였던 것이다.

이러한 상태에서 깨어나는 그 순간, 비로소 그들은 움직이기 시작했다. "이렇게 된 이상, 목숨을 걸고 부딪쳐 나가는 수밖에 없어."라고, 창오가 외쳤다.

"남의 돈주머니에 의지해서는 안 된다고 몇 번이나 말했는데 결국 또 큰코다쳤잖아."라고, 삼성이 맞장구를 쳤다.

"이미 일어난 일은 어쩔 수 없어. 지금부터라도 어떻게든 방법을 찾아야 하지 않겠어?"라고, 인석이 제의했다.

그랬다. 올해 파종기를 헛되이 보낸다면 이제 굶어죽을 수밖에 없다는 생각이 그들을 공포의 구렁텅이로 몰아넣었고 종내에는 비장한 기운을 불러일으키게 했다.

그들이 두려움에 혼란스러워진 머릿속에서 생각해낸 것은 세모를 전면에 내세워서 학영덕과 협상하는 것 외에는 방법이 없다는 것이었다.

"내 힘으로 할 수 있는 일인지, 이번만큼은 자신이 없구나."라고, 세모는 탄식하듯 말했다. 산골짜기나 벌판에 있는 마을 사람들만 상대해왔던 그에게 이 도시는 너무 크다고 느껴졌던 것이다.

하지만 이 상황에서 그가 나서지 않으면 일촌의 모두가 굶어죽게 될 거라는 생각과 신개령 산기슭에서 법하 평원에 이르기까지의 그 유랑의 여정에서 느꼈던 것과 같은 무거운 책임감이 그를 용감하게 만들었고 지니고 있을 것 같지 않았던 지혜를 끌어내게 했다.

그는 학영덕을 직접 만나러 가기보다는 의달이 발로 걷어차버린 몇몇 출자자들을 설득하는 쪽이 더 빠른 길이라는 직감에 따라, 자신들이 속한 세계와는 상당히 다른 세계에 있을 것 같은 유력자들을 설득하러 다녔다.

익숙하지 않은 협상에 그는 녹초가 되어 돌아왔다. 그의 얼굴에 드리운 비애의 기색을 읽은 아들들은 그날의 경과를 묻기보다는 입을 다물고 있는 것이 아버지를 위로하는 길임을 알고 그저 뜨끈히 마실 것과 편안한 잠자리를 마련할 뿐이었다.

그리고 두 아들은 아버지의 얼굴에 환희의 빛이 나타나기를 간절히 기도하며 기다리고 있었다.

어느 날이었다.

"뜨끈한 음료가 있느냐? 있다면 큰 사발에 한가득 따라와라."라는, 전에 없이 활기찬 목소리였다.

그 뜨끈한 음료가 그날에 한해서 무엇을 의미하는지를, 두 아들은 혈육 사이에 통하는 직감으로 단박에 알아차렸다.

허둥지둥하면서도 기쁜 눈짓을 주고받은 아들들은 이내 조선 청주를 구해와 따뜻하게 데워서 아버지께 내드렸다.

세모는 들떠서 신나게 떠들었다. 오랜만에 마시는 고향의 술이 더할 나위 없이 그를 위로하고 기쁘게 해주었다.

“그럭저럭 잘 풀릴 것 같구나. 오늘 말이다, 민회에 가서 민회장님과 무릎을 맞대고 담판을 짓고 왔단 말이지. 그랬더니, 민회장이 직접 나서서 유력자 네다섯 명을 불러 모아 설득해 주셨단다. 그러니 이제 안심해도 된다. 내일부터라도 당장 학 씨와 교섭할 생각이야.”라고, 세모는 밝고 들뜬 목소리로 말했다.

“하아, 정말 다행이군요.”라고, 인석은 동생과 서로 얼굴을 마주보고 안도의 한숨을 내쉬었다.

곧바로 삼성네가 소집되었다. 모두들 어두운 우울 속에서도, 희미하게 싹트기 시작한 기쁨을 담은 얼굴로 세모를 둘러싸고 세모의 그동안의 노고에 대해 이야기를 들었다. 그리고,

“이번 출자자만큼은 꼭 붙잡고 놓지 않을 생각이다.”라는 세모의 말에 헤아릴 수 없는 위안을 얻게 되었다.

벼시장 조합의 응접실을 빌려서 출자자와 농민 대표 간의 첫 만남이 이루어진 것은 그로부터 얼마 되지 않아서였다.

“이렇게 많은 사람들이 모여서 한 가지 일을 하려면 장차 문제가 생기지 않도록 미리 충분히 서로의 속마음을 터놓고 숙의한 후에

일을 진행하는 것이 좋다고 생각합니다만……"이라고, 출자자들 중에 속하는, 마흔 살쯤 되는 이직상이라는 남자가 그렇게 말을 꺼냈다.

"지당한 말씀입니다. 의심이 있으면 의심을, 자신이 없으면 자신 없음을 이 자리에서 분명히 해두는 것이 좋습니다."라고, 다른 한 명의 출자자가 응수했다. 그 이마가 벗겨지고 눈을 뒤룩뒤룩 굴리는 얼굴을 보니 뭔가 심히 경계하는 기색이 역력했다. 그 사람뿐만 아니라 이 모임은 애초부터 화기애애하지 못했고 가시가 돋쳐 팽팽한 분위기가 감돌았다.

세모네는 그 분위기에 불길한 기운이 섞여 있음을 어렴풋이 감지했다. 그래서 어떻게든 이야기가 원만히 마무리되기를, 전전긍긍하면서 마음속으로 기도하고 있었다.

하지만 출자자들은 지주와 문서상의 계약을 맺기 전에 한 번 더 정밀하게 측량을 실시하고 또한 관개의 적합성을 확인해야 한다는 것에 대해 논쟁을 벌였다. 전년도에 조재환이 측량한 적도 있어 관개 적합성 여부는 이제 와서 문제 삼을 필요가 없다고 주장하는 몇몇 사람들과의 논쟁이 정말 오랫동안 반복되었던 것이다.

이 몇 사람의 논의가 얼마나 세모네의 마음을 밝게 비추어주고 달래줬는지 모른다.

하지만 그날 밤의 논의는 결국 다시 한번 측량을 실시하는 것으로 낙착되었다.

그리고 측량을 맡은 것은 요시노초(吉野町)의 토목건축업자인 마루야마 조합(丸山組) 소속의 측량 기술자였다.

'기술자의 보고서에 우리들의 목숨 줄이 쥐어졌다.' 농민들은 이런 진지한 생각에 몸이 부르르 떨렸다. 그러나 그들은 그 기술자의 환심을 사기 위해 어떤 수단을 쓰려 한다거나 하는 생각은 전혀 하지 않았다.

"우리도 함께 따라가 보지 않겠나?"라고, 삼성이 고심 끝에 제안을 했다.

그래서 창오와 육출, 인석, 의석 형제 등 일여덟 명이 삯꾼 대신 기술자의 측량 도구를 등에 지고 현장으로 향했다.

한 번 이곳에 와서 사전 조사를 한 적이 있는 인석 형제는 정확한 면적이나 용수로의 용지 길이 같은 것은 대략적인 눈대중으로밖에 알 수 없었지만 논으로 적합한 땅임에 틀림없다는 것은 그들의 직감으로 충분히 알 수 있다고 말했다. 삼성네는 인석의 말을 철석같이 믿었다. 그리고 이통강의 둑 위에 섰을 때, 먼지로 뒤덮인 얼어붙은 강줄기의 수량이 상당히 풍부할 것임을 감지했다.

그들은 측량 기술자가 측량을 하고 있는 옆에서 그 기술자가 어떤 기준으로 측량을 하는지를 관찰하며 불안한 표정으로 서 있었다.

하지만 아무래도 기술자의 착안점이 그들의 직감과는 상당히 동떨어져 있다는 것을 직감했다.

"나는 이쪽에서 둑을 터서 용수로를 파는 게 좋을 것 같은데."라고, 인석이 불평하듯 말했다. "봐, 저기 저 둥그렇게 솟은 언덕 같은 거 보이지? 그 오른쪽으로 조금 가면 낮은 평원이 있는데—"

"아, 보인다. 백양이 저렇게 무성하게 자라고 있잖아."라고, 삼성이 인석의 말을 이어받아 덧붙였다.

"저쪽 일대가 그런 곳이야. 저쪽으로 물을 끌어올려야 하는데 왜 저렇게 아래쪽에서 재는 걸까?"

메마른 느릅나무숲이 제멋대로 황야에 흩어져 있었다. 그 숲 외에는 눈에 띄는 언덕 하나 없었고 여러 겹으로 겹쳐진 숲 사이로 멀리 지평선 끝까지 이어진 틈새에서, 푸른 하늘이 마치 물을 끼얹은 듯이 맑고 청명하게 보였다.

"어라, 저기 바다가 보인다."라고, 멀거니 바라보던 육출이 느닷없이 얼빠진 소리를 질렀다.

삼성네는 깜짝 놀란 듯 일제히 육출이 응시하고 있는 방향을 찾았다.

'앗, 그래. 분명히 바다일 거야.'라고, 그들도 생각했다. 숲의 밑동 틈새로 푸른 바다가 희미하게 보이는 것 같았다. 하지만 곰곰이 생각해 보니 이 근처에 바다가 있을 리 없었다.

"멍청한 소리를 하네. 저런 방향에 바다가 있을 리도 없고 보일 리도 없어."라고, 삼성은 머나먼 남쪽 나라에 두고 온 바다를 그리워하며 말했다.

"그럼 호수인가……"라고 중얼거리며 육출은 여전히 자신의 눈을 믿고 있었다. 좁은 산골에서 자라 이곳으로 이주해 온 뒤에도 산간 분지에서 분지로 옮겨 다니며 살아온 그들이었기에 푸른 하늘을 숲 아래에서 본다는 것은 상상도 할 수 없는 일이었다.

그 사실을 알고 있는 사람은 창오 한 사람뿐이었다. 그는 상대를 충분히 유인한 뒤 갑자기 기습을 가하는 스모 명수처럼 가장 효과적으로 육출을 놀려주기 위해 일부러 허점을 보이며 짓궂은 장난을 쳤다.

"아니, 육출이 말한 대로다. 저건 확실히 바다야."라고, 창오가 천연덕스럽게 말했다.

"봐, 그렇지? 창오가 말하는 거니까 틀림없어. 내 눈이 틀릴 리 없잖아."라며 육출은 득의양양하게 뛰어나왔다. "아, 바다가 보고 싶다. 거세게 휘몰아치는 거친 파도 속에서 마음껏 날뛰어 보고 싶어."

"어이, 육출. 너 아직도 그 고등어 낚시의 꿈을 버리지 않았구나."라고, 삼성이 말하자 모두들 폭소를 터뜨렸다.

"뭐, 그런 말 하지 마. 고등어라면 지금이 제철이지. 두부랑 같이 보글보글 끓여서 이렇게 뼈까지 쪽쪽 빨아먹으면— 아, 정말 먹어보고 싶다."

"해마다 겨울이 되면 좀도둑처럼 마을을 빠져나가 바다로 간 놈이 누구더라. 너희 아버지 이야기는 아니지만, 고생고생해서 찾아갔더니 그 고등어 비린내 나는 포항 마을에, 그것도 가장 지저분한 술집의 아궁이 불 때는 일에 고용되어서 굴뚝에서 빠져나온 굴뚝 청소부 같은 꼴을 하고 있던 놈은 어느 새끼더라?"

"그래서 마을로 돌아와서 전하는 말이 재미있었지. 거센 파도를 뚫고 작은 배를 타고 간신히 나갔는데 그물에 가득 걸린 고등어들이 마치 산처럼 쌓여 있어서 그 위로 올라타다가 그만 뒤집혀 버렸다나 뭐라나."

"그래서 어떻게 했냐고 물어보면, 이제 그 녀석이 제일 잘한다는 고등어 타기가 시작되는 거지."

육출은 진지한 얼굴로 모두에게 항변하기 시작했다.

"그건 정말이야. 한가득 몰려든 고등어라는건, 둑에 펴 올린 자갈 같은 거라고. 사람 한 명쯤 올라탄다고 해서 물에 빠질 일은 없어."

"허풍 좀 작작 떨어라. 원산의 명태 어장에서도 똑같은 말을 하는 녀석이 있었지만 내가 본 바로는 올라탈 만할 정도로 물고기들이 득실득실할 뿐이었다. 잘못 올라탔다간 그야말로 용왕님께 드리는 좋은 제물이 되는 거지."라고, 창오가 말하자 모두들 다시 한번 폭소를 터뜨렸다.

그러나 창오는 용정에서 일하던 주인집에서 쫓겨난 첫해에 명태 어장에 잠깐 갔던 기억이 떠올라 지나간 일들이 다시금 시커먼 감회가 되어 불안과 감상에 젖어들었다. 그렇게 되자 육출을 놀리려던 것도 까맣게 잊어버린 채 그들로부터 몇 정이나 멀리 떨어진 곳에서 척척 앞서가고 있는 기술자들을 멍하니 바라보았다.

"저렇게 대충대충 측량을 해도 괜찮은 걸까?"라고 말하며 인석이 다시 불안해했다. "저러다가는 용수로의 길이조차 정확하게 재지 못할 텐데."

그 말에 모두들 순간 현실로 돌아와 불안과 의구심을 품었다.

"지난번에 왔을 때 나는 용수로를 팔 위치를 눈대중으로 정확히 정해놨어. 저 사람은 마치 물을 거꾸로 흐르게 하려는 것처럼 측량하고 있어. 물은 흐르는 대로 흘러야 하는데. 모두, 내 뒤를 따라와."

인석은 물줄기를 따라 위쪽으로 걸어갔다. 거기에서 기역 자로 구부러진 둑에 이르러,

"먼저 여기를 터서 물을 내보내야 해. 여기에서 흘러온 물이 여기에 모여 힘이 약해져 홍수가 났을 때 자연적으로 조절을 해줄 거야. 그리고 여기를 기점으로 해서 저쪽(멀리 떨어진 저습 지대를 가리키며)으로 끌어가야 해. 대체로 일직선이긴 하지만 습지가 있는 곳을 활용해서 약간은 구부러져도 괜찮다고 생각해."

인석의 뒤를 따라 모두들 걸음을 옮겼다. 둑 아래에는 원주민들의 밭이 구불구불 이어져 있었다. 넓은 논두렁길을 따라가면서 원주민들이 자신들의 밭을 침수로부터 보호하기 위해 상당히 계획적인 방수시설을 갖추고 있다는 것에 주목했다. 그러고 보니 꽤나 높이 쌓아 올린 제방도 해마다 수리를 거듭한 흔적이 역력히 보이고 있었다.

'여기에 용수로를 연결하려면 상당한 노력이 필요하겠구나.'라고, 그들은 느꼈다. 거기에 물길이 밭 가운데를 가로지르는 것을 원주민들에게 승낙 받는 것이 가장 먼저 돌파해야 할 난관이라고 생각했다. 그렇다고 생각하니 멀리 두세 명씩 모여서 이쪽을 가만히 엿보고 있는 푸른 옷을 입은 사람들의 기묘한 시선이 왠지 모르게 아프게 느껴졌다.

하지만 그들은 원주민의 기경 지대를 지나 그들 앞에 펼쳐진 소택지를 보는 순간, 과거의 모든 일을 까맣게 잊은 채 그저 한결같은 어떤 의욕에 눈앞이 아찔한 느낌이 들었다.

"빨리 경작해 보고 싶다."라고, 누군가 중얼거렸다.

“그래. 저 백양 녀석, 뿌리째 뽑아내서 처분해버리고 싶어.”라고, 창오가 외쳤다.

“갈대 뿌리도 상당하군.”

“뭐, 갈대쯤이야— 이야, 이건 훌륭한 논이 될 거야.”라고, 삼성이 환희에 찬 목소리로 말했다.

“대체 얼마나 넓은 거야?”라고, 동술이 물었다.

“이천 향은 확실할 거야.” 인석이 대답했다.

“적게 추정해도 천 향은 될 것 같군.”

“두 해만 지나면 삼 향은 개간할 수 있을 거야. 우리 마음대로 경작해서 우리 땅으로 만들어버릴까?”라고, 동술이 눈빛을 바꾸며 말했다.

“어이, 벌써부터 그렇게 욕심을 부리는 거야? 여기는 아직 우리 땅이 아니라고.”

창오가 쉰 목소리로 웃었다.

하지만 현재 상황에서 동술의 이런 욕심은 모두의 마음에 강렬한 의욕을 불러일으켰다.

이 땅에도 수많은 나라가 흥망을 겪었을 것이지만 아마도 이 대지가 시작된 이래 단 한 번도 경작된 적이 없는 듯한 이 소택지가 이제야 비로소 그들의 주인을 만났다는 기쁨에 떨고 있는 것이 아닌가, 라는 생각이 들 정도로 삼성네는 너무나도 강렬한 개간 의욕으로 인해 현기증이 나는 것 같았다. ‘빨리 경작하고 싶다. 여기에는 씨앗을 뿌리기만 해도 일, 이 년 안에 저절로 여물 것이 분명하다.’

그런 생각이 그들의 야욕을 부추겼다.

다만 한 가지, 그들의 마음을 충족시키지 못하는 점이 있었다. '주변에 산이 없어서 뭔가 조화롭지 않은 느낌이야.' 이러한 생각은 산골에서 자란 그들에게 모든 향수를 앗아간 듯한 쓸쓸함을 느끼게 했다. 이통강의 풍경에서 억지로 고향 형산강의 모습을 찾으려 하고 이 소택지에 벼가 여물었을 때의 모습을 떠올리며 안정을 찾고 그리고 이 넓은 개간지 주변에 적절하게 부락을 건설했을 때의 그들 마을의 모습을 상상함으로써 뭔가 정신없고 어수선한 황야 생활에 빨리 익숙해지려 하고 있었다.

"저놈은 도대체 왜 저런 곳에서 멍청히 서 있는 거야?"라고, 너무나 한심한 측량 방식에 화가 머리끝까지 치민 인석이 불쑥 내뱉었다.

확인해 보자 기술자는 지금 그들이 있는 지점과는 전혀 상관없는, 한참 아래쪽 구석에 측간을 세우고 보기에도 엉성한 측량을 하고 있었다. '저러면 제대로 된 보고는 기대할 수 없겠군.'이라는 생각이 순간적으로 모두의 마음에 먹칠을 한 듯 스쳐갔다.

그들은 아무도 측량 기술자 쪽으로 가려 하지 않았다. 이미 완전히 체념한 듯한 기색으로, 방금 왔던 방향을 따라 강 쪽으로 되돌아가려 했다. 그들의 발걸음은 자연스럽게 용수로 쪽을 향하고 있었다. 그들은 이미 자신들의 수로를 파고 개간에 착수할 준비를 모두 마친 상태였다.

'버려두고 아무도 돌보지 않는 땅인데—'라고, 그들은 생각했다. '왜 마음대로 경작하게 해주지 않는 걸까.'

그들의 앞에 가로놓인 수많은 난관을 생각했을 때, 이 생각만큼 절실한 울림을 가지고 있는 말은 없었다.

측량 기술자의 보고는 인석네가 예상한 대로 좋지 않았다. 용수로의 길이는 인석네가 눈대중한 것의 두 배가 되었고 심지어 개간지의 경작 가능한 면적은 천 향에도 미치지 못했다.

그러자 출자자들은 그 보고를 기다렸다는 듯이 고개를 홱 돌리고 떠나가 버렸다.

"저놈, 좁은 건축 부지밖에 측량해 본 적이 없어서 넓은 땅에 데려가니 개구리를 바다에 풀어놓은 것처럼 어리둥절할 수밖에 없지."라고, 인석은 원망 섞인 욕설을 퍼부었다.

하지만 그들은 더 이상 자신들의 운명을 비관하거나 수심 속에 잠겨 있지 않았다. 그 측량하는 날, 천고미경(千古未耕)의 땅을 본 순간, 그들의 마음에 끓어오르듯 생겨난 치열한 개간의 넋이 이제는 어떠한 망설임도, 주눅도 없이 오로지 한결같이 뜨거운 열정이 되어 그들의 마음을 개간지로 이끌었다.

"이제부터 남의 돈주머니에 기댈 생각은 단호히 버렸다. 우리 힘으로 해내자. 지금까지 우리 힘으로 해왔잖아. 어떤 어려움이 있더라도 우리가 해내지 못할 일은 없을 거야."

그들은 마음속에서 우렁찬 함성을 지르는 어떤 힘에 휘몰렸다.

"학 씨를 만나자. 학 씨와 직접 대화를 나눠보지 않겠나."라고, 인석이 말문을 열었다.

"그게 좋겠다. 돈은 없어도 경작지만 주어진다면 우리는 괭이 한 자루로도 번듯한 논을 일구어 낼 수 있으니까—"라고, 다른 청년들도 입을 모아 외쳤다.

그리고 학영덕을 어느 한 식당에 초대하기로 의견을 모았는데 그들은 여전히 의달이라는 사람의 존재를 잊지 않고 있었다. 요즘 약간 의기소침해지고 겸연쩍은 듯 그들을 피하고 있는 의달이었지만 의달이 지금까지 그들을 위해 애써준 노력을 인정하는 데에는 결코 인색하지 않았다.

"이번에야말로 의달 선생의 중재가 중요합니다. 학 선생과의 사이를 잘 조율해 주십시오. 그리고 저희와 학 선생 간의 모든 계약 문제를 맡아주시지 않겠습니까?"

"모든 것을 저희 대신 처리해 주셨으면 합니다."라고, 청년들은 진심을 다해 부탁했다.

의달은 자신의 속마음을 들여다보며, 참회에 가까운 감정을 느꼈지만, 그만큼 이 자리에서 농민들의 제안에 감격하는 마음도 남달랐다.

"아무짝에도 도움이 되지 못했는데 그렇게까지 말해주시니 오히려 부끄럽습니다만—"이렇게 말하며 그는 인석 일행의 제안을 받아들였다.

익흥루(益興樓) 식당의 한 방에서 저녁식사를 하며 학영덕은 세모와 의달, 그리고 삼성, 창오를 비롯한 젊은 농민들을 대표하여 참석한 네 명에게 둘러싸여 선후책 토론에 열중하고 있었다.

학영덕은 세모와 삼성, 창오 등의 언행에서 드러나는 꾸밈없는 성실함을 보았을 때 거기서 의달에게서 느꼈던 약아빠진 성격과는 전혀 다른 것을 느꼈다. 그리고 완전히 맨손으로 이렇게 큰 농장을 개간하고자 하는 열의에 당혹스러울 정도로 놀라워했다.

"용수로 용지의 임대료만 해도 선금으로 이천 엔 정도가 필요합니다. 그런데 그 돈조차 준비되지 않았다는 거군요."라며 학영덕은 어이없어하며 경멸해야 할지, 그저 그들의 무모함에 놀라야 할지 알 수 없었다.

"그 이천 엔이 있었다면, 오늘까지 미루고 또 미루지 않았을 겁니다."라고, 의달이 대답했다.

"언젠가 당신은 민회가 지원하고 있으니 걱정하지 않아도 된다고 말했었는데, 그것 역시 거짓이었습니까?"

학영덕은 약간 기분이 상해서 말했다.

"그때는 거짓이 아니었습니다. 민회의 수뇌부에 열의가 부족했기 때문입니다."

의달은 겸연쩍은 듯 대답했다.

"그래서 도대체 어떻게 하실 생각입니까?"라고, 학영덕은 의달이 아닌 세모 일행을 향해 물었다.

"용수로 쪽도 연조제(年租制)로 해주셨으면 합니다만." 세모는 단호하게 대답했다.

"호오, 연조제로 말이군요."라고 말하며, 학영덕은 비로소 세모네의 진의를 파악했다. "그렇군요. 궁하면 통한다더니, 방법은 얼마든지 있는 법이지요.”

“저희는 보시다시피 재력은 없습니다만, 처자식과 부모를 부양해야 한다는 의무감이 저희를 강하게 만드는 것이지요. 약속한 이상 반드시 계약을 이행하겠습니다.”라고, 세모는 장중한 목소리로 말했다.

학영덕은 어쩐지 감격에 사로잡힌 듯했다. 그리고 이 농민들이 왠지 모르게 딱하고 안쓰러운 마음도 들었다.

“좋습니다. 당신들의 성실함에 감동받았습니다. 어떻게든 힘을 보태도록 하겠습니다.”라고, 학영덕은 의젓하게 말했다. “그래서 한 향에 얼마 정도의 소작료를 낼 수 있습니까?”

“용수로 쪽은 이미 경작된 땅이니 한 해에 향당 3석이면 어떻겠습니까? 그리고 개간지 쪽은 그곳이 비옥해질 때까지는 1석에서 2석 정도로 봐주시면 좋겠습니다만—”

“그렇군요. 3석에 2석이라……”라며, 학영덕은 생각에 잠겨 있었다. 그는 이 한정된 소작료 범위 안에서 지주와 자신 간에 계약한 차지료와의 사이에 상당한 차액을 매겨야 했다. 용수로 쪽은 오늘 밤 완전히 처음 듣는 이야기였지만 개간지 쪽은 향당 한 해에 1석 2되로 지주의 동의를 얻은 상태였다. “개간지 쪽은 내 힘으로 어떻게든 되겠지만 용수로 쪽 지주와는 개별적으로 협상해야 할지도 모르겠습니다만—”

“그것도 선생의 힘으로 어떻게든 한 번—”

“그곳은 이미 경작된 땅이고 지주들의 대표격으로 손영청이라는 사람이 있습니다. 다른 사람들은 대부분 손 씨의 친척들이라 그 영청 씨만 설득하면 나머지는 문제없을 겁니다."

"그러면 그 손 씨에게 한 번 알선을 부탁드릴 수 없겠습니까?"

"좋습니다. 다음에 적당한 날을 잡아 만나도록 하죠."

그때까지 잠자코 있던 삼성네는 그제야 안도하고 "그럼, 잘 부탁드립니다."라며 머리를 숙였다.

며칠 후, 빈연루(賓宴樓)라는 식당의, 특별히 꽃병과 병풍 등으로 잘 꾸며진 방에 손영청이 초대되었다. 그는 만보산에 살고 있는 지주로, 장춘에서도 경풍원양잔(慶豐遠粮棧)이라는 음식점을 경영하고 있었다.

학영덕의 소개로 인사가 끝나자 세모가 먼저 정중하게 용수로를 파는 일에 힘을 보태달라고 부탁했다.

"학 선생님으로부터 대략적인 이야기는 들었습니다만, 일시금 이천 엔을 지불하는 대신 연조(年租)로 해주길 원하셨다고—"라고, 손영청은 일부러 시치미를 떼며 말했다.

"맞습니다. 보시다시피 저희는 목숨을 걸고 도망쳐 온 피난민이라 그런 큰돈이 준비되어 있지 않아 궁여지책으로 그 방법을 생각한 것입니다."라고, 세모가 대답했다.

"그래서 한 향에 3석씩 내겠다는 말씀이군요."

"향당 3석이면 적당하다고 생각했습니다만—"

"아니, 적당하지 않다는 말은 아니지만 다른 지주들이 그에 동의하느냐 마느냐는 보증할 수 없습니다."

"저기 땅은 대부분 선생의 소유지라고 들었습니다만—"

"절반 정도는 가지고 있습니다만, 그래도 아직 서른 명 정도의 지주가 있습니다."

"그분들도 대부분 선생의 친척들이라고 들었습니다만, 한 번 손 선생님의 힘으로 설득해 주십시오." 세모는 진심을 담아 그렇게 부탁했다.

"설득은 한다 하더라도 만일 위약을 요구한다면 중간에 끼어 곤란한 상황이 될 것 같습니다."

여전히 천연덕스러운 얼굴이었지만 이 말속에는 깊은 다른 속셈이 담겨 있었다.

한 해 대여료로 향당 3석을 내는 것에 대해서 그는 불만이 없었지만 다른 지주들을 설득하여 이보다 더 적은 소작료로 계약을 맺어 중간이득을 얻고자 하는 속셈이었던 것이다. 따라서 그렇게 이중계약이 성립된 이후에 만일 이민자들이 계약 위반을 제기하거나 다른 지주들과 직접 협상하는 것과 같은 상황이 발생해 비밀이 탄로 나지 않을까 하는 염려가 있었다.

"계약 위반을 말씀하십니까?"라고, 세모는 당혹스러운 얼굴로 대답했다. "이렇게까지 신세를 지면서 약속을 지키지 않는다면 배은망덕한 무뢰배가 되는 것 아니겠습니까?"

세모의 얼굴에서 성실함을 읽어낸 손영청은 약간 안심하며,

"지주들을 설득하는 데 있어 저도 어느 정도 수단을 쓸 생각입니다만, 대신 그 일에 대해서는 일절 관여하지 않겠다고 약속할 수 있

겠습니까?"

"물론입니다. 손 선생님과 저희 사이에 계약한 것 이외의 일에는 절대로 간섭하지 않겠습니다. 실은—"

그때, 학영덕이 세모에게 계속해서 다급한 눈짓을 보냈다. 학 씨와도 같은 방식으로 계약하기로 했다는 말을 하려던 세모는 학영덕의 눈빛을 읽고 급히 입을 다물었다.

"만약 향당 3석으로는 부족하다고 지주들이 말을 꺼낸다면 어떻게 하시겠습니까?"라고, 손영청은 자신의 중간이득이 없어지지 않을까 걱정하며 말했다.

"손 선생님, 그렇게 말씀하지 마시고 향당 3석으로 지주 쪽의 승낙을 받아주십시오. 아무래도 아직 개간되지 않은 땅에 입식하는 것이니 이, 삼 년은 그것조차 제대로 납부하지 못할지도 모릅니다. 상당한 면적을 비옥한 땅으로 만들게 되면 더 적절한 방법으로 보답하도록 하겠습니다. —"라며, 세모는 머리를 숙였다.

그때까지 침묵하고 있던 학영덕이 입을 열었다.

"서른 명이 넘는 지주를 설득하는 건 보통 일이 아닙니다. 설득에 성공했을 때는 손 선생님의 공로를 제대로 인정해 드려야 합니다."

"물론입니다. 그 은혜는 평생 두고두고 갚아도 다 갚을 수 없을 것입니다."

세모는 적당히 겉치레로 대응했다. 그러자 손영청은 그 말에 만족한 듯 고개를 끄덕였다.

세모네와 헤어진 후 학영덕과 손영청은 다른 곳에서 밀의를 가졌다.

"어쨌든 한 번 최선을 다해주십시오. 미개간지 쪽은 제가 어떻게든 처리할 수 있을 것 같습니다만, 용수로 쪽은 절대 손 선생님이 아니면 설득하기 어려울 것 같습니다."라고, 학영덕은 약간 부추기듯 손영청에게 말했다.

"현재로서는 쉽게 승낙할 사람이 없습니다. 자기 밭에 강이 흐른다니, 당치도 않은 소리라며, 모두들 이미 코우리의 입식을 막으려고 머리를 맞대고 논의하고 있습니다."라고, 손영청은 사실대로 이야기했다.

"그 이야기는 저도 들었습니다. 하지만 용수로를 파는 데 있어서는 절대로 물이 범람하지 않도록 공사 감독을 엄격하게 하도록 합시다."라고, 학영덕은 진지한 얼굴로 말했다. "그것만 걱정이 없다면 매년 향당 3석을 연조로 받게 되는데 이는 상당한 이익이 되지 않겠습니까? 영구히 지속되는 수입이니까요."

"문제는 그 부분입니다."라고, 손영청은 목소리를 낮추며 말했다. "사실 그 부분에 대해 선생에게 약속받고 싶은 것이 있습니다만—"

"말씀해 주십시오. 비밀은 절대 지키겠습니다."라고, 학영덕은 엄숙한 얼굴로 대답했다.

"지주를 설득하는 것은 난제 중의 난제입니다. 그만큼 어려운 일을 하는 데는, 제게 어느 정도 이득이 없으면 움직일 수 없지 않겠습니까?"

학영덕은 즉각 끼어들었다.

"그렇지요. 그렇고말고요."

"차지료를 현금으로 지불하지 못하는 코우리들에게서는 사례금을 받을 수도 없고요."라고, 손영청은 교활한 생각을 마음속 깊은 곳에 묻어두며 말했다.

"지당한 말씀입니다. 지극히 당연하고요."

"그래서 전 지주와 별도의 계약을 맺으려고 합니다. 대강 향당 2석 정도로—"

"찬성입니다. 당신이 그 정도의 이득을 얻는 건 하늘의 뜻이라고 할 수 있겠지요."라고, 학영덕은 자신의 뜻대로 되어 크게 만족한 듯 대답했다. "그 비밀은 절대 지킬 것이니 안심하시고 일을 진행해 주시지 않겠습니까?"

"선생의 입에서 새어나가지 않는 한, 이 일은 성사될 것이라고 생각합니다만—"이라고, 손영청은 태평한 표정을 지으면서도 내심 강렬한 의혹을 감추지 못한 채 말했다.

"하하하. 정말 나쁜 놈 취급 하시는군요. — 제가 비밀을 누설하다니, 무슨 말씀을 하시는 겁니까?"

"아닙니다, 용서해 주십시오. 무심코 그만—"

"뭐, 선생만 믿어주신다면— 우선 이번 일은 제가 손 선생께 부탁드린 것이니까요. 그리고 만약 결렬되면 곤란해지는 건 저입니다." 학영덕은 그렇게 말하며, "그래서 한 가지, 손 선생과 저 사이에 지금 말씀드린 것을 서면상의 계약으로 해두는 것이 어떻겠습니까?" 라고 권유했다.

"아까 말씀하신 바로는, 이민자들과 직접 계약을 맺기로 하셨던 것 같은데—"

"이민자는 곧 저입니다. 일체 외형상의 계약은 제가 대행하기로 되어 있습니다. 아시다시피 관청의 간섭이 시끄럽기 때문에—"

"그렇군요. 그럼 한 번 문서로 작성해 보시죠."

며칠 후, 손영청은 황급히 학영덕을 찾아왔다.

"지주들이 워낙 완고해서 설득하기가 매우 어렵게 되었습니다."

"몇 명 정도가 그렇습니까?"라고, 학영덕은 조금 놀란 얼굴로 물었다.

"전부입니다. 용수로를 파는 것에 대해서는 대체로 동의하는 것 같은데 연조 문제에 대해서는 어디서 듣고 왔는지 향당 3석을 주장하며 한 발짝도 양보하지 않습니다. 이래서야 저는 코우리를 위해 심부름이나 하고 다닌 셈이지 않습니까."

난감한 일이다, 라고 생각하며 학영덕은 깊은 고민에 빠져들었다.

"그래서 말인데, 개간지 쪽을 한 번 어떻게 해보는 게 어떻습니까?"라며, 손영청의 눈빛이 순간 교활하게 번뜩였다.

"그게 무슨 말씀이신가요?" 학영덕이 흠칫하며 물었다.

"저기서 나오는 중간이득을 학 선생님과 비율로 나누는 것으로 해주실 수 없겠습니까?"

"예? —"라며 놀라워했지만, "와하하하, 손 선생님도 나쁜 사람이시네. 중간이득이라니, 그런 건 생각해 본 적도 없습니다." 학영덕은 짐짓 시치미를 뗐다.

"그런 말씀을 하시다니— 선생이 지주들과는 향당 1석 2되로, 이민자들과는 2석으로 언약이 이미 이루어졌다는 것을 들었습니다."

학영덕의 안색이 싹 변했다. 하지만 손영청처럼 얼굴 주름의 움직임 하나 놓칠세라 뚫어져라 쳐다보는 사람이 아니라면 눈치 채지 못할 정도로, 학영덕은 능숙하게 자신의 마음을 감추었다고 생각했다.

"아닙니다, 당치도 않습니다. — 언약은커녕, 아직 특별한 상의조차 하지 않았습니다."

"그렇습니까. 선생이 그렇게까지 저를 믿지 않으신다면 저도 선생을 신뢰할 수는 없습니다. 지난번 계약은 파기하도록 하시겠습니까?"

"그렇게는 안 됩니다."라고, 학영덕은 단호하게 대답했다. "한 번 서면으로 계약을 맺은 것은 어떤 상황에서도 끝까지 이행해 주시기를 바랍니다."

"그럼 제 요구도 들어주십시오."

"어쩐지 협박처럼 들리는군요."라고, 학영덕은 직감에 따라 대답했다. "좋습니다. 만약 선생이 말씀하신 대로 된다면 저는 제 수입의 일 할을 선생에게 드리도록 하겠습니다. 그러니 그쪽을 확실히 처리해 주십시오."

"드디어 본심을 털어놓으셨군요."라며, 손영청은 처음으로 방긋 웃었다.

학영덕은 이민자와의 계약도, 그리고 지주들과의 계약도 최대한 미뤄두기로 마음먹었다. 그 이유는 용수로 측에서 정식 계약이 끝나면 나머지 개간지 쪽은 손영청의 힘을 빌리지 않고도 쉽게 처리할 자신이 있기 때문이었고 그쪽이 손영청에게 말했던 언약도 유야무야 넘길 수 있기 때문이었다. '영청 선생, 저래 보여도 아주 빈틈이 없다니까—'라고, 학영덕은 아니꼽게 생각했다. 그리고 영청의 빈틈없는 성격을 역으로 이용하여 용수로 쪽 지주들의 설득을 재촉해야겠다고 생각하기도 했다.

학영덕이 그렇게 딴마음을 품고 있음에도 불구하고 손영청은 용수로 쪽 지주들을 설득하는 데 골머리를 앓는 것을 미끼로 하여 학영덕의 몫에까지 침식해 나간 것에 더할 나위 없이 득의양양해했다. 또한 불로소득이 해마다— 아마도 영원히 자기 집의 금궤를 가득 채울 것이라는 사실에 물밀듯이 밀려오는 행복감을 만끽하면서 열심히 지주들을 설득하고 다녔다.

같은 손 씨 일족의 사람들은 "그렇게까지 말씀하시는데 거절할 수 없지요."라며 두말없이 영청의 제안에 따라 향당 2석의 연조를 승낙한다는 내용의 계약서에 서명할 것을 약속했지만 마 씨, 왕 씨 등 일여덟 명의 다른 성씨의 지주들은 3석을 주장하며 수긍하지 않았다.

"자, 그렇게 말하지 말고 2석에 해주십시오. 절대 해롭게는 하지 않을 테니까요—"라고, 손영청은 둥글둥글한 눈과 뭉툭한 어깨를 가진, 자못 고집스러워 보이는 마 씨에게 말했다.

"정말로 받을 수 있을지 없을지도 모르는 연조를 그렇게 싸게 약속할 수는 없습니다. 나는 처음부터 코우리 놈들의 입식이 오장육부가 뒤집힐 정도로 싫다고 말했을 텐데요."라고 말하며, 마 씨는 가증스럽다는 표정을 노골적으로 드러냈다.

"코우리들이 들어왔다고 해서 우리와는 별 상관없는 일 아닙니까? 저런 진구렁을 갈아엎고 쌀농사를 짓는다니—"

"어림도 없지. 우리들의 저 밭을 파헤치고 강물을 끌어들인다니, 내 집이 물에 잠기는 것보다 더 싫습니다."

"자, 자, 그렇게 말하지 말고 한 번 내 체면을 세워주세요. 용수로의 제방을 튼튼하게 쌓게 해서 절대 범람하지 않도록 할 테니까—"

"이통강이 범람하면 어떻게 하겠습니까. 제방을 튼 곳에서부터 무너질 것이 눈에 선합니다."

"그럴 일은 없을 거예요. 저 사람들은 치수 경험을 충분히 쌓은 것 같으니, 믿어도 괜찮아요."

"아무튼 3석 이하로는 동의할 수 없습니다."

"자, 그렇게 말씀 마시고—"

뛰룩거리며 멀어져 가는 마 씨의 뒷모습을 바라보며, 손영청은 생각했다. '저런 말을 해도 저 녀석은 곧 물러설 거야. 나를 거스르고도 이득을 보는 사람은 이 만보산에는 없을 테니까.'

손영청이 이렇게 노력하고 있다는 사실은 학영덕에게는 기쁘게 여겨야 할 일이었지만 동시에 한편으로는 걱정의 씨앗이기도 했다.

"손 선생님의 노력에 정말 감사한 마음을 금할 길 없습니다. 선생님이 아니었다면 저기 있는 지주들을 설득하는 것은 불가능했을 겁니다."라고, 학영덕은 손영청을 치살리듯 말했지만 이는 분명한 사실이기도 했다.

그러한즉 손영청이 그토록 대단한 노력을 한다는 것은 곧 그 노력에 대해 어떤 보상을 제공해야 한다는 뜻이었다.

'하지만 손영청에게는 용수로의 연조비용에서 나오는 향당 1석씩의 중간이득만으로도 충분하다. 내 몫까지 손을 뻗는 것은 당치도 않은 일이다.'라고, 학영덕은 고집스럽게도 그렇게 생각하고 있었다.

그는 손영청이 숨 가쁘게 여기저기 뛰어다니는 동안에 느긋하게 자기 쪽 지주와의 계약안을 구상하고 있었다. 그 결과, 전체 미개간지에 대한 연조를 결정하는 것은 이민자들에게는 다소 부담이 크고 또한 승인도 받지 못할 것이라는 결론에 이르렀다. 그래서 처음에는 경작 면적을 오백 향으로 정하고 소작인으로부터 연간 2석씩을 자신이 거두어 그중 1석 2되를 지주에게 바치는 것으로 했다.

'그렇다면 매년 사백 석의 실수입인가.'라고 생각하며 학영덕은 싱글벙글했다. 계약을 주선한 것뿐인 노력에 대한 보상으로는 조금은 과분할 정도였다.

그러나 어떤 잡념도 섞지 않고 오직 사백 석의 중간이익이 생긴다는 그 사실을 생각할 때마다 넘칠 듯한 기쁨에 등줄기가 쭈뼛쭈뼛할 정도였다. 그리고,

'손 선생이 빨리 용수로 쪽을 정리해서 오셨으면 좋겠는데.'라며, 조바심을 내기도 할 정도였다.

그러던 어느 날, 손영청이 허둥지둥 찾아왔다. 손영청의 걸음걸이와 얼굴빛에서 '아, 성사되었구나.'라고, 학영덕은 직감했다.

"학 선생님, 성공했습니다. 지주들이 한 사람도 빠짐없이 모두 동의했습니다."라고, 손영청은 자리에 앉는 그 작은 틈도 아까운 듯이 말했다.

"그거 잘 됐군요. 그럼 언제 계약을 맺으실 겁니까?"

"내일이라도— 하지만 이건 제 명의로 해 주셔야 합니다. 소작인들 쪽도 당연히—"

'선생께서 잘 처리하셨군.'라고 생각하며, 학영덕은 속으로 득의양양한 미소를 짓는 동시에 안도하며,

"그건 처음부터 이의가 없었습니다. 부디 좋으실 대로—"

"그럼 그렇게 알고 있겠습니다. 하지만 여기서 큰 장애물에 부딪혔습니다."라고, 손영청은 다소 불안한 마음을 섞어 말했다.

"장애물이요? 허어, 어떤 장애물이 생긴 건가요?" 학영덕은 의심스러운 듯이 물었다.

"현장의 허가가 없으면 정식 계약을 할 수 없다고 지주들이 말하고 있습니다."

"그건 계약한 후에 해도 되지 않겠습니까? 비밀리에 맺는 계약이 관청에 알려질 리는 없고 우리 중국인 동지 간의 조차계약인데 무슨 간섭을 할 수 있단 말입니까."

"그것이 말입니다. 코우리가 여기에 개입되어 있다는 사실은 언젠가 관청에 알려질 것이고 당국은 코우리에게 땅을 빌려주는 것을 엄금하고 가혹한 처벌을 내릴 것이라 작정하고 있다는 이유로 지주들이 겁을 먹고 있는 것입니다. 두려워하는 것도 무리는 아니지만

요.”

“관청의 허가가 없는 한 절대로 응하지 않을 거라는 말씀이시군요.”

“안 될 것 같습니다. 개중에는 그것을 구실로 용수로 파는 것을 막으려는 사람도 있을 정도입니다.”

“그렇군요. ―”라고 중얼거리며 학영덕은 생각에 잠겼다.

관료들이 코우리를 이 땅에서 추방하기로 결정했다는 것은 처음부터 알고 있던 일이었다. 그래서 그 배후를 숨기고 자신들이 전면에 나서서, 일이 터졌을 때에는 코우리는 단순한 삯꾼이다, 라고 속이는 방법을 생각하고 있었던 것인데…….

“어떻게 생각하십니까? 현장이라면 대의명분만 내세우면 눈감아 줄 것이라고 생각합니다만―”라고, 이윽고 손영청이 입을 열었다. 그도 역시 입에 다 들어온 진수성찬을 눈앞에서 놓칠 마음은 없었던 것이다.

“마 현장을 설득하려는 건가요?”라고, 학영덕은 대답했지만 머릿속에 휙 떠오른 것은 뇌물이었다. “하지만 마 씨는 꽤나 완고해서 쉽게 움직이지 않을 겁니다. 요즘은 장학량의 눈에도 들었다고 하던데―”

“좋은 생각이 있습니다.”라고, 손영청은 자신감 있는 어조로 말했다.

“좋은 생각이라면?”

“마 현장에게 마씨 가문의 셋째 나으리(馬三爺)라 불리우는 셋째 동생이 있습니다.”

"마씨네 셋째 나으리요? 아, 그자라면 이미 십 수 년 지기입니다만."

"셋째 나으리의 입김으로 현장을 움직이는 건 어떨까요?"

"음, 좋은 생각일 수도 있겠네요. 그자는 형과 달리, 뭐, 말하자면 한량이라 생활도 꽤 어려운 것 같았지요."

"바로 그겁니다. 그 점을 잘 이용하는 겁니다."

"한 번 해봅시다. 하지만 우선은 현장에게 직접 청원하는 것이 좋다고 생각합니다. 비록 거절당할지라도—"

"순서로 따지면 그렇겠군요."

학영덕은 손영청의 꾀를 빌려 마 현장과 교분을 맺고 있는 숙한림을 지주 대표로 세워 현장을 찾아갔다.

"일단 안 되네."라고, 마 현장은 일언지하에 일축했다. "이걸 보면 잘 알 수 있을 거야."

건네받은 것은 선농 단속에 관한 밀령이었다. 선농고용간종도전조례(鮮農雇傭墾種稻田條例)라는 거창한 제목이 붙어 있었다. 제1조, 중국인으로서 논을 개간하고자 하는 자는 선교(鮮僑, 조선인)를 농업노동자로 고용할 수 있다……

"바로 이겁니다. 이 조항에 해당되니 한 번 허가해 주실 수 없겠습니까?"라고, 학영덕이 작약하며 말하자,

"자, 그다음을 읽어보게. 전부 읽고 나서 이야기하자고."라고, 마 현장은 무뚝뚝한 표정으로 꾸짖었다.

학영덕은 굵다란 글씨로 쓰인 두꺼운 종이를 넘기면서 읽었다. 제4조, 고용주는 고용한 선교의 이름, 나이, 고용 기간 등을 명기하여 구장에게 보고해야 한다. 구장은 해당 보고서를 두 통 작성하여 현 정부 및 수리국에 보고해야 한다. …… 뭐, 이 정도면 별것 아니라고 생각하며 다음을 넘기자 국토도매독변조례(國土盜賣督辨條例)라는 것이 나왔다. 제1조, 일 천지 내지 오 천지의 땅을 조매(租賣)한 자는 5년 이하의 징역에 처하고 그 땅은 몰수한다. 전기 땅을 외국인에게 방매한 자는 15년 이하의 징역에 처한다. …… 제7조, 이백 내지 오백 천지의 땅을 외국인에게 저당 조매 또는 매각한 자는 사형에 처하고 중개인은 10 내지 30년의 징역에 처한다. …… 등등. 학영덕에게 사형이라는 두 글자가 눈이 아플 정도로 파고들었다. 그 외에도 선농 소작 계약 금지령, 퇴거령 시행에 따른 압박책, 추방 및 감금 실시책, 학교 폐쇄 등등, 학영덕은 눈뿌리가 시릴 정도로 여러 법문을 탐독했지만 자신의 빠져나갈 길은 여전히 고용 조례에 있는 것처럼 느껴졌다.

“절대로 땅을 매각하거나 임대하는 일은 없습니다. 그저 고용인으로 부리는 것뿐입니다―”라고, 학영덕은 다시 말했다.

“말은 그렇게 하지만 그쪽이 직접 농사를 짓는 건 아니지 않나. 결국 선농들에게 소작을 시키겠지. 그러면 내 입장도 곤란해지고 그쪽도 엄벌을 피하지 못할 거야.”

학영덕은 아까부터 읽고 있던 법문 속의 외국인이, 오로지 일본인에게 적용되도록 하기 위한 문자라는 것을 잘 알고 있었다. 정부의 배일 정책이 이토록 강경하고 노골적이라는 사실에 그는 적잖이 놀라움을 금치 못했다.

'이것은 조만간 학생 등 지식인들의 표면적인 운동으로 번질 것이다. 그리고 무지한 민중들이 여기에 놀아나겠지만, 그런데도 상대는 가만히 있을까……'라고, 그는 나라를 생각하는 우분에 휩싸여 있었다.

그러나 현장의 사무실에서 나오자마자 그런 우분은 탐욕스러운 사욕으로 변질되어 버렸다. '아깝다. 아무리 생각해도 그 사백 석의 연수를 날리는 것은 아깝다.'라는 생각에 학영덕은 가슴이 쓰렸다.

현정부에서 돌아온 그날 밤, 삼성과 인석이 세모의 심부름을 받고 찾아왔다.

"오늘 협상의 결과를 들으러 왔습니다."라고, 인석이 말했다.

"실패했습니다. 말도 붙일 수 없었습니다."라고, 학영덕은 풀이 죽어 대답했다.

음, 하고 신음하듯 삼성은 울분에 잠겨버렸다. 언제쯤이면 사라지지 않는 기쁨을 만날 수 있을까. 너무도 자주 반복되는 헛된 기쁨에 이제는 낙담할 기력조차 남아 있지 않았다.

"하지만 뭐, 그렇게 실망할 건 없습니다. 이렇게 된 이상, 마씨네 셋째 나으리에게 알선을 부탁하는 수밖에 없겠군요."

"그럼, 뭔가 선물이라도—"라고, 인석이 물었다.

"그런 게 있다면 더 좋겠지만—"

"돈을 마련합시다. 그리고 적당한 물건이라도 사도록 합시다."

인석네는 그들의 빈약한 주머니를 털어 금팔찌와 은잔을 사들였다. 그리고 나으리에게 줄 금전과 접대비를 더해 학영덕에게 건넸다. 총 칠백 원 가량의 비용이 들었다.

학영덕은 마씨네 셋째 나으리를 늘 가는 익흥루 식당에 초대하여 만찬을 함께 한 후 유곽에까지 발길을 옮겼다.

—팔찌는 자당께, 그리고 은잔은 각하께 바치고자 하오며 별봉한 금전은 적은 금액이지만 거마비로 써주시기를 바랍니다. 이에 앞서 청원 드렸던 사안에 대해 각하께 한마디 거들어 주시기를 간절히 부탁드리오니 진력하시옵기를 고대하오며, 운운.

학영덕은 심부름꾼에게 그 물건들과 편지를 들려 마씨 셋째 나으리의 저택으로 보냈다.

셋째 나으리는 이런 향응을 받는 것을 좋아했다. 형의 위세를 과시하고 또한 일족의 권세가 사방에 뻗어 있다는 증거로서 그것을 이용하는 것에 일종의 자긍심까지 느꼈다. 그리고 그는 학영덕에게 은혜를 베풂으로써 자신의 주머니를 두둑하게 불릴 수 있을 것이라는 계산도 하며 선물 수령에 대한 답장에 첨부하여서,

"지난번 담합 때, 귀의는 충분히 납득했고 미흡하나마 도움이 되어드리고자 합니다. 그러나 현재의 시국으로 미루어 보건대 일이 성사되기까지는 상당한 어려움이 따를 것으로 예상되오니 그 점을 충분히 염두에 두시는 것이 중요하다고 생각합니다."라고 적어 보냈다.

7

"이제 어떻게든 해주십시오. 농민들도 내놓을 수 있는 돈은 다 내놓아서 더 이상은 정말 어떻게 할 수 없습니다. ―"라고, 열몇 번째로 셋째 나으리를 찾아간 학영덕이 말했다.

지금까지 그가 가져간 금품과 셋째 나으리를 대접하기 위해 쓴 돈은 처음에 모았던 금액을 훨씬 초과하고 있었다. 말 그대로 적빈여세한 농민들이 학영덕이 사정을 이야기할 때마다 없는 돈을 몽땅 털어 신청한 만큼의 돈을 마련해서 내놓는 것을 보며 학영덕은 안타까워서 더 이상 보고 있을 수 없었다.

학영덕의 말이 뜻밖으로 진지하니, 셋째 나으리는 더이상 변명할 여지도 없어보였다. 그러나 지금까지 수많은 약속을 단 한 번도 지킨 적이 없는 나으리는 학영덕한테서 그런 말을 듣는다고 해서 이제 와서 쉽사리 일을 진행시킬 수도 없는 노릇이었다. 그래서 고심 끝에 이렇게 대답했다.

"형님께는 이미 충분히 부탁드렸고 언제든 허가해 드리고 싶다고는 하셨는데 참……"

학영덕은 그 말꼬리를 잡듯이,

"현장 각하께서만 승낙해 주신다면 나머지는 문제없는 것이 아닙니까?"라고, 몰아붙였다.

"그것 역시, 윗자리에 앉은 사람의 난처한 점이지요. 뇌물로 움직인다고 생각되어도 곤란하고……"

"그럼 누가 또……"

"비서도 있을 테고 수리국장 등 직접 이 일에 관여하는 사람은 얼마든지 있습니다."

"안타깝군요. 농민들은 오늘내일 먹을 식량도 없는 상태입니다."라고, 학영덕은 혼잣말처럼 중얼거렸다.

"그리고 역시 현지 구장의 승낙도 받아내서 밑에서부터 청원을 제기하는 정상적인 절차를 따르는 편이, 나로서도 일을 하기 더 수월할 것 같습니다만."

"그럼 구장에게 잘 알선해 달라는 공문이라도—"

"안 됩니다. 공문을 보내는 건 절대 안 됩니다."라고, 나으리는 구장 주변에서 손을 거쳐 자신의 차례가 오기까지는 아직 상당한 시일이 걸릴 것이라고 대수롭지 않게 여기며 대답했다.

"그럼, 전화라도 주시면 좋겠습니다만……"

이렇게까지 다그치니 더 이상 피할 수도, 물러설 수도 없다는 생각이 들어서,

"그렇다면 우선 내부 의중을 확인해두겠습니다."라고 대답했다.

학영덕은 계속하여 이 기회를 놓치면 큰일이라는 듯이,

"그 답변은 언제 받을 수 있겠습니까?"라고, 다그쳐 물었다.

"그러면 오늘 밤에라도……"

"그렇습니까. 그럼 내일 아침 찾아뵙겠으니 하나라도 확실하게 처리해 주시기를 부탁드립니다……"라고 말하며, 학영덕은 짐짓 정중하게 머리를 숙이고 나갔다.

나으리는 그런 학영덕의 태도에서 무언가 위협적인 느낌을 받아 불쾌해졌고 한동안은 화가 치밀어 안달이 났지만 어쩔 수 없었다. 그렇게 오늘 밤은 어떻게든 방법을 찾아보자고 생각하며 자리를 떴다.

그러나 다음 날 아침, 학영덕이 찾아왔을 때에도 나으리는 거짓말을 해야만 했다. 무슨 연회에서 밤늦게 귀가한 형이 그의 면회를 거절했을 뿐만 아니라 시정인과의 교제가 너무 잦다고 잔소리까지 했기 때문이었다. 그래서 어쩔 수 없이,

"오늘 만보산의 구장에게 전화를 하실 거라고 합니다."라고, 입에서 나오는 대로 뱉어버렸다.

"아, 그렇습니까. 그것 참 잘 됐군요."라고 말하며 학영덕은 기뻐서 와하고 환호성을 지를 뻔했다. "그럼 지금 바로 만보산으로 가보겠으니 꼭 좀 부탁드립니다."

나으리는 아뿔싸 라는 생각이 들었지만 "네, 알겠습니다."라고 마지못해 대답했다.

학영덕이 나간 후, 그는 이대로는 안 되겠다고 생각했다. 지금까지 학영덕네에게 했던 빈말들을 떠올리자 자칫 잘못하면 자신의 체면이 완전히 무너질 것 같았다.

그는 정오가 가까워지자 등청하는 형을 따라가 현장실에서 버티고 있었다. 그리고 거듭 꾸중을 들으면서도 자신의 부탁을 들어달라고 애원했다. 하지만 학영덕이 현지에서 전화를 걸어오자 그는 직접 전화를 받아 마치 현장의 허락을 받은 것처럼 꾸며야만 했다.

학영덕은 그의 말을 철석같이 믿고 지난 몇 달간 울적된 고생을 날려버린 듯 가벼운 발걸음으로 만보산으로 달려갔다. 그리고 먼저 우가와둔(宇家窩屯)의 영청을 찾아가 그 소식을 전했다.

그리고 영청의 재량으로 숙한림을 비롯한 관련 지주들을 모두 불러 모아 현장의 전화가 오는 대로 계약을 체결할 수 있도록 모든 문서를 준비해 놓고 대기하고 있었다.

학영덕은 이 반나절 동안만큼 애간장을 졸인 적이 없었다. 오랜 염원이 드디어 실현되려 한다고 생각하니 이루 말할 수 없는 기쁨과 행복감이 온몸을 전율케 했다. 그만큼 이제나저제나 하고 애타게 기다리는 마음은 참으로 견디기 어려운 것이었다.

학영덕은 점심때가 지날 때까지 기다렸지만 현장의 전화는 오지 않았다.

'이럴 리가 없는데—'라고 생각하며, 이 일과 직접적으로 관련이 있는 만보산 제2구장인 조언사를 찾아갔다.

그러나 조 구장은 학영덕과 길이 엇갈려 장춘으로 출장을 떠난 뒤여서 부재중이었다.

"이 일 때문에 현장이 불러들인 것이 틀림없습니다." 그렇게 지주들에게 이야기하고 일단 해산하기로 했다.

하지만 다음 날도 조 구장은 돌아오지 않았다. 사흘째 되는 날, 학영덕은 기다리다 못해 현청에 전화를 걸어 셋째 나으리를 불러냈다.

"오늘로 사흘째 기다렸는데 아직 전화가 없습니다. 도대체 어떻게 된 일입니까?"

학영덕의 말은 정중하면서도 가시가 돋쳤다.

"아, 예, 그것참 죄송하게 됐습니다. 사실 형이 병환 중이었던 터라…… 그래서 조금만 더 기다려 주십시오. 곧 구공소에 전화할 테니―" 어째서인지 당황하고 있는 나으리였다.

구공소에는 구장 대리 주씨가 학영덕을 상대하며 학영덕의 요청에 귀를 기울이고 있었다.

"현장 각하의 전화만 있다면 구장님이 계시지 않아도 어떻게든 처리해 드릴 수 있을 것 같습니다."라고 대답하기도 했다.

그때 현청에서 전화가 걸려왔다. 학영덕은 두근거리는 가슴으로 주의 말 한마디 한 마디를 곱씹듯이 듣고 있었다.

"네, 차지 계약이 성사되도록 알선하라는 말씀이시군요."라고, 주씨가 한 번 더 확인했다.

'이제 됐다.'라고 생각한 학영덕은 안도하며 주씨가 자리로 돌아오기를 기다렸다. 하지만 그는 여전히 수화기를 잡고 "여보세요, 여보세요."라며 성급하게 상대를 부르고 있었다. '상당히 끈질긴 놈이군.' 순간 학영덕은 어떤 불길한 예감을 느끼고 귀를 쫑긋 세웠다.

"저, 대단히 죄송합니다만, 선생은 현장 각하이십니까? …… 네? 아, 마씨네 셋째 나으리시라구요. ……네, 각하의 대리로…… 네, 네……"

주는 어딘가 내키지 않는 표정을 지으며 자리로 돌아왔다.

"어떤 전화였습니까?"라고, 학영덕은 시치미를 떼며 물었다.

"계약이 성사되도록 알선하라는 말씀이셨습니다만……"

"그럼 정식 허가 신청서를 하나 작성해 주시겠습니까?"라고, 학영덕은 아첨하는 듯한 어조로 말했다.

"하지만……"이라고 말하며 주는 머뭇거렸다. "구장님도 부재중이시고—"

"그런 말씀을 하셔도 선생이 구장님 대리 아니십니까?"

"하지만 공문이라면 모를까, 전화로 연락이 온 것이지 않습니까. 그것도 현장 각하의 전화가 아니라 대리인 분이시니—"

"각하께서 직접 전화를 하시리라고는 생각하지 않습니다만."이라고, 학영덕은 초조하고 실망한 나머지 화가 난 듯한 어조였다.

"어쨌든 저 혼자 임의로 결정할 수 있는 일이 아닙니다."라며, 주는 단호하게 거절했다.

'이 녀석도 뇌물을 받고 싶은 모양이구나.'라고, 학영덕은 분에 못이겨 그렇게 생각했지만,

"지주들은 이미 계약을 맺기만을 고대하며 모든 준비를 마치고 기다리고 있습니다. 선생도 한번 생각해 보십시오. 그 불모지를 선농에게 대여하여 매년 막대한 이익을 얻는다면 그만큼 우리 지역이 부유해질 것이라 지주들이 오늘 이 계약이 성사되기를 학수고대하고 있는 마음은 알고 계시리라 생각합니다만—"이라고 최대한 차분하게 말했다.

"그건 알고 있습니다만, 국법을 어기는 짓은 할 수 없습니다."

"허허, 이거야 원." 뭔가 항변이라도 할 것이라 생각해서, "자, 그렇게 말씀하지 마시고 어떻게든 해주십시오."라고, 의미 없이 웃으며 계속 부탁했다.

주는 잠시 생각에 잠겼지만,

"그럼 이렇게 하는 것이 어떻겠습니까?"라고 말문을 열었다. "황무지를 선농 이주를 통해 개간하는 것이 얼마나 유리한지를 상세히 진술하여 구장 명의의 허가 신청서를 작성해 드리겠습니다. 그것을 가지고 장춘으로 가셔서 조 구장님을 만나 서명을 받아주실 수 있겠습니까?"

"그렇군요. —"라고 학영덕은 대답했다. 오늘 즉석에서 계약하려고 했던 계획이 어긋난 것에 실망하여 얼굴빛마저 창백해졌다. "그럼 그렇게 하도록 할 테니 서류를 작성해 주시겠습니까?"

"제가 작성하는 것보다는 누군가 견실한 사람이 작성하는 것이 좋을 것 같습니다." 주는 구공서와는 여러 가지로 경쟁하고 질투하며 대립하고 있는 공안국 분국을 잠시 떠올렸다. 나중에 어떤 트집을 잡히지 않기 위해서라도 이 정도의 신중함은 필요하다고 생각하며 말했다. “황 순경에게 기초 대필을 부탁해 볼까요?”

“그럼, 그렇게 부탁하겠습니다.”라고, 학영덕은 이제 더 이상 방법이 없다고 체념하며 말했다.

그 서류를 들고 장춘으로 돌아간 학영덕은 그 길로 조언사를 찾아갔다. 조언사는 학영덕의 탄원에 귀를 기울이고 있었는데 의외로 순순히 신청서에 서명해 주었다.

“이 허가만 떨어지면 이제 남은 건 지주와의 계약뿐이다.”라고, 학영덕은 안도하며 생각했고 또한 세모에게도 그렇게 말했다.

하지만 곧바로 떨어질 거라 생각했던 허가는 몇 번이나 재촉하러 가도 전혀 진척이 없었다.

“아무래도 비서가 쥐고 있는 모양입니다. 어떻게든 해주십시오.”라고, 셋째 나으리는 어느 날 학영덕에게 귀띔을 해주었다.

학영덕은 이 사실을 세모에게 전했다.

“이런 돈을 내라고 하는 건 이번이 마지막으로 해주십시오. 스물한 가구 중 3분의 2는 이미 무일푼이 되어버렸습니다.”라고, 세모는 약간의 돈을 모아와서 말했다.

학영덕도 더 이상 농민들에게 돈을 내라고 하는 것은 가엾다고 생각하여 그 후로는 자비를 들여 관련 관리들을 설득하러 다녔다.

그러나 시간은 가차 없이 흘러 4월이 되어도 허가는 내려오지 않았다.

세모는 농민들의 총의를 모아 다음과 같은 말을 전해왔다.

"5월에는 슬슬 파종을 해야 하는데 허가가 내려오기를 기다리고만 있다가는 우리는 다가오는 겨울에 굶어 죽고 말 것입니다. 가진 돈을 전부 털어서 드린 지금으로서는 선생께 매달리는 수밖에 없습니다."

학영덕은 난처한 표정을 지으며 대답했다.

"그렇게 말씀하셔도 허가가 떨어지지 않는다면 어쩔 수 없습니다. 나는 이미 할 수 있는 모든 것을 다 했습니다. 그러니 조금만 더 기다려 주십시오. 반드시 허가가 떨어지게 하겠습니다."

"무슨 말씀을 하시는 겁니까? 용수로를 파는 것만 해도 한두 달로는 부족합니다. 오늘 당장 시작해도 파종기에 맞출 수 있을지 의문입니다. 용수로를 파는 것뿐만 아니라, 저 개간지의 백양은 어떻게 하실 겁니까? 그 상태로 씨앗을 뿌릴 수 있다고 생각하시는 겁니까?"

"곤란한 상황이 되었군요. 이렇게 시일이 많이 걸릴 줄은 몰랐는데—"

"올 가을부터는 선생에게 먹여 살려달라고 해야겠습니다."

"말도 안 되는 소리를—"이라고, 학영덕은 화를 내며 말했다. "아무래도 이번에도 신의달에게 한 방 먹은 모양이군요."

"손해를 본 건 선생보다 오히려 우리입니다. 선생을 굳게 믿고 있던 우리들이야말로 길거리에 나앉게 생겼습니다."

"어쩔 수 없는 일이지요."

"어쩔 수 없는 일이 아닙니다. 선생이 마음만 먹는다면 우리에게 좋은 생각이 있습니다."

"그게 무슨 말씀이십니까?"

"오늘이라도 개간을 시작하는 겁니다."

"계약도 하지 않고 입식을요?"

"계약은 이미 성사된 거나 다름없지 않습니까?"

"하지만……"

"어떻습니까. 지주와의 문제는 선생이 알아서 잘 처리해 주시고 우리와의 계약만 마무리하고 현지에 투입시켜주시면 안 되겠습니까?"

학영덕은 깊이 생각에 잠겼다. 그리고 하루 이틀 생각할 시간을 달라고 대답했다.

이틀쯤 지나 우르르 몰려든 농민들을 향해 학영덕은 결단력 있는 어조로 이렇게 말했다.

"좋습니다. 나머지는 내가 맡을 테니 안심하고 입식하십시오."

삼성네는 와하고 함성을 지르며 환호했다.

"이제야 살아 있는 것 같은 기분이 드는군. 우리는 지난 1년 동안 정말 바위 밑에 깔려 있는 것처럼 고달픈 삶을 살아왔잖아."

4월 7일 밤, 익흥루 식당에서 계약이 체결되었다. 미리 구두로 약속한 대로 조차 기간은 10년, 면적은 500향, 소작료는 개간지 한 향당 2석, 용수로 한 향당 3석으로 계약서를 작성했다.

하지만 용수를 두고 약간의 논쟁이 벌어졌다.

"용수로 문제는 손영청 선생과 계약해 주십시오. 이 부분은 나 혼자 결정할 수 없습니다."라고, 학영덕은 말했다.

"무슨 공연한 소리를 하시는 겁니까. 우리는 모든 것을 선생 한 사람과만 협상해 왔지 않았습니까? 손 씨와의 일은 선생님 선에서 적당히 처리해 주십시오."

학영덕은 순간적으로 매우 복잡한 이해타산을 하고 있었으나,

"그럼 계약합시다. 하지만 오늘 밤의 이 계약에 대해서는 내가 말을 꺼내기 전까지는 절대 비밀을 엄수해야 합니다."라고, 진지한 얼굴로 말했다.

그날 밤, 삼성네는 입식 준비에 착수했다. 얼마 되지 않는 살림과 집기를 빈 상자에 넣고 이불과 옷가지들을 모아 밧줄로 묶었다. 여자들은 벌써부터 새로운 거주지에서의 생활을 다시 꾸릴 생각에 마음을 빼앗겼고 남자들은 용수로를 파고 백양나무를 제거하고 노란 벼가 그들의 손바닥을 벗어나 힘차게 흩뿌려지는 모습을 상상하면서 목숨 걸고 도망칠 때에도 소중히 품고 온 괭이와 삽을 손질하는 데 여념이 없었다.

거의 한숨도 자지 못한 채 흥분의 밤이 서서히 밝아오기 시작했다. 그들은 이 임시 거처에서의 마지막 아침 식사로 겨우 허기를 달랜 뒤 아직 어스름한 새벽 속으로 나갔다. 청년들의 뒤를 이어 허리가 굽은 노인들이 손자들의 손을 잡고 따라갔다. 이 정미소의 빈 공터에 있던 스물한 가구는 그렇게 그들의 초라한 집을 뒤로하고 떠났다. 사람들이 떠나자 널조각과 진흙으로 지어진 오두막이 입을 떡

벌린 채로 홀로 남아 볼품없이 황폐해져 버린 쓸쓸한 모습을 보였다.

이 소문을 듣고 오십 가구 정도가 새로 합류하면서 일행은 총 백오십여 명으로 늘어났다. 그들이 장춘 시가를 지나 이통강 유역에 이르렀을 무렵, 뒤에서 또 어이, 어이 하며 뒤쫓아오는 여러 가족들이 있었다. 그들은 피난민의 입식지가 정해졌다는 이야기를 듣고 챙겨야 할 물건들도 챙기지 못한 채 급히 따라왔다는 것이다. 겨우내 다른 곳에서 목숨을 부지하고 있던 이 사람들 역시 교하 지방의 이주민으로, 고향 역시 스물한 가구의 사람들과 가까운 영천군 출신이었다. 얼굴이 익은 그들의 이름을 새삼스럽게 밝힐 필요도 없었다.

"좋다. 한 사람이라도 더 많은 일손이 필요한 때다. 합류해라."라고, 세모가 재결을 내리자 그 두 가족은 한 사람의 이의도 없이 일행에 합류했다. 그리고 광활한 미개간지를 눈앞에 두었을 때 그들은 아무런 사리사욕도 없이 일심동체가 될 수 있었다. 이제 이 사람들은 그들의 새로운 개간지에서 생사를 함께하기로 한 무언의 굳은 결의를 맺은 것이다.

이통강의 물은 겨울로부터 해방되어 점차 힘을 얻고 되살아나 그 본연의 숨결을 내뿜기 시작한 참이었다. 둑 위에도 아래에도 무성하게 자란 버드나무는 이미 새싹을 틔워 일행의 시야를 가로막고 있었다.

"여기서 잠깐 쉬었다 갑시다. 이제 조금만 더 가면 나루터에 도착할 겁니다."라고, 인석이 줄줄이 뒤에 붙어 따라오는 모두에게 소리쳤다. 장춘에서 그 나루터까지는 보통 다섯 시간은 족히 걸렸지만 그들은 마음이 급해 계속 걸음을 재촉했다.

쉬는 동안 남자들은 담배에 불을 붙였고 여자들은 등에 업은 아기를 내려 젖을 물렸다. 노인들은 허리를 펴고 어린아이들은 다리를 주물렀다. 그리고 황사 바람과 버드나무에 가려 보이지 않는 저 멀리의 개간지를 무지개처럼 아름답게 상상했다. 본 적도 없는 찬란한 행복이 그들을 기다리고 있는 것만 같았다. 볏짚 지붕으로 덮인 포근하고 넓은 집이 세워져 있었다. 황금빛 물결이 출렁이는 벼, 달콤한 옥수수와 고구마, 고소한 콩들이 그들의 마음에 아른거렸다. 향기로운 김이 모락모락 피어오르는 시루떡, 찰떡, 강정이 그들의 입에 침을 고이게 했다. 그곳에는 더 이상 굶주림도, 비적의 습격도, 싸움도 없었다. 두툼하게 짠 옷으로 몸을 감싸고 배불리 먹어 부른 배에 만족해하며 화기애애하게 웃고 있는 그들이 있었다.

"자, 이제 조금만 더 힘냅시다."라고, 인석이 호령했다.

모두들 깊은 한숨을 내쉬며 일어났다. 동경하던 꿈은 순식간에 사라지고 그들의 눈에는 탁한 물결과 얼굴을 때리는 바람, 흩날리는 버드나무 그리고 자신들의 남루한 행렬만이 비칠 뿐이었다.

이윽고 나루터가 그들의 눈앞에 나타났다. 좁은 비탈길을 내려가 나루터의 찰랑찰랑 물결치는 물가에 섰을 때, 그들은 이유 모를 불안을 느꼈다. 그 한 척의 배로 그들은 영원히 이 세상과 작별을 고하는 듯한 착각이 들었다. "마치 외딴섬으로 건너가는 것 같아."라고 누군가가 중얼거렸다.

그러나 젊은이들은 희망으로 부푼 배에 힘을 주고 배를 타고 강의 이쪽에서 저쪽으로 수십 번이나 왕복했다.

강을 건넌 그들은 다시 그 초라한 행렬을 이루어 머지않아 그들의 개간지가 될, 백양이 빽빽이 자란 들판 옆을 따라 남쪽으로 나아갔다.

"이봐, 버드나무가 싹을 틔워서 앞이 보이지 않네. 측량하러 왔을 때는 이렇지 않았는데."라고, 인석이 말했다.

"계절이 계절이니까."라고, 삼성이 대답했다.

"그 서투른 기술자가 측량했던 곳이 분명 저쪽이었지."

"응. 저쪽이다."라고 말하며, 삼성은 오른손으로 가리켰다. "마지못해 측정기를 들여다보던 녀석의 모습이 보이는 것 같군."

하지만 지금 기술자가 서 있던 자리는 무성한 버드나무와 자라기 시작한 갈대에 완전히 가려져 있었다.

그들의 개간지를 한눈에 볼 수 없다는 것이 불만이었지만 그 바깥 둘레가 의외로 넓다는 것을 다리품으로 가늠하며 어쩐지 신비로운 행복감에 힘입어 그들은 목적지인 강가와보(姜家窩堡) 부락에 당도했다.

그곳에는 학영덕의 전언에 따라 지주 숙한림이 입식자들을 위한 셋집과 셋방을 마련해 놓고 기다리고 있었다. 지주들에게는 이 백오십 명 남짓한 이민자 무리가 마치 그들의 밥상을 풍요롭게 해줄 돼지 행렬이나 그들의 창고를 가득 채워줄 소와 말처럼 보이는 듯했다.

"어젯밤 학 선생으로부터 전갈을 받고 방을 준비해 두었습니다.

이미 작년 가을부터 준비해 둔 것이니 전혀 당황하지 않았지요."라고, 숙한림은 유쾌한 듯이 세모에게 말했다.

셋집과 셋방의 배정은 금방 끝났다. 이민자들은 각자 마음에 드는 집을 찾아 서둘러 뛰어들어갔다.

너무나도 어수선한 소란에 원주민 아낙네들은 눈살을 찌푸리며 벌써부터 그녀들의 우물가 모임의 화제를 찾아냈다.

배정된 먼지투성이의 방에서 여자와 아이들이 그들의 누더기 짐을 풀고 있는 사이에 남자들은 그들의 일터로 나갔다. 완강하게 버티고 있는 처녀지를 바라보자마자 그들은 도전장을 내밀었던 것이다.

일손은 노소를 합쳐 모두 120명이었다. 그중에는 몇 달 전부터 준비해 놓은 세모와 의달의 삯꾼들도 섞여 있었다.

그들은 먼저 용수로의 방향을 정하고 노끈 같은 작은 도랑을 팠다. 그리고 폭 20척, 깊이 8척의 큰 도랑을 그 아래에 팠다. 먼저 개간지 쪽과 이통강 쪽 양쪽에서 도랑을 파기 시작했고 둑은 마지막에 터서 수문을 설치할 계획이었다.

흑토는 금세 그들의 진지한 괭이질 아래에서 파헤쳐지고 흙둑은 차곡차곡 쌓여갔다.

강 쪽에서부터 시작된 도랑은 원주민의 옥수수 그루터기가 남아 있는 밭 사이를 욕심 많은 노인네처럼 제멋대로 휘젓고 다니기며 거칠게 뻗어나가기 시작했다.

그러자 여덟아홉 명의 원주민이 달려와서,

"남의 밭을 무단으로 파헤치는 놈이 어디 있느냐."라고 아우성을 쳤다. 그들의 치켜올려 뜬 눈에는 푸른 불꽃이 이글이글 타오르고 있었다.

삼성네는 깜짝 놀라 숨이 탁 막혔다. 세모는 걷어 올린 하의를 고쳐 입고 손에 묻은 흙을 털어내며 도랑 밖으로 나갔다.

"무단으로 파고 있는 것이 아니다. 학 선생과 정식으로 계약도 했고 숙 선생의 허락도 받은 것인데—"라고, 차분한 말투로 대답했다.

"계약이 있었다니 금시초문이다. 현장의 허가도 없는데 계약이 될 리가 없잖아."라고, 원주민은 큰 소리로 되받아쳤다.

"우리에게 그런 억지를 부려봐야 소용없다. 그 얘기라면 학 선생에게 말해봐. 우리는 학 선생의 지시에 따라 일하고 있는 것이니까—"

"그렇다면 학 선생과 이야기해 보겠다. 그때까지는 여기를 팔 수 없다."

"그렇게 말을 해도 하루 늦어지면 씨 뿌리는 것도 하루 늦어지기 때문에 그렇게 할 수는 없다."

원주민들이 소리를 지르며 위협했지만 삼성네는 괭이질을 멈추지 않고 계속해서 땅을 팠다.

"멈춰. 멈추라고 했잖아. 곧 공안국 직원이 오면 경을 칠 것이야."

하지만 그들의 위협이 전혀 효과가 없다는 것을 알게 되자 그들은 주먹을 흔들며 왔던 길로 되돌아갔다. 그들의 모습이 보이지 않게 되었을 때 삼성네는 세모의 주변으로 모여들었다.

"이런 상황이라면 분명 한바탕 소동이 일어날 겁니다."

"그럴지도 모르지. 어쨌든 빨리 도랑을 만들어버리는 게 좋겠다."

"그럼 개간지 쪽 사람들을 불러서 이 밭만이라도 갈아엎어 버리는 게 어떨까요. 그리고 둑을 터서 강물을 흘려보내는 겁니다."

"너희들이 그렇게 생각한다면 나도 찬성이다. 원주민들과 다투면서 시간을 허비할 수는 없으니— 그럼 누군가 장춘으로 달려가라. 그리고 신의달 선생을 만나 사정을 설명하고 쿨리를 많이 고용해서 보내달라고 부탁하거라. 그런 다음 민회와 교섭해서 개간비를 빌려오도록 해라. 여기까지 온 이상 이제 민회에서도 더는 주저하지 않을 거야."

"그럼 제가 다녀오겠습니다."라고 말하며, 인석이 나섰다.

"네가 다녀오겠느냐?"라고, 세모가 아들의 얼굴을 바라보며 말했다. "민회와 교섭하면서 학 선생에게도 빨리 여기로 와달라고 전하거라."

"손영청 선생이 통 얼굴을 보이지 않는 건 어찌 된 일일까요? 지금 저 한족들 설마 손 씨가 보낸 건 아니겠죠?"라고, 창오가 불쑥 끼어들었다.

"설마— 어찌 되었든 너는 빨리 장춘으로 가거라."라고 말하며 세모는 급한 기색을 보였다.

쿨리 140명이 도착한 것은 그다음 날 낮 무렵이었다. 의달은 이 쿨리 조달에 헌신적인 노력을 기울였다. 출자자 알선에 실패한 체면을 회복하기 위해서라도 그는 크게 분발한 것이었다.

"자, 이제 걱정할 필요 없어. 하루라도 빨리 용수로를 완성해야 한다."라고, 세모는 젊은이들에게 말했다.

그리고 그들의 지휘에 따라 흙을 나르며 땀을 흘리고 있는 쿨리들의 모습에 모두들 한숨을 돌렸다.

"어이, 이제 물이 솟아나고 있어."라고, 누군가가 깊이 파인 바닥에서 외쳤다.

"그건 이통강의 물이다. 둑 아래에서 새어 나온 거야. 이대로면 둑을 빨리 터는 편이 나을지도 몰라."라고, 삼성이 그에 대답했다.

"용수로가 형태를 갖춰가니 그날의 일이 생각나네."라고, 동술이 신바람 난 얼굴로 말했다.

"그날의 일이라니, 네 마누라와 잤던 그날 밤을 말하는 거야?"라고, 육출이 코를 훌쩍이며 까불대기 시작했다.

"이 개자식. 까불면 이 괭이로 입을 찍어버린다."라며, 동술은 괭이를 휘두르며 덤벼들었다.

"으헷, 이 녀석에게는 못 당하겠네."라고, 육출은 멀리 도망가며 다시 말했다. "저런 불효막심한 자식. 내가 저 녀석을 낳아 키울 때의 고생을 생각하면, 헷, 저런 애송이도 어쩐지 사랑스럽구먼."

동술은 경멸스럽기 그지없다는 듯, 육출 따위는 안중에도 없다는 듯한 얼굴을 하고 자신의 자리로 돌아갔다.

쿨리들이 재미있어하며 꾸물거리고 있는 것을 보고 동술은 "너희들 그런 얼굴이나 구경하려고 고용해 온 게 아니야."라고 으름장을 놓고 다시 자신의 이야기를 이어나갔다.

"법하 유역에 도착했을 때 우리는 정말 미친 듯이 달려들었지. 그런 벌판을 용케도 그렇게까지 만들다니, 작년 겨우내 나는 그 생각만 하고 있었어."

"그래도 너, 여기보다는 나았잖아. 이리도 백양이 자라지는 않았어."라고, 의석이 말했다.

"그렇다 치더라도 그 용수로는 정말 힘들었어. 이렇게 많은 쿨리를 고용해서 말이야, 비록 빚은 늘었지만 나는 왠지 대단해진 것 같은 기분이 들어." 동술은 깊은 감회에 젖어 말했다. "그리고 말이야, 여자도 아이도 흙을 나르고 돌을 쌓았지. 저렇게 점심이나 가져와서 태평스럽게 바라만 보고 있지는 않았어."

검은 흙이 쌓여 있는 곳 주변에는 그들의 아내와 딸들이 점심을 담은 바구니를 내려놓고 일꾼들이 올라오기를 기다리고 있었다.

"응, 뭐, 그때는 죽기 살기로 했었지."라고, 의석이 대답했다. 서벅서벅 흙이 파이는 소리가 자못 즐겁게 들려왔다. 이제 어떠한 불안도 없었다. 그날 소리치며 몰려왔던 원주민의 모습은 그 이후로 보이지 않았다. 포기했거나, 학영덕이 납득시켰거나 둘 중 하나일 것이다.

동술은 아직 이야기가 부족했다. 모두들 잠시 일손을 쉬는 틈을 타 불쑥 말을 끼워 넣으며,

"저 법하의 용수로에 물이 쏴하고 쏟아져 들어왔을 때 말이야, 영준의 어머니가 와악 울부짖으며 도랑 안으로 뛰어들어왔지. 나는 지금도 생생하게 기억이 나."라고 말하며 만족해했다. 그는 아까부터 이 이야기를 하고 싶었던 것이다.

그러나 삼성은 순식간에 슬픔에 잠겼다. 영준과 마지막으로 헤어

졌던 그날 밤의 일, 그리고 진 형에게서 들었던 영준의 마지막 모습이 그의 마음을 시커멓게 물들였다.

"영준이 녀석, 그렇게 고집이 세더니만……"이라며 동술이 다시 말을 꺼냈다. 삼성은 화가 욱 치밀어 호통을 쳤다.

"영준이 얘기는 이제 그만해. 나는 그 일을 떠올리기만 하면 속이 뒤집힌다고."

문뜩 떠오른 기억에 모두들 입을 다물고 말았다. 삼성의 말은 그대로 그들의 마음이기도 했다. 그래서 이 경사스러운 자리에서 굳이 영준의 이야기를 끄집어낸 동술을 원망하게 되었다.

학영덕은 허가가 내려오기를 이제나저제나 하고 애타게 기다리고 있었다. 이민자들이 용수로를 파기 시작한 지 벌써 열흘이 지났지만 아직 허가는 내려오지 않았다. 공사가 시작된 사실이 현 정부에 알려지면 어쩌나 하는 걱정과, 지주와 자신이 정식 계약을 맺지 않은 것을 이민자들이 눈치 채게 된다면 그 영리한 세모가 자신의 중간 이득을 없애기 위해 지주와 직접 계약을 맺으려는 수를 쓸지도 모른다는 의심 때문에 실로 말로 표현할 수 없을 만큼의 초조함과 불안감 속에서 지내고 있었다. 그전까지는 개간 따위, 성사되지 않더라도 그만이라는 생각이 어느 정도 있었지만 이제는 그의 생사에 직결된 중대한 문제로 되였다. 그래서 능구렁이 같은 그도 지금은 마치 단가마에 든 개미처럼 허둥대며 목숨을 걸고 뛰어다니고 있는 것이었다. 이제는 세세한 이해타산도 제쳐두고 연일 나으리를 찾아가 그를 통해 요직에 있는 사람들에게 금품을 바치고 식당에서 대접하고 유곽에서 향응을 제공하는 등 돈주머니의 끈을 풀어가며, 때로는 하소연하기도 하고 때로는 간청하기도 하고 때로는 설득하기도 하며 자신의 지능이 허락하는 온갖 수단을 다 동원하고 있었다.

그러던 중 공사 현장에서 갑자기 원주민과 또다시 다툼이 일어났다는 소식이 전해졌다. 처음에는 즉시 손영청에게 사람을 보내 난동을 부리는 자들을 진압해 달라고 부탁하였으나 오늘의 경우는 손영청과 사이가 좋지 않은 마와 왕이 끝내 도랑이 자신들의 밭 쪽으로 파고 들어오자 이를 계기로 소란을 피운 것이었다.

'이건 그냥 내버려 둘 수 없어.'라고, 학영덕의 직감은 그렇게 말했다. 그가 현장이나 요직의 사람들에게 접근하고 있다는 것을 알고 자신에게도 찾아올 것이 틀림없다, 라고 떠들어대고 있다는 노 공안국장의 귀에라도 들어가면 골치 아파질 것이라고 생각한 학영덕은 그 소식을 전하러 온 심부름꾼과 함께 만보산으로 달려갔다.

왕과 마는 자신들의 밭에 버티고 서서 쿨리들의 괭이를 막고 있었다. 학영덕은 두 사람을 붙잡고 이해득실을 설명했다. 하지만 왕과 마는 정식 계약이 성립되기 전까지는 이곳을 떠나지 않겠다고 고집을 부렸다.

학영덕은 조 구장을 찾아가 왕과 마를 중재해 줄 것을 부탁했다.

"공안국 분국장에게 부탁해 보십시오. 너무 그쪽 영역을 침범하면 화를 낼 겁니다. 황 순경이라도 보내서 진정시키는 것이 좋을 것 같습니다." 조 구장은 완곡하게 거절하며 말했다.

학영덕은 여기에서도 또다시 외면당했다는 비참한 기분이 들었지만 그래도 자신의 의지를 믿고 공안국 분국으로 가려고 나섰다.

그런데 두세 채의 집을 지나쳤을 무렵, 구공소의 사환이 그를 불러 세우며 뒤쫓아왔다.

"방금 전 현에서 허가서가 도착했으니 즉시 돌아와 주시길 바란다고 하십니다."

"허가서가요? 공문으로 온 것이겠지요?"

"네, 그렇게 말씀하셨습니다."

"그렇군요."

학영덕은 안도하며 가슴을 쓸어내렸다. 그리고 "다행이야, 정말로 다행이야."라고 중얼거렸다. 지난 열흘간의 혼란과 불안, 그리고 마음고생이 한꺼번에 사라져버렸다. 하지만 속을 끓이고 남은 뒷맛은 꼭 기분 좋은 것만은 아니었다. 이유를 알 수 없는 불안이 앙금이 되어 가슴에 남아있었다. '이거 왜 이러지?' 하고 스스로에게 물어보았다. 그리고 그 정체를 파악했을 때,

'뭐 손영청 따위야 어떻게든 되겠지.'라며 스스로를 위로했다. 손영청을 따돌리고 이민자들과 용수로의 몫까지 자신의 명의로 계약해 버린 것이 마음에 걸렸기 때문이었다.

구공소에 도착할 때까지 그는 손영청을 잘 구슬릴 방법을 이것저것 고민하고 있었다.

조 구장은 조금 전과는 사뭇 달라진 정중한 태도로 부드러운 미소까지 머금은 채 학영덕을 맞이했다.

"공문이 왔습니다. 이제 안심하셔도 됩니다. 이것만 있으면 오늘이라도 계약이 가능하고 소란을 피우는 자들도 저절로 진정될 겁니다."라고, 조언사는 학영덕의 비위라도 맞추려는 듯이 말했다.

계약은 4월 16일, 학영덕의 장춘 자택에서 체결하기로 했다. 학영덕은 특별히 고급 요리를 준비해 지주들을 초대했다. 그러나 초대하지 않은 왕과 마가 온 것을 보고 그는 손영청을 별실로 데리고 갔다.

"용수로 쪽은 역시 내가 표면에 서겠습니다. 선생은 지주 쪽으로 돌아가 주십시오."

손영청은 그런 말을 들을 때마다 학영덕의 속셈이 빤히 들여다보이는 것 같은 기분이 들어서 참을 수가 없었다.

"하지만 나와 지주들은 따로 계약을……"

"그러니까 선생은 지주 대표가 되는 겁니다. 계약서에는 향당 2석이라고 하고 내가 따로 또 선생에게 서약서를 드리겠습니다."

"…………" 손영청은 곰곰이 생각에 잠겼다.

"그럼 왕도 마도 모두 보는 앞에서 향당 3석이라고 명기해 놓으시겠습니까? 그렇게 하면 선생의 예정대로 일을 실행할 수 없겠지요."

"그것도 그렇군요."라고 말하며 손영청은 체념했다. "그럼 선생의 서약서를 지금 이 자리에서 써 주십시오."

"좋습니다. 바로 쓰겠습니다."라고 말하며 학영덕은 문서궤를 끄집어냈다.

용수로 전체 면적의 연조 향당 3석은 소작인으로부터 거두어 1석도 손대지 않고 바로 손영청에게 넘기며 손영청과 지주들 사이의 일에는 일절 관여하지 않겠다는 내용을 오랜 시간에 걸쳐 써 내려갔다.

손영청은 한 자 한 구 꼼꼼히 읽어 내려갔다. 그리고 그 글자들에 숨겨진 학영덕의 음험한 속내를 계속 찾아내려고 했다.

'이 정도면 믿어도 되겠군.'이라고 손영청은 생각했다.

"어떻습니까. 그래도 마음에 드시지 않으십니까?"라고, 학영덕은 히죽거리며 물었다.

"아니, 뭐……"

"그럼 한 번 손을 잡고 저쪽으로 가보지 않겠습니까?"

"그럽시다. 하지만 꼭 실행해 주셔야 합니다."라고, 손영청은 말하며 서류를 품에 넣었다.

"물론이지요, 하하하…… 어떻습니까, 조금은 기쁘지 않습니까? 해마다 불로소득으로 수백 석이나 손 선생님의 창고에 쌓일 테니까요."라고, 학영덕은 손영청의 어깨를 툭툭 두드리며 말했다.

"무슨 말씀을 하시는 겁니까. 그런 말을 하는 선생이야말로 연조로 사오백 석이 공으로 굴러 들어오는 것이 아닙니까?"라고, 손영청은 결국 기쁨을 이기지 못해 숨기지 못하고 무너진 표정으로 웃으며 대답했다.

조 구장은 지주들의 보증인으로서 서명 날인할 것이라며 직접 계약서를 기초하고 작성하고 있었다.

"용수로 측의 지주 대표는 손영청 선생이 혼자서 맡으시게 될 것 같습니다."라고, 학영덕은 천연덕스럽게 말했다.

"아, 그렇습니까. 손 선생의 뜻이 그렇다면 이의는 없겠군요. 저기 절반 이상은 손 선생의 소유지이니까—"라고, 조언사가 말했다.

하지만 그곳에 불려와 있던 왕과 마는 낯색을 바꾸며 반대했다.

"아무리 많은 땅을 가지고 있더라도 내 땅은 내가 계약하겠습니다."

조언사는 손영청을 제지하고 중재에 나섰다.

"개간지 쪽도 지주 한 사람 한 사람과 개별적으로 계약하지는 않습니다. 그렇게 하다가는 문서 작성에만 한 달이 걸려 버립니다. 어떻습니까, 손 선생과 동일한 조건으로 계약하면 만족스러울 테지요."

"그건 그렇긴 합니다만, 소작인이 계약을 이행하지 않을 때는 불평할 데가 없잖습니까."

"있지 않습니까. 그런 때야말로 손 선생에게 불만을 제기하고 대납을 요청하면, 저런 문서 없는 이민자들을 상대하는 것보다는 그편이 더 확실하지 않겠나요. —"

조언사의 이 말은 모두를 유쾌하게 만들었다. 적당한 해학이 그들의 마음을 훈훈하게 만들었기 때문이었다.

그리하여 이의를 제기하는 사람은 아무도 없었다. 지주 대표로 숙한림, 장홍빈, 손영청, 맹헌은, 갈봉춘 등이 계약서에 서명하고 보증인으로서 조언사는 자신의 위엄 있는 직함을 기재한 후 인장을 찍었다. 그리고 문서상의 계약자인 학영덕에게 소작인의 감독을 엄격히 하여 소작료 체납이 없도록 하라고 몇 번이고 당부했다.

"자, 자, 그렇게 궁시렁거리지 마십시오. 이렇게 수지가 맞지 않는 장사도 없습니다. 한 푼도 얻는 게 없으면서 이렇게까지 신경을 써 주다니, 저의 유별남에 제 스스로도 놀라울 따름입니다. 그래도 뭐, 이렇게 해서 이 지방의 여러분들이 부유해질 것을 생각하면 저는 만족할 수 있습니다……"

하지만 아무도 이 말을 곧이곧대로 받아들이지 않았다. 학영덕이 소작인들을 상대로 대가와 대금업을 시작할 것이며 소작인들과의 사이에서 어느 정도 중간착취가 있을 것이라는 것을 모두 잘 알고 있었기 때문이었다. 그들은 단지 조금 전에 조 구장이 왕네 일행을 타일렀던 것처럼 소작인들과 직접 계약하는 것보다도 학영덕을 상대하는 쪽이 더 안심이 되었고 선농에게 토지 대여가 엄금되어 있는 상황에서 이렇게 해두는 것이 어떠한 재난으로부터도 안전하다고 생각하고 있었다.

학영덕은 지주들이 돌아간 뒤에도 혼자서 계속 술을 마셨다. 지금까지의 마음고생도, 금품 소비도, 앞으로의 불로소득을 생각하면 거품처럼 사라져갔다.

'그래, 이제 안심이다. 이제 다리를 뻗고 잘 수 있겠군.' 이렇게 생각하며 학영덕은 즐거워 보이는 듯한 얼굴로 술을 연거푸 마시더니 결국 취하고 말았다.

4월은 눈 깜짝할 사이에 지나갔다. 그리고 5월도 하순이 될 무렵 용수로 공사는 이미 6할 정도 진척되어 이통강의 둑을 트고 수문을 설치하는 일만 남았다. 상상조차 해 본 적이 없는 구불구불한 수로가 자신들의 밭 사이로 두려빠지고 둑에서 한 발짝도 넘어온 적이 없는 이통강의 물이 그 수로로 도도히 흘러들어오는 것을 본 순간, 원주민들은 무엇에도 비길 수 없을 듯한 생리적 불안감을 느꼈다.

'강물이 넘쳐나면 어떻게 될까.'

물론 그렇게 되면 이 일대가 대홍수에 휩쓸려 그들의 농작물은 밭째로 떠내려가고 말 것이 틀림없었다.

'만약 다시 가뭄이라도 든다면……'

그렇게 되면 이통강의 물은 남김없이 이 용수로로 흘러들어와 그들의 밭에는 한 방울의 물도 주어지지 않을 것이다. 무엇보다도 그때에는 이통강의 수운이 끊기게 되고 만약 수로가 완성된다면 하류의 물길이 강과 연결됨으로써 이 수로는 제2의 이통강이 되어버릴 것이다. 그렇게 되면 이통강은 더는 강으로서 아무런 기능도 하지 못하게 되는 것 아니겠는가.

그들의 예상과는 달리, 이통강의 허리를 꺾어 이곳 자신들의 밭 위로 옮겨온 것이나 다름없었다.

'저놈들이 이렇게 큰 강을 만들 줄은 꿈에도 생각하지 못했다.'라고 생각하며 원주민들은 후회하기 시작했다.

이 폭이 7미터나 되는 용수로는 하나의 중하(中河)가 되어 넘칠 듯이 물이 가득 차 있었다.

그리고 백양밖에 없는 불모의 땅이라고 생각했던 그 광활한 지역이 한 그루 한 그루 나무의 뿌리가 뽑히고 갈대는 제거되어 검게 광택이 흐르는 논으로 변해가고 있었다.

선망과 동시에 극심한 질투를 느낀 원주민들은, '놈들은 언젠가 우리 밭까지 죄다 논으로 만들어버릴 것이다.'라는 불안을 표출하기 시작했다. 그중에서도 분노가 극에 달한 것은 왕과 마를 비롯한 자작농들이었다. 용수로의 양쪽에 쌓아 올린 제방이 약속된 면적을 넘어선 것에 대해 먼저 불만을 토로했다. 그리고 그 둑 아래에 작물이 자라지 않는 중간 지대가 생겼다는 점에 이의를 제기했다.

이주민들은 우리는 그런 걸 모르니 불만이 있으면 계약자에게 말하라고 일축했다. 한 번도 존경해본 적이 없는 이들 이주민족에게 이렇게 얕보인다는 것이 원주민들에게는 참으로 화가 나는 일이었다.

'놈들에게 논을 풀게 해서 우리에게 무슨 이득이 있단 말인가.'

개간지에 소유지가 없는 그들 같은 소지주들은 자신들의 밭이 둘로 쪼개지고 헤집어진 처참한 모습을 보고는, 억누를 수 없는 분노를 느끼는 것도 어쩔 수 없는 일이었다. 그런데 그런 와중에 손영청이 향당 3석을 받기로 밀약을 맺은 것 같다는 소문이 어디선가 전해져 왔다. '이런 개 같은 놈.'이라고 그들은 생각했다. '우리를 속였구나.'

왕과 마는 분노로 떨리는 다리를 움직여 손영청의 집으로 달려갔다. 그리고 손영청의 얼굴을 보자마자 누르고 또 눌렀던 분노를 물벼락이 내리치듯 토해냈다.

"향당 3석의 계약서를 써주십시오. 그게 싫다면 우리 밭을 원상복구해서 돌려주십시오."

손영청은 달래기도 하고 치켜세우기도 하다가 마침내 교환 조건을 제시했다. 하지만 두 사람은 완강히 거절했다. 그리고 다음날이 되자 십여 명의 소지주들이 무리를 지어 손영청의 집에 들이닥쳤다.

손영청은 자신에게 닥친 위험을 느꼈다. 왕 등의 직접적인 폭행을 당하는 것도 곤란했지만 공안국에 고소하러 가겠다는 그들의 위협이 더욱 무섭게 다가왔다.

"좋습니다. 향당 3석으로 합시다."라고, 영청은 떨면서 대답했다.

"싫습니다. 3석이든 4석이든 싫습니다. 이렇게 된 이상 그 어떤 좋은 조건이든 싫으니 우리 밭을 원래대로 돌려놓으세요."

영청은 왕 등의 손을 잡고 달래주었다. 그리고 그들이 납득할 만한 좋은 조건을 고안해냈다. 하지만 학영덕의 승낙을 얻지 못하면 그 어떤 약속도 공염불에 그칠 뿐이었다.

그는 급히 장춘으로 향했다. 그리고 상황이 녹록지 않다는 생각이 들 때마다 어떻게든 학영덕을 설득하고 지주들에게 좋은 먹잇감을 주지 않는 한 사태는 수습되지 않을 것이라 직감했다.

학영덕의 마음을 돌려세우기 위해 영청은 자신이 경영하고 있는 경풍원양잔에 그를 초대했다. 마음이 급한 영청은 잡담을 생략하고 바로 본론으로 들어갔다.

"이왕 이리 된 마당에 향당 3석을 모두 지주들에게 주겠습니다. 그리고 제방 밑에 깔린 부분만큼의 연조로 매년 육십 석을 거둬들이겠다고 약속해 주셨으면 합니다."

"매년 육십 석이요?" 학영덕은 불만 가득한 얼굴로 반문했다.

"그렇습니다. 매년 육십 석, 혹은 관첩(官帖)으로 육십만 첩을 내주셔야겠습니다."

"육십만 첩을요? 허."

육십만 첩(일화 1,700엔)이나 되는 거금을 계약 외에 거두어들이겠다는 것은, 학영덕에게 있어서는 말도 안 되는 일이었다.

"학 선생, 조금만 생각해 보면 상당히 무리한 요구처럼 들리겠지만 나는 선생의 일이 성취되기를 바라는 마음에서 이렇게 말씀드리는 것입니다. 그 정도의 교환 조건을 제시하지 않는 한, 지주들은 절대로 납득하지 않을 겁니다."

"말도 안 되는 소리!"라고 호통을 치고, 학영덕은 상대할 가치조차 없다고 여겼다.

"학 선생, 나는 향당 3석을 깔끔하게 포기했습니다. 그 지주들을 설득하기까지의 내 노력은 선생도 잘 알고 계실 것이라 생각합니다만, 나는 내 이득을 깨끗하게 버렸습니다. 그런데 학 선생, 말씀이 지나치시군요."

"그건 선생이 멋대로 한 일입니다. 나와 무슨 상관이 있단 말입니까?"

"지주들이 소란을 피워도 상관없다는 말씀이시군요."

"소란을 피우든 말든 계약은 이행해 주셔야 합니다."

'은혜도 모르고 의리도 저버리는 놈이군.'이라고 생각하며, 영청은 환멸을 느꼈다. 그리고 겨우 분노를 억누르며 말했다.

"그 계약도 내가 대행한 것이 아닙니까. 그러면 중간에 끼어 있는 나를 목졸라 죽이는 것이나 다름없습니다."

"손 선생, 이제 와서 그런 우는소리는 그만하십시오. 그날 계약할 때는 왕네도 참석하지 않았습니까? 이제 와서 그런 몰인정한 말을 할 리가 없습니다."

"그럼 내가 무슨 나쁜 꿍꿍이가 있어서 선생에게 거짓말을 하고 있다는 말씀이군요."

손영청은 격한 노기를 느끼며 대답했다.

'어쩌면 그럴지도 모르지.'라고 학영덕은 생각하며 똑같이 격렬한 말투로 되받아쳤다. "거짓인지 아닌지 내가 알 바 아닙니다. 나는 그저 계약 이행을 바랄 뿐입니다."

"만약 계약 이행이 불가능한 상황이 된다면?"

"그때는 현에 고소하고 공안국에 소송까지 제기해야지."

"허! 공안국에 말이지?"

"그렇다."

"그럼 어디 한 번 그렇게 해봐!"

영청은 왕을 비롯한 지주들을 불러 학영덕과의 일의 경위를 전달했다.

"학영덕 그 자식, 욕심에 눈이 멀었다."

"국토를 팔아먹은 놈이다."

지주들은 아우성을 쳤다.

"나는 이미 결심했습니다. 저 용수로를 원상복구하라고 요구합시다. 저쪽이 현장의 위세를 등에 업고 뻐긴다면 이쪽도 생각이 있지."

학영덕과 손영청의 이 갈등에 대한 이야기는 즉시 세모네에게도 전해졌다. 원주민들은 매일같이 몰려와 공사를 방해했고 그들 사이에는 충돌이 끊이지 않았을 뿐만 아니라 공안국장이 그들을 비적과 내통한 자들이라는 명목으로 체포하러 올 것이라는 소문에 겁을 먹기 시작했다. 그래서 그들은 관첩 삼만 첩(80엔)을 준비하여 주 백가장에게 중재를 의뢰하고 다른 유력한 지주들에게도 손영청을 설유하도록 했다.

하지만 손영청은 이미 결심을 굳힌 상태였다. 자신의 사촌 아우이자 노 공안국장과 친분이 있는 영명에게 학영덕과 선농의 불법행위를 날조한 문서를 작성하게 하고 노에게 진정을 한 뒤였기 때문이었다.

"학영덕 그놈이 현장의 위세를 등에 업고 저런 횡포를 부리고 있습니다. 어떻게 좀 해주십시오."라고, 영명이 사촌 형에게 교사 받은 대로 말했다.

"그래서 현장에게 뇌물을 주었다는 건 사실인가?"라고, 노는 뚱뚱한 얼굴에 질투하는 기색을 띠며 물었다.

"물론입니다. 현장의 자당께 금팔찌와 은잔 등을 천 원 가까이 바쳤다고 합니다."

"증거가 있는가?"

"있습니다."

"오냐—"라며 노는 분개에 차서 생각했다. '현장에게만 알랑거리고

나를 무시하는 건 무슨 짓이지. 선농의 생살여탈권을 쥐고 있는 건 누구라고 생각하는 거야.'

그리고 또 현장과 번번이 의견이 맞지 않아 충돌한 일, 현장이 성 정부에 자신을 무고한 적이 있었던 일, 이런저런 일들을 생각하니, '마 현장 그놈의 숨통을 끊어줄 절호의 기회다.', 그렇게 마음을 정했다.

"알겠다. 그 증거를 한 번 가지고 와라. 나머지는 내가 알아서 하겠다."

노는 사흘쯤 궁리한 끝에 현장에게 엄중한 항의서를 들이댔다. 그 항의서의 요점은 정부에서 금압(禁壓)으로 방침을 정한 선농에게 개간을 허락했다는 것이었다.

그러나 마 현장은 노 그 녀석 또 무엇 때문에 그리 허둥대냐며 코웃음치고는 "개간권을 선농에게 준 기억이 없다, 학영덕이나 숙한림이나 갈봉춘 같은 지주들을 선농이라고 하는 거라면 이야기가 달라지겠지만."이라고 적당히 상대하고 퇴짜를 놓았다.

'등신 같은 놈, 나를 무시하고 그냥 넘어갈 수 있다고 생각하면 큰 오산이다.'

노는 발끈하여 그 자리에서 부하를 불러들였다.

"내일이 며칠이냐?"

"27일입니다."

"양력으로?"

"네, ㅡ"

"월말 보고에 좋은 선물이군. 일본 영사관으로부터 항의를 받고 변명에 애를 먹고 있는 길림 정부에게는 천만뜻밖의 행운이지. 분명 기뻐할 것이 틀림없다."

"네, 무슨 일이십니까?"

"알 거 없다. 내일 토벌하러 가기로 했으니 250기 정도 기병대의 출발 준비를 해두거라."

부하는 소스라치게 놀라며,

"토벌이라고 하시면, 비적의 침입이라도 있었던 겁니까?"라고, 진지하게 물었다.

노 국장은 부하의 그 우스꽝스러운 모습에 조금은 위안을 받아,

"그래, 너는 아직 모르는구나. 이통강 유역에 200명 정도 들어와 있다."라고 놀렸다.

"농담도 참— 그들은 교하 지방에서 피난 온 선농들이지 않습니까?"

"물론— 그놈들은 애초에 비적의 혐의로 쫓겨난 놈들이다. 그것을 또다시 비적으로 만드는 건 식은 죽 먹기이지. 게다가 거기에 걸려들 또 한 마리의 엄청난 사냥감이 있단 말이지. 그놈의 우는 얼굴에 침을 뱉어줄 생각을 하니 정말 즐거워서 견딜 수 없구나."라고 말하며, 노는 뻔뻔스럽고 심술궂은 얼굴을 하고 비웃었다.

8

‘둑을 터서 이통강의 물을 흘려보내면 그다음은 우리 차지다.’라고 생각하며 삼성네는 급한 마음으로 작업을 진행하고 있었다. 도랑은 이미 깊이도 폭도 그들의 이상대로 되어 있었지만 제방을 다지고 수문을 설치하는 데는 아직 사오일은 더 걸릴 것 같았다.

‘오늘도 놈들이 습격해 오지 않을까?’라고 생각하며 삼성은 불안한 얼굴을 들었다. 허리까지 물에 담근 채 그도 다른 젊은이들도, 그리고 많은 쿨리들도 모두 하반신을 진흙투성이로 만들어가며 일하고 있었고 둑 위에서는 세모네가 자루가 긴 호미로 진흙을 고르고 있었다. 그 맞은편에는 쿨리들을 상대로 한 끼 식사를 팔고 있는 삼성의 어머니와 몇몇 사람들의 임시 오두막이 보였다.

“도랑 쪽은 쿨리들에게 맡기고 개간지 쪽으로 가줄 수 없겠나.”라고, 세모가 삼성의 머리 위로 다가와 말했다. “버드나무뿌리를 뽑는 일이 쉽지 않은 모양이야.”

"가보죠."라고, 삼성은 순순히 대답하며 둑 위로 기어 올라왔다. 탁한 흙탕물이 철벅철벅 발밑을 적셨다.

6월 중순까지는 어떻게든 씨를 뿌려놓고 싶었다. 하지만 용수로 쪽에 인력을 빼앗겨 개간지 쪽에 손을 대기 시작한 것은 겨우 닷새 전부터였다.

둑 위에서 내려다보니 들판 가득 빽빽하게 자란 백양은 그들 앞에 완강히 버티고 서서 그들의 괭이를 튕겨낼 듯이 태고의 침묵을 지키고 있었다. 저 멀리 두세 그루의 나뭇가지가 살랑살랑 움직이는 곳에서 아마 창오 일행이 나무 뿌리와 맞서 싸우고 있는 것 같았다.

삼성은 어머니네가 점심 준비를 하고 있는 곁으로 성큼성큼 다가가 개간지 쪽으로 가고 있다고 알렸다.

"이거라도 한 잔 마시고 가." 그의 등 뒤로 어머니가 말을 걸었다.

삼성은 어머니에게로 돌아와 흰 사발에 가득 담긴 탁주를 벌컥벌컥 들이켰다.

"내가 없는 사이에 놈들이 와도 겁먹지 마세요. 놈들도 이제 함부로 하지 못할 테니까요."라고, 그는 사발을 돌려주며 말했다.

원주민들은 문득 생각난 듯이 네다섯 명씩 무리를 지어 몰려와 진흙을 던지기도 하고 오두막을 무너뜨리기도 했다. 하지만 그때마다 삼성네가 쫓아가면 놀라서 메뚜기처럼 뜀박질을 하며 흩어지곤 했다. 그저께 저녁, 삼성 어머니의 오두막도 약간의 피해를 입었다.

"이제 괜찮다. 걱정 따위 전혀 하지 않으니까—"라고, 어머니는 아무렇지 않은 척하며 얼굴의 주름을 씰룩거렸다.

삼성은 괭이를 어깨에 메고 도랑을 따라 걸어갔다. 진흙이 미끄러져 질척였고 쿨리들이 파 올리는 진흙이 쉼 없이 그의 다리를 덮쳐왔다. 이통강에서 멀어질수록 도랑은 얕아졌다. 낮은 개간지 주변은 아직 겨우 형태만 갖추고 있을 뿐이었다.

용수로는 개간지를 관통하여 쭉 하류 쪽으로 흐르다가 다시 이통강으로 흘러들어갈 예정이었다.

'여기에 넘치도록 물을 가득 채우고—'라고, 그는 공상을 했다. 물이 가득 찬 도랑과 버드나무 한 그루 없이 개간한 논이 그의 공상을 수놓았다.

그러나저러나 원주민들이 훼방을 놓기 전에 도랑을 완성해 두고 싶었다. 원주민들로부터 새어 나오는 여러 가지 소문들이 어두운 그림자를 드리우고 있었다.

'두려워할 것은 아무것도 없어. 목숨을 걸고 이 도랑을 완성시켜 보이겠다.'라고, 삼성은 어쩐지 분통한 심정에 사로잡혀 그렇게 생각했다.

문득 보니 맞은편에서 젊은이들이 뛰어왔다. 삼성은 "어이—"라고 말을 걸었다. 하지만 선두에 있는 창오가 분주하게 손을 흔들며 무언가를 외치고 있었다.

흠칫 놀란 삼성은 창오 일행이 다가오기를 기다렸다. 불안감이 다시금 삼성의 마음을 검게 물들였다.

"공안국의 기병대가 습격해 올 거래."라고, 창오가 뜨거운 숨을 몰아쉬며 말했다. "방금 장춘에서 돌아온 의석이 전한 소식이야."

"공안국의 기병이?" 삼성은 아연실색하여 무슨 말을 해야 할지 몰랐다.

"그래. 노 공안국장이 노발대발해서 우리를 체포하러 온다는 거야."

그런 말을 듣고서도 그들은 의욕을 잃지 않으려고 안간힘을 쓰고 있었다.

"그래서, 의석은?"이라고, 삼성이 헐떡이듯 물었다.

"강가와보에 와 있는 학 씨를 부르러 갔어."

'대체 이게 무슨 일이야.' 그들의 눈은 그렇게 서로 말을 주고받고 있었다. 형언할 수 없는 불안과 혼란이 그들의 마음을 새까맣게 태웠다. '어떻게 하면 좋을까. 우리가 할 수 있는 일은 무엇일까.'

"어쨌든 일단 가자. 무슨 일이 있어도 우리는 도랑에서 한 발짝도 물러서지 말자."라고, 창오가 큰소리로 외쳤다.

"그래."라고, 삼성은 겨우 숨을 돌리고 소리 질렀다. "비겁한 짓을 하는 놈들은 우리의 괭이로 때려죽이자."

그동안 겪은 너무나도 불행한 일들이 그들의 마음을 살벌하게 만들었다. 이 개간지에 도달하기까지의 고뇌와 여기에 눌어붙어야만 하는 현실이 그들에게 용기를 불어 넣어주었다.

"몇 번이나 목숨을 되찾아 온 우리들이다. 이제 아무것도 두려울 것이 없다."

"어서 가서 모두와 하나로 뭉치자."

그들은 달리기 시작했다. 미끄러운 둑을 피해 백양과 풀로 뒤덮인 둑 아래를 달리면서 삼성은 문득 어머니 생각이 났다.

"여자와 아이들은 어떻게 할 거야?"

"강가와보로 보내야지."

"아니, 강가와보에 있는 여자와 아이들 말이야."

"거기에는 숙한림과 어르신들이 있으니 여기보다는 나을 거야."

그리고 앞뒤 가리지 않고 달려가 세모네가 있는 곳에 도착했다.

창오의 말에 귀를 기울이고 있던 세모는 모두의 흥분을 제쳐두고 조용히 대답했다.

"당황할 건 없다. 소란을 피울 필요도 없다. 너희들은 모두 도랑 속에 파묻혀 일을 하고 있어. 자리를 굳건히 지키고 있는 것이 우리들의 유일한 저항이 될 것이다. —"

'맞는 말이다.'라고, 모두들 생각했다. 그러고는 도랑 안으로 뛰어들었다. 진흙을 파거나 물을 튀기며 일을 했지만 기묘한 분위기가 주변으로 퍼져나가기 시작했다. 쿨리들은 무슨 일인가 하고 의아해하며 일손을 멈추고 멍하니 지켜보고 있었다.

그러한 긴장의 순간이 이어지던 찰나, "오는군."이라고 세모의 목소리가 들려왔다. 삼성네는 엉겁결에 와—하고 외치며 둑 위로 뛰어올랐다.

그러자 이삼백 명은 족히 될 것 같은 공안대 정복 차림의 기마대가 흙먼지를 일으키며 달려오고 있었다. 삼성네는 눈부시게 쏟아지는 햇빛에 눈을 찌푸리면서도 그곳으로 돌진해 오는 공안대를 바라보며,

"우리는 이 도랑 안에서 생매장당하는 것이 숙원이다."라고 외쳤다. 그러다 불현듯 어머니가 오두막 안에서 아무 일도 모른 채 아궁이에 불을 지피고 있는 모습을 발견했다.

'앗, 어머니다—'라고, 그는 마음속으로 외쳤다. '어째서 어머니를 잊고 있었을까.'

삼성은 어머니의 오두막으로 달려갔다. 그리고 경악한 나머지 얼어붙은 어머니를 등에 업고 순식간에 버드나무 사이로 뛰어들어갔다.

"여자들은 모두 여기로 숨어요."라고, 삼성은 뒤따라오는 아낙들에게 소리쳤다.

"무슨 일이냐, 도대체—"라고, 어머니가 물었다.

"사정은 나중에 말씀드릴게요. 무슨 일이 있어도 여기서 나오시면 안 됩니다."

버드나무 가지를 헤치고 나오자 소용돌이쳐 오르는 흙먼지 아래에서 방금 막 도착한 기병대의 선두가 이미 고래고래 소리 지르고 있었다.

"물러서지 않는 자는 일제 사격이다."

대혼란이 도랑 속을 휩쓸었다. 쿨리들이 둑으로 기어오르려다 미끄러지고 붙잡혀 내려오거나 발에 차이기도 하면서 물보라를 일으키며 흙탕물을 튀기고 있었다. 그리고 허둥거리며 마침내 둑 위로 올라선 그들은 오두막으로 돌아가 누더기 보따리를 챙길 틈도 없이 두더지처럼 버들 숲속으로 뛰어들어가 버렸다. 쿨리들이 도망쳐 나간 후, 주변에는 이상할 정도로 긴박한 공기가 모두를 질식시킬 듯이 팽팽하게 감돌았다.

“누구냐, 너희들은?”이라고, 불그레한 얼굴의 사내가 계속해서 소리쳤다.

“이주 농민입니다.”라고, 세모가 이쪽 기슭에서 대답했다.

“이주 농민? 너희들에게 이주를 허락한 기억은 없다. 얼른 물러나라.”

“우리는 삯꾼으로 고용되어 왔기 때문에 그쪽은 직접적으로 관련이 없는 일입니다.”라고, 세모는 차분하고 조용한 목소리로 대답했다.

“뭐? 삯꾼이라고? 건방진 말대꾸를 하는 놈이구나. 계속 쫑얼거리면 그 입에 쇠사슬을 쑤셔 넣을 것이야.”

“…………” 세모는 이에 대답하지 않는 것이 이쪽의 체면이 서는 것이라고 생각했다.

“말해라. 너희들을 삯꾼으로 고용한 놈은 누구냐?”

“이 부근의 지주분들입니다.”

“그 대표가 학영덕이라는 놈이겠지?”

“말씀하신 대로입니다.”

“흥. 그놈, 제 발로 오라를 받으러 오는구나.”

그 말에 고개를 돌리자 개간지 쪽에서 학영덕이 서너 명의 지주들과 함께 이쪽으로 오고 있었다.

대장이 무엇이라 외쳤다. 그러자 대여섯 기의 말을 탄 수족들이 흙먼지를 일으키며 달려갔다.

결국 학영덕 일행은 기마병에게 연행되어 만보산가(萬寶山街) 쪽으로 끌려가게 되었다.

"어때, 봤지? 저렇게 된다."라고, 노는 빈정거리는 듯한 심술궂은 웃음을 지으며 말했다. "거주권도 없이 이주한 죄는 결코 가볍지 않아. 하지만 너희들을 불쌍히 여겨 특별히 추방하는 것으로 용서해 주겠다. 알겠나, 지금 당장 떠나라."

"떠나라고 해도 가솔들과 세간을 끼고 어떻게 지금 당장 떠날 수 있겠습니까?"라고 세모가 말했다.

"그럼 사흘간 유예해 주겠다. 사흘째 되는 날에는 반드시 떠나라."

그러자 그때까지 가만히 있던 창오가 뛰쳐나와 부르짖었다.

"떠나지 않겠다. 죽어도 떠나지 않겠다."

"뭐라? 죽어도 떠나지 않아?"

"그렇다. 우리는 현장으로부터 개간 허가를 받았다. 왜 공안국 따위가 주둥이를 들이밀고 있는 것이냐."

노는 이 한 마디에 앞뒤 가리지 않고 불같이 화를 냈다.

"저놈을 잡아라. 저놈을. ―"

"건방진 소리 하지 마라. 여기는 교하 지방 같은 산골이 아니야. 우리는 치외법권국의 국민이다. 네놈 따위가 제멋대로 굴도록 두지 않을 것이다."라고, 창오는 둑의 가장자리까지 뛰쳐나가 외쳤다.

"제기랄. 쏴버린다."라고 외치며 강 건너에서 기병 한 명이 총을 겨누었다.

"쏠 수 있다면 쏴 봐."라며 창오가 버티고 섰다.

노가 부하를 제지하며,

"저놈을 묶어 와."라고 외쳤다.

그리고 나서 와악 소리를 지르며 도랑 안으로 말을 타고 뛰어들거나 이퉁강 둑 쪽을 배회하며 공안대원 서른기 가량이 습격해 왔다.

그 잠깐의 틈을 노려 세모가 의석을 불러 지시했다.

"누구 한 명 데리고 장춘으로 가거라."

병일과 수봉이 옆에서 듣고 있었다.

"우리도 함께 가겠습니다."

"좋다. 셋이서 잘 빠져나가거라. 빠르면 빠를수록 좋다. 먼저 민회에 찾아갔다가 영사관에 보호를 요청해라."

그때는 이미 우르르 달려든 공안대원들이 창오, 그리고 창오를 지키려는 일여덟 명의 젊은이들을 잡기 위해 서로 치고받으며 싸우고 있었다. 그리고 기병대를 뒤따라온 원주민들이 오두막을 부수거나 도랑에 흙을 집어던지고 있었다.

병일, 수봉, 의석은 버들숲으로 뛰어들었다. 그리고 공안대원들에게 들키지 않기 위해 이퉁강 상류 쪽으로 우회해 갔다.

끌려가는 창오는 여전히 부르짖고 있었다.

"한 명이라도 물러나면 안 돼. 알겠나, 도랑 안에 꼭 붙어있어야 해."

"이 무슨 행패냐."라고, 세모는 노를 향해 호통을 쳤다. "이렇게 난폭한 짓을 하지 않아도 해결될 수 있잖아."

하지만 세모는 일여덟 명의 원주민들에게 이미 팔을 붙잡혔다.

"이놈이 제일 시끄러운 놈이었네."

"그놈을 산 채로 묻어버리자."

"좋다."

세모는 도랑 안으로 내동댕이쳐졌다. 굴러떨어질 때 허리를 심하게 부딪친 것 같았다. 그는 와르르 쏟아져 내리는 진흙을 피해 머리를 손바닥으로 가리고 있었다.

"묻어라. 묻어라."라고, 원주민들은 기세등등하게 소리 지르며 흙을 던졌다.

세모는 손을 내렸다. 그리고 곧바로 일어나 재난에 몸을 내던졌다.

인석이 가까스로 원주민들의 팔을 뿌리치고 뛰어내려왔다.

"아버지, 빨리요, 어서—" 하지만 내리 퍼붓는 흙은 그 일대 사방에서 마구 던져지고 있었다. 그리고 그때는 이미 오백 명이나 되는 폭민들이 둑을 뒤덮고 있었다.

"이제 됐다. 이대로 죽어버리자."라고 세모가 말했다. 그 말에는 피가 뚝뚝 묻어나는 듯했다.

"네— 하지만 어머니가—"

"어쩔 수 없지. 모두 같은 꼴을 당하게 되겠지."

부자는 꿋꿋이 서서 꼭 부둥켜안은 채 흙을 뒤집어쓰고 있었다. 흙은 다리를 묻고 허리까지 올라왔다.

둑 위에서는 이민자들의 저항이 완전히 멈춘 상태였다. 그들은 이미 기진맥진해서 폭민들이 하는 대로 몸을 내맡기고 있었다. 그리고 그중에는 재빠르게 위험을 피해 버드나무 밑동에 몸을 숨긴 자들도 있었다.

"멈춰라."라고, 누군가가 외쳤다. 흙이 점차 수그러들었다. 세모 부자는 가슴까지 파묻혀 있었다.

"그래도 뉘우치지 않으면 다음엔 화형이다."

와— 하는 환성이 양쪽 기슭에서 터져 나왔다. 그리고 못된 장난을 치는 듯한 웃음소리가 더없이 소란스럽게 울려 퍼졌다.

"사흘간 유예를 주겠다. 사흘이 지나도 떠나지 않는다면 더 심한 꼴을 당할 것이야."라고, 노는 십 년 묵은 체증이 내려간 듯한 얼굴로 큰소리쳤다. 그리고 공안분국원에게 퇴거 감시를 명령한 후 철수했다.

삼성은 세모 부자를 파내기 위해 도랑으로 내려갔다. 하지만 좀 전까지 그는 원주민들에게 심한 구타를 당하고 묶인 채로 버들 숲 속에 던져져 있었다. 나무 밑동에 드러누워 둑 쪽에서 들려오는 소란을 듣고 있으니 몸을 불태울 듯한 분노에 이가 덜덜 떨렸다. 규환과 노호로 가득한 외부의 소동과는 달리 숲 속은 아주 고요하기만 했다. 눈앞에 드리워진 서너 장의 가느다란 버드나무 잎사귀에 이름 모를 벌레 한 마리가 긴 더듬이로 그의 머리카락을 건드렸다가 놀라서 날아갔다. '호오, 벌레가 있네.'라고, 삼성은 중얼거렸다. 어쩐지 있을 수 없는 일이 일어난 것 같은, 생뚱맞은 기분이었다. 그러다 그가 쓰러져 있는 옆에서, 나뭇가지를 헤치며 슬그머니 다가오는 남자를 발견했다. 이삼십 개의 가지가 발처럼 그 남자를 가리고 있었다. '나를 구하러 온 건가?'라고 생각했다. 하지만 빤히 보는 앞에서 그 남자는 살금살금 기어가듯이 삼성의 옆을 지나쳐 갔다.

"동술이냐?"라고, 삼성이 소리 내어 물었다.

"앗!" 동술은 소스라치게 놀라며 그 자리에 엉덩방아를 찧었다.

"나야." 삼성이 말을 걸어도,

"나라니, 넌 누구냐!"라며 동술은 푸른빛이 번뜩이는 눈을 이쪽으로 돌렸다.

"삼성이야."

"어? 삼성이라고? 너 어디 있어?"

"여기 있어. 나무 밑동에—"

"뭐?"라며, 동술은 겨우 정신을 차리고 허리를 폈다. 그리고 가지를 헤치며 기어서 다가왔다.

"앗, 너, 그 꼴은 뭐야."

"빨리 밧줄을 풀어줘."

"응. 풀어줄게. 그런데 우리는 어떻게 되는 거야?"

"어떻게 될지는 신께서만이 알고 계시겠지."

"삼성. 나랑 같이 도망가자. 응? 여기도 역시 안 되겠어. 어디 다른 곳으로 떠나자. 그 사이에 상황을 지켜보고 법하로 돌아가자."

"일단 밧줄을 풀어줘."

"쉿! 목소리 낮춰."

"뭘 그렇게 벌벌거리는 거야. 놈들이 그렇게 무섭냐?"

"하지만 너—"

"빨리 풀어."

"응—" 동술의 손은 부들부들 떨리고 있었다. 굵은 새끼의 매듭마저 좀처럼 풀리지 않았다. 겨우 매듭을 풀고 삼성이 일어서자 동술은 다시 애원했다.

"이미 모두 도망가고 없어. 여기 있으면 목숨만 빼앗길 뿐이야."

"안 된다. 도망치지는 않을 거야. 다른 사람들은 다 도망가도 넌 여기 있어. 우리와 함께 이 도랑을 사수하는 거야. 알겠어? 너는 이주 이후 온갖 위험을 극복한 우리 동료잖아. 다른 사람들이 다 없어져도 교하에서 온 스물한 가구만 있으면 충분하다. 이제 어디를 가든 똑같아. 이 이통강에서 우리의 방랑은 끝났어. 이 도랑에 우리 스물한 가구의 뼈를 묻는 거야. 우리는 무참히 죽을지도 몰라. 하지만 우리의 죽음은 결코 헛된 죽음이 되지 않을 것이야."

"그런 말을 하다니, 너—"라고, 동술은 울상을 지으며 말했다. "나는 어린 자식들을 세 명이나 품고 있다고. 노모도 있단 말이야."

'그러고 보니 내 어머니는 어떻게 되었을까.'라고, 삼성은 생각하며,

"동술아, 너 기어코 갈 생각이냐? 우리를 두고 혼자 가려는 거야?"라고 말했다. "그래, 가라, 가."

"삼성아, 그런 소리 하지 마. 나라고—"

"가. 가고 싶으면 가라고."라고, 삼성은 미친 듯이 외쳤다. "가. 어

디든 가. 그리고 행복하게 살아. 우리는 여기서 죽을 거야."

그러자 그 순간, 그의 어머니의 목소리가 조용히 들려왔다.

"삼성아, 너무 화내지 말거라. 나는 여기 무사히 있으니까—"

"어머니—"라고, 삼성은 소리 지르며 가지를 헤치고 갈대를 밟으며 어머니의 목소리가 들리는 쪽으로 달려갔다.

"여기야. 이 나무 밑동 쪽이야."라는 소리와 함께 어머니의 얼굴이 나뭇가지 너머로 어렴풋이 보였다.

삼성은 와락 어머니의 품에 안겼다. 그리고 가슴속에서 북받쳐 오르는 눈물을 참지 못하고 흐느껴 울기 시작했다.

"자, 이제 조용——"이라고, 어머니가 말했다. "여기 여자들이 많이 있으니까 안심하고 가렴. 어서 가서 세모 선생을 도와드리거라."

'아니참, 그렇지.'라고, 삼성은 생각했다. 퍼뜩 정신을 차린 그는 의외로 꿋꿋한 어머니를 보면서 마음이 한결 놓였다. 그리고 이성을 잃고 흐트러진 모습을 보인 자신을 부끄러워했다.

"놈들은 모두 어쩌고 있습니까?"라고 물으며 문득 숲 밖의 상황을 떠올렸다.

"대부분 철수한 모양이야."

"대장은 돌아간 것 같아요."라고, 그곳에 있던 육출과 병일의 안사람들이 말했다.

삼성은 숲 밖으로 뛰쳐나갔다. 말을 탄 공안대원들은 사라졌지만 분국대원들과 그들에게 폭행을 가한 원주민들은 여전히 그 자리에 버티고 서서 세모 부자를 파헤치려고 하는 농민들을 독살스럽게 내려다보고 있었다. 삼성은 폭민들을 밀어내고 도랑으로 뛰어내렸다. 세모는 정신을 잃은 채 창백한 얼굴을 하고 있었다. 머리카락에도 얼굴에도 진흙을 잔뜩 뒤집어쓰고 있어 보기에도 딱한 상태였다. 끈적끈적한 진흙을 걷어내고 세모를 둘러업고 나온 삼성 일행은 이제 옛 모습을 찾아볼 수 없을 정도로 파괴된 오두막 터로 가 멍석과 널빤지를 주워 세모 부자를 눕혔다.

우선 진흙을 씻어내고 백비탕을 끓여 먹여야 했다. 삼성은 육출에게 물을 길어오라고 부탁했다. 육출이 사발을 들고나오자 폭민들은 우물물도 길어서는 안 된다며, 너더댓 명이 모여 육출을 밀쳐냈다.

삼성이 육출을 대신해 나갔다.

"너희들은 인정도 자비도 없는 거냐?"라고, 삼성은 자신을 밀어내는 원주민들에게 말했다. "아무리 원한이 깊은 원수라도 물 한 잔은 나눠주는 법이다."

"우리들의 자비심은 우리 동족을 위해 준비된 것이야."

"그런 말을 하는 너와 나는 같은 인간 아니더냐."

"같은 인간으로는 보이지 않아. 네놈들은 남의 논밭을 파헤치는 지렁이야."

와하하, 하고 폭소가 터져 나왔다. 원주민들은 이 시시한 말장난에 만족하며 배를 잡고 웃으며 흥겨워했다.

물뿐만이 아니었다. 그들은 삼성네가 필요로 하는 모든 생활필수품 판매를 거부했을 뿐만 아니라 삼성네가 장춘에서 장만해 오는 물건까지 중도에서 매복해 빼앗아 갔다.

"아무튼 너희들을 한 명도 남김없이 우리 땅에서 쫓아내겠다." 약탈을 비난하자 그들은 그렇게 대답했다.

다시로 영사는 사흘 내내 외교 절충에 매달렸다. 일단은 온갖 도리를 따져 상대의 불법행위를 깨닫게 하려고 했다. 그러나 현정부는 공안국에 책임을 전가했고 공안국에서는 횡포하기 짝이 없는 언동으로 협상을 무산시켰다. 현지 당국과의 절충으로는 결말이 나지 않을 것 같아 성정부로부터 봉천정부에 항의를 신청했지만 사정 조사라는 거짓 핑계를 대며 시일을 끌기만 했다.

'놈들의 상투 수단이다.'라고 생각하며 다시로는 굳게 마음을 먹었다. '이렇게 된 이상 자위(自衛)밖에 없겠지.'

그런 와중에도 민회를 통해 항의를 제기해오는 폭민들의 압박은 한시도 가만히 있을 수 없을 정도로 절박했다.

그가 피해 농민을 보호하기 위해 현지에 영사관 경찰대를 파견하기로 결심한 것은 그로부터 나흘째 되는 날인 6월 1일 오후 두 시 무렵이었다.

"나카가와 군, 자네가 가 주게. 많이 갈 필요는 없을 테니 여섯 명 정도 데리고 가주겠나."라고, 나카가와 경부에게 말했다.

나카가와는 야스모토 순사부장 외 5명에게 동행을 명령하고,

"무기는 가지고 간다. 하지만 변장하고 들어가서 자극은 피하는 것이 좋겠다."라고 말했다.

일행은 민회의 엄상인을 포함해 총 여덟 명이었다. 그들은 기모노

와 한복으로 변복하고 이통강을 따라 내려갔다. 중도에 일부러 일몰을 기다렸다가 어두워진 뒤에야 현장에 도착했다.

나카가와 일행이 나루터에 도착하자 이를 눈치 챈 삼성네가 떨리는 듯한 목소리로 맞이했다.

그날 정오 무렵에 공안분국원들이 들이닥쳐 총으로 위협을 가했다는 것이다.

공안대원은 말했다.

"여기 있으면 한 사람도 빠짐없이 총살이다."

"이곳을 떠나는 자에게는 여비 외 기타 일체 비용을 지급하겠다."

"자, 떠날 사람은 손을 들어라."

하지만 손을 드는 사람은 한 명도 없었다. 그러자,

"좋다, 들지 않겠다는 거지. 들지 않으면 쏘겠다."라고 말하며 삼성네의 가슴에 총구를 들이댔다.

"떠날 것이냐, 떠나지 않을 것이냐. 빨리 손을 들어라."

"손을 들면 목숨은 살려주겠다."

"들지 않아? 좋다, 쏘겠다. 자, 받아라."

하지만 삼성네는 눈을 질끈 감고, "우리는 이미 죽음을 각오하고 있다. 우리는 교하를 떠날 때 이미 죽은 것이나 다름없는 몸이다. 이도랑 옆에서 죽는 것이 소원이다."라고 대답했다고 한다.

삼성네는 모두 창백하고 야윈 얼굴을 하고 있었다. 나카가와 일행들에게 매달린 채 감격에 겨워 울음을 터뜨렸고 육출과 같은 사람은 이제야 살았다고 대성통곡을 했다.

"이제 괜찮습니다. 그렇게 걱정하지 않아도 됩니다."라고 말하며 나카가와는 들은 것보다 더 참담한 모두의 모습에 헤아릴 수 없는 동정심과 의분을 느꼈다.

'다들 마치 임종을 앞둔 망령과 같은 모습을 하고 있다.'

실제로 단 한 명도 제대로 된 옷을 입고 살아있는 얼굴을 하고 있는 사람은 없었다. 그가 아직 내지(內地)의 고향에 있을 때 공연으로 그린 지옥을 본 적이 있는데, 지금 그들의 모습이 마치 공연 속 삼도천에 모여든 망령의 모습과 똑같다고 생각했다. 그리고 묶이고 파묻히고 폭행당하고 총살의 위협을 받으면서도 여전히 용수로에서 한 발자국도 물러서지 않고 있는, 생사를 초월한 농민들의 처참한 기개에 깊이 감명했다.

그는 농민들을 소집하여 점호를 했다. 스물한 명이었다. 그 외에도 있었던 백수십 명은 장춘으로 피난을 갔다고 한다.

"우리 스물한 가구는 이 도랑 안에 시체를 묻기로 서로 맹세했습니다."라는 세모의 말에 그는 훌륭한 군인정신을 보는 것 같은 기분이 들었다.

"좋습니다, 해보십시오. 끝까지 목적을 관철하십시오."라고, 나카가와는 감격한 나머지 그렇게 말하지 않고는 있을 수 없었다.

그가 이 농민들을 위해 목숨을 바치기로 결심한 것은 그렇게 말한 순간부터였다.

하지만 그날 밤은 폭민들의 습격 없이 깊이 흘러가고 있었다.

'놈들은 우리가 온 것을 아직 모르는구나.'라고, 나카가와는 생각했다.

그런데 한밤중이 되자 한 기의 공안대원들이 둑 옆까지 다가와 나카가와 일행의 모습을 유심히 지켜보더니 급히 말머리를 돌려 떠나갔다.

"저건 정찰인 것 같군."이라고 나카가와가 말했다. "자, 모두 각자의 위치로 돌아가라."

일곱 사람은 변복을 벗어던지고 권총을 꺼내 들어 둑에 엎드렸다. 그리고 그들의 뒤에는 농민들이 몸을 숨기고 있었다.

모두들 한숨도 자지 못했다. 풀숲에 누운 삼성은 그가 아직 어릴 적 보리 수확으로 바빴던 여름밤을, 이렇게 보릿짚 속에 누워 푸른 하늘의 별을 헤아리던 기억을 떠올렸다. 개구리울음소리도 들리지 않는 6월의 청명한 하늘 아래에서 이렇게 조용히 새벽을 기다리는 것은 어쩐지 행복한 기분이 들었다. 그리고 진정한 행복을 애타게 기다리는 마음이 들자 지금의 작은 행복은 산산조각이 나버렸다.

"왔다."라고, 야스모토 부장이 불쑥 외치자 모두들 급하게 자세를 바로잡았다.

그러자 도랑 건너편의 남쪽 방향에서 전날 나타났던 것과 같은 수의 기마대가 나타났다. 그 이백수십 기는 일렬로 가지런히 서 있어, 멀리서 보면 훌륭한 그림자극처럼 보였다.

"저쪽이 발포하기 전까지는 은인자중해야 한다."라고, 나카가와가 말했다. "그리고 농민들은 절대로 반항해서는 안 됩니다."

이윽고 분국장이 이끈 공안대원들이 쏜살같이 강 건너에 도착했다. 먼지와 말 냄새가 압도하듯이 풍겨왔다.

이쪽은 잠자코 있었다. 저쪽도 잠시 침묵했다. 그러자 저쪽에서 먼저 입을 열었다.

"너희들 아직 거기에 있느냐?"

하지만 이쪽에서는 아무도 대답하는 사람이 없었다.

"왜 대답이 없느냐?"

"…………"

"숨기려 든다면 가만두지 않고 포박해 버릴 테다."

"…………"

"일본 경찰대가 왔다고 하는데 어디에 있느냐?"

"…………"

탕! 하고 총알이 한 발 날아왔다.

"협박입니다. 전에도 그랬습니다."라고, 누군가가 속삭였다.

"영사관 경찰은 있는 거냐, 없는 거냐?"

그때, 나카가와가 입을 열어,

"여기 있다."라고 말하며 태연하게 나섰다.

"무슨 일로 왔느냐?"

"농민들을 보호하러 왔다."

"우리는 퇴거 명령을 내렸다."

"퇴거 명령은 너희들이 내릴 권한이 없다."

"그렇다고 한들 너희들에게도 없지 않으냐."

"정부끼리 지금 절충 중이다. 해결이 될 때까지 우리는 자국민을 보호할 권리가 있다."

"남의 나라 영토에 무기를 가지고 올 권리는 없다. 여기는 치외법권구역 밖이다."

"그래서 호신용 권총만 가지고 있다."

"거기에 감춰둔 건 기관총이 아니냐?"

"이건 너희들이 박살 내버린 기둥이다. 그렇게 기관총이 보고 싶으면 언제든지 꺼내 보여주마."라고 말하며 나카가와는 와하하 하고 웃었다.

조롱당했다는 생각에 노발대발한 상대는 부하들에게 흩어져 대기하라고 명령했다. 이백여 명이 순식간에 말에서 내려와 둑을 따라 길게 흩어졌다.

그러자 순간 긴장감이 감돌며 아군의 마음을 동요시켰다. 하지만 흩어지기만 했을 뿐 공격해오지는 않았다.

대치는 오래 이어졌다.

나카가와는 가지고 온 전서구를 불렀다. 그리고 신속하게 현재 상황을 보고문에 적어 전서구를 하늘로 날려보냈다.

여섯째 날이었다. 참호를 파고 식량과 탄약을 운반하며 대치했던 상대가 일제히 진영을 철수하며 퇴각하기 시작했다.

"무슨 일이 있었나?"라고, 나카가와는 중얼거렸다. 문득 다시로의 얼굴이 떠올랐다. 다시로의 항의가 효과를 발휘한 것일까.

그로부터 얼마 지나지 않아 나루터 쪽에 호리구치 경부가 두 명의 부하와 함께 나타났다.

"현장의 사정을 공동으로 조사하기로 결정되어 일단은 철수하라는 명이십니다."라고, 호리구치가 말했다.

나카가와는 긴 긴장에서 풀려나 휴 하고 안도의 한숨을 내쉬었다. 그런데 농민들을 어떻게 처리하면 좋을까, 하고 그는 걱정스러운 표정으로 자신을 바라보는 세모와 삼성네를 응시하며 생각에 잠겼다.

"여기에 남아있는 것은 위험하다고 생각하는데 모두 나와 함께 장춘으로 철수하지 않겠습니까. 사태가 해결된 후에 오는 것이 좋겠다고 생각하는데, 어떻습니까?"

초췌하기 그지없는 얼굴을 한 세모가 모두를 대신해 나섰다.

"말씀은 감사하게 생각합니다만, 우리는 그래도 여기에 남을 것입니다. 여기까지 애써서 열심히 달려왔는데 여기서 물러난다면 상대에게 이곳을 포기했다고 보여질 뿐만 아니라 모양새 상으로도 패배한 것이 되기 때문에—"

"저렇게 광폭한 놈들입니다. 여기 남아 있다가는 또 어떤 꼴을 당할지 모릅니다."라고, 호리구치가 말했다.

"네. 그건 이미 각오하고 있습니다. 하지만 그보다 더 끔찍한 일이 벌어진다 한들 기껏해야 목숨을 잃을 뿐이겠죠. 그 정도의 각오가 되어 있다면 두려울 것은 없습니다."

"여기 남는다고 한들 용수로 공사는 할 수 없습니다. 외교 절충 중이기 때문에 상대에게 유리한 구실을 제공하는 꼴이 될 테니까요."라고, 나카가와가 당부를 했다.

"네. 그건 알고 있습니다. 하지만 개간지 쪽은 조금씩 손을 봐도 무방하지 않을까 생각합니다만—"

"그래요. 그건 그렇습니다."

"그럼 역시 우리는 남아 버티겠습니다. 그리고 저기에 씨앗을 뿌릴 것입니다."

"그것도 물이 없다면 어찌할 도리가 없을 것입니다."

"비가 내려준다면 어떻게든 되겠지요."

"그래, 알겠습니다. 그 정도의 결심이라면 끝까지 버티십시오."라고, 나카가와는 눈물겨운 마음으로 말했다.

"이제 우리가 철수하면 농민들을 발가벗긴 채로 남겨두는 것이나 다름없는 일이 되겠군."

나카가와의 동정심은 주변 사람들도 충분히 알 수 있었다. 야스모토 순사부장이 느닷없이 나카가와를 불러냈다.

"제가 남을까요?"

"자네가? ……"라고, 나카가와는 복잡한 생각에 휩싸여 말을 잇지 못했다.

"네, 전부 철수하지 않아도 될 것 같습니다. 농민들이 남는다면 누군가는 경호해야 할 텐데—"

"그런가. 그럼 해줄 수 있겠나?"

"네, 하겠습니다."

그러자 히로오카 순사가 다박수염이 검게 난 얼굴로 나왔다.

"저도 남겠습니다."

"그럼 저도—" 하고, 박 순사도 지원했다.

"좋다. 그럼 셋이서 해주게나. 만일의 사태에는 전서구를 이용하게나." 나카가와는 세 사람에게 말했다.

"필요한 것은 나중에 보내줄 테니 영사관과의 연락은 끊이지 않도록 하게."

세모네는 묵묵히 배웅하고 있었다. 그러나 그들의 눈가는 이 세 명의 남기로 결정한 경관들에게 감사하는 마음으로 눈물이 글썽이고 있었다. 그리고 나카가와 일행을 나루터까지 배웅하고 그들의 둑 위로 돌아오자마자 바로 무너진 오두막을 다시 짓고 만일의 사태에 대비하여 참호를 팠다.

용수로는 검은 입을 벌린 채 얼빠진 모습을 하고 있었다. 파놓은 채 손을 대지 않고 방치해두는 것이 어쩐지 애처로워 보였다.

"그때부터 조금씩 꾸준히 해왔더라면 지금쯤 이미 완성됐을 텐데."라고, 육출이 유유한 표정으로 말했다. 뜨거운 6월의 햇볕을 받으며 멍하니 있는 그의 모습은 언뜻 보면 육십 먹은 노인 같았다.

"지금쯤이면 벌써 파종도 잘 되어 있을 예정이었는데 말이야."라고, 동술이 중얼거렸다.

"무슨 소리야, 이 자식!"이라고, 삼성이 주먹을 들이대지 않았을 뿐 강한 어조로 말했다. "그 혼란을 틈타 여기를 도망치려 했던 놈은 어느 놈이었지?"

"뭐, 그런 소리 하지 마. 여기 남아있으니 된 거 아니냐. 다들 도망쳐서 이것밖에 안 남았잖아."

"이것밖에 안 남았다고 지껄이지만 이게 전부야. 우리 스물한 가구만큼은 처음부터 끝까지 함께다."

"그러고 보니 창오네는 어떻게 되었을까?"라고, 수봉이 물었다.

"딱하기도 하지. 지금쯤 저 냄새 나는 콩밥을 먹고 홀쭉하게 살이 빠졌을 거야."

창오네는 연일 계속되는 심문에도 굳건히 버텼지만 지주 연맹은 노가 제출한 모든 사항을 승인하여 다시로 영사에게 역으로 항의할 구실을 제공하고 있었다. 첫째, 용수로를 파서 밭농사가 전멸했다. 둘째, 제방을 쌓았기 때문에 이천 천지의 물이 범람할 우려가 있다. 셋째, 지주의 승낙 없이 용수로를 파고 소유권을 침해하고 있다. 넷째, 이통강의 항행이 불가능해졌다, 등등.

다시로는 상대의 이러한 불성실한 태도와 헛되이 시일을 지연시켜 경작 시기를 허송세월로 보내게 하려는 음모를 간파하고 직접적인 행동에 나서지 않고는 견딜 수 없는 분만을 품게 되었다. 그러나 파견된 외교관이 분쟁을 일으키는 것을 원치 않아 하는 당시 정부의 외교정책에 얽매여 자신의 재량대로 행동할 수 없었다. 상대편은 이를 이용하여 마치 번롱하는 듯한 오만한 태도로 나왔다. 다시로는 이 모순으로 충만된 외교 방침으로 인해 정의가 명령하는 단호한 조취를 취할 수도 없는 고뇌를, 젊은 외교관으로서 충분히 경험하고 있었다. 그리고 마침내 그는 자신의 출세를 걸고서라도 이번 사건은 소신대로 처리하기로 결심했다. 이렇게까지 부당한 압박을 받고 있는 선농을 보호하지 않고는 견딜 수 없다는 생각과, 이 선농 압박을 방치해 두는 것은 나아가 일본의 기득권익 침해를 암묵적으로 인정하는 결과가 될 것이며 또한 상대의 배일, 모일을 조장할 뿐이라는 눈앞의 추세를 못 본체 하면서까지 일신의 지위보전에만 급급해서는 안 된다는 생각이 그에게 단호한 태도로 나서게 했다.

그래서 조속히 해결될 기미가 보이지 않을 경우, 이쪽은 독자적인 행동을 취할 것임을 상대편에 통고했다.

창오네가 풀려난 것은 다시로의 이 통고가 있은 후였다.

창오네는 이통강의 나루터에 도착하자마자 큰 소리로 외쳤다.

"창오가 돌아왔습니다. 모두 돌아왔습니다."

삼성네는 황급히 나루터로 달려갔다. 그리고 배가 닿기를 기다리는 것도 답답하다는 듯 강물에 뛰어들어 뱃머리를 끌어당기고 서로 껴안고 환호했다.

"자, 모두 힘을 냅시다. 이제 아무것도 두려울 것은 없습니다."라고, 창오는 도리어 다른 사람들을 격려했다. "이제 우리들은 더 이상 혼자가 아닙니다. 우리들의 몸은 나라가 보호해 줄 겁니다. 더 이상 멍청히 있을 필요 없습니다. 용수로 공사도 계속하고 개간도 해해봅시다."

"그래, 자, 용수로는 급하지 않아. 개간이 먼저다. 우물쭈물하고 있다가는 여름도 지나가 버린다."라고, 세모가 대답했다.

"정말이네. 이제 곧 7월이 되겠군요."라고, 삼성이 말했다.

이 말에 모두들 창자가 찢어지는 듯한 초조함을 느꼈다.

"갑시다. 한 평이라도 좋으니 개간합시다."라고, 창오가 외쳤다.

"그래, 멍하니 있을 시간이 없어. 쓸데없이 시간을 보내느니 나무 뿌리라도 파내자."라고, 모두들 기운을 차리고 이에 응했다.

그들이 개간지에 도전장을 내민 지 불과 2주 만에 약 46천지 정도의 면적이 개간되었다. 단단했던 땅은 점차 부드러워지고 빽빽하던 버드나무와 갈대는 바리캉으로 깎은 것처럼 깨끗이 제거되어 갔다. 삼성네는 언제 또다시 폭민들에게 습격당할지도 모른다는 불안을 완전히 잊은 듯 몸에 밴 땀 냄새를 기분 좋게 들이켰다.

"비가 한줄기라도 내려주었으면 좋겠는데—"라고, 누군가가 중얼거렸다.

한시라도 빨리 이 새로운 땅에 그들의 씨앗을 뿌려 노란 싹이 돋아나는 것을 보고 싶었다.

"머지않아 비가 내릴 거야." 새하얀 뭉게구름밖에 떠있지 않은 푸른 하늘을 올려다보며 육출이 호언장담했다.

"등신 같은 놈, 무슨 헛소리를 지껄이는 거냐. 저 푸른 하늘 어디에 비가 맺혀 있다는 거야?"

"뭐, 그렇게 말하지 마. 나는 확실히 알고 있다고."

"천문학자치고는 굉장한 분이네."

사람들이 일제히 웃음을 터뜨렸다.

"흥— 비가 오면 나한테 인사하는 걸 잊지 마라. 이래봬도 비가 올지 안 올지 정확히 측정할 수 있는 기계를 가지고 있으니까—"

"네 그 쓸모없는 불알이겠지."

"아니, 내 왼팔 관절이란다."

와하하 하고 사람들은 다시 웃음을 터뜨렸다. 그러나 육출은 제딴에는 진지한 표정이었다. 그의 말에 의하면, 자신들이 이주 후 두 번째로 만든 노령의 부락이 불타버린 날 밤, 너무 화가 나서 등을 돌린 채 멍하니 서 있는 비적의 등에 실컷 몽둥이를 먹인 것까지는 좋았지만 바로 근처에 있던 또 다른 비적에게 쫓기다가 총대에 호되게 얻어맞은 것이 바로 그 왼팔의 관절이었다는 것이다.

"육출이 자식, 어떤 꼴로 도망쳤는지 보고 싶었는데."라고 의석이 말하자, 사람들은 다시 한번 유쾌한 웃음을 터뜨렸다.

하지만 그들이 놀려대도 육출은 이삼일 안에 비가 내릴 것이라고 끝까지 우겨댔다. 그런데 그의 예언은 적중했고 그로부터 사흘째 되는 날, 정오가 조금 지났을 무렵부터 흐려지던 하늘에서 비가 내리기 시작했다. 게다가 보기 드문 폭우였는데 아직 둑을 터놓지 않은 이통강의 물이 범람하여 용수로로 한가득 흘러들어올 정도로 홍수가 났다.

그래서 원래부터 소택지였던 그들의 개간지에도 주룩주룩 내려 고인 빗물이 씨앗을 뿌리기에 딱 알맞은 수량이 되었다.

"자, 이제 씨를 뿌리자."라며, 사람들은 여자도 노인도 섞여서 종자를 흩뿌렸다.

아직 충분히 경작하지도 않은 혹 투성이의 땅이지만 어쨌든 씨를 뿌려두기만 하면 얼마든지 가을걷이에 보탬이 될 것이라는 생각과, 그냥 무턱대고 씨앗을 뿌리고 싶은 본능에 사로잡힌 것이다.

모판을 만들지 않는 벼 재배법을 고안해낸 그들은 닥치는 대로 넓은 땅에 씨앗을 뿌려댔다. 그것은 시종 폭민들의 습격에 겁을 먹고 있어 서둘러야겠다는 생각이 들었기 때문이기도 했지만 몇 년 만에 수렁논에 선 기쁨에 흥분했기 때문이기도 했다.

비에 흠뻑 젖은 채 파종을 거의 다 마쳤을 때 비로소 한숨을 돌린 그들은 어느 틈엔가 남도의 자신들 고향의 이앙가를 부르기 시작했다. 그 억양이 강하고 위세가 넘치며 명랑하고 활달한 노랫가락은 그들의 가슴속 깊이 잠재되어 있던 타고난 낙천성과 평화주의적 본성을 발휘하여 그들을 쫓아다니는 위기감마저도 물리쳐내고 태고 이래의 평화경에라도 정착한 듯한 즐거움을 자아냈다.

"흥, 우스꽝스러운 가락이지만 이제 곧 어떤 꼴을 당하게 될지 알게 해주고 싶군."이라고, 멀리서 지켜보던 원주민은 반감을 품었지만 보고 있으니 덩달아 즐거워져, "저 발짓, 몸짓은 정말 재미있네."라며 껄껄 웃음을 터뜨리기도 했다.

그 갑작스러운 비는 삼성네에게 추수를 약속했지만 한편으로는 예기치 못한 재앙을 안겨주었다. 용수로가 물에 잠겨 둑이 무너지기 시작한 것이다.

"이대로 방치해두면 어렵게 만든 용수로가 완전히 망가져 버린다."

완전히는 아니더라도 최소 보름치의 작업을 빼앗기는 것과 다름없었다.

"영사관에 용수로 수리를 요청해 보는 것은 어떨까요?"

"일단 공사를 계속할 수 있도록 허락을 받을 수는 없을까요? 조금만 더 하면 될 텐데."

세모는 모두의 의견을 야스모토에게 전달했다. 야스모토가 농민들의 탄원을 전하자 다시로는 이미 그의 결의를 굳힌 상태였기 때문에 두말없이 허락해 주었다.

"영사관의 허가가 떨어졌으니 이제부터는 우리들의 것이다. 두고 보라고!"라며, 삼성네의 기세는 점점 높아졌다. 그날의 폭민들의 압박도 그들의 의지를 좌절시키지 못했다.

"우선 둑을 쌓아서 도랑의 물을 말리는 것이 좋겠다."라고, 세모가 제안했다. 폭우로 인해 도랑에는 물이 넘쳐나고 있었다.

청년들은 그들 장로의 의견을 존중하여 이통강 쪽에 두 번째 둑을 쌓기 시작했다. 탁한 물은 그들의 가슴을 메웠고 둑을 쌓는 작업은 결코 쉬운 일이 아니었다.

공사를 시작한 다음 날, 두세 명의 원주민이 또다시 순찰하러 왔다.

"이봐, 이봐, 공사를 해도 좋다는 허가가 있었느냐?"라고, 언제나 폭민들의 선봉에 서 있는 왕이 큰 키를 숙여 도랑을 내려다보며 물었다.

"물론 있었지."라고, 창오가 손에 진흙을 한가득 퍼 올리며 대답했다.

"공안국에서 받은 것이었나?" 왕이 미심쩍은 표정으로 물었다.

"아니, 영사관에서 받았다." 창오가 심술궂은 표정을 지으며 대답했다.

"그만해. 공안국의 허가도 없이 공사를 할 수 있을 것 같아?"

"우리에게 공안국이 무슨 상관이야?"

"말했잖아. 네놈, 다시 감옥에 들어가고 싶은 모양이로구나."

"들어가고 싶으면 네놈이나 들어가라."

"이 코우리 놈, 뚫린 입이라고 마음대로 지껄이네. 그 입을 돌로 때려 부숴주마."

"시끄러워. 이거나 처먹고 썩 꺼져버려." 말을 다 끝내기도 전에 그는 손에 묻은 진흙을 집어 던졌다. 진흙이 찰싹하고 왕의 얼굴에 매대기 쳐졌다. 도랑 안에서 홍소가 터져 나왔다. 둑 위에 있던 야스모토 일행도 무심코 실소했다.

왕은 무시무시한 기세로 고함을 질렀다. 그는 과장된 몸짓도 위협적인 말도 아무런 효력이 없음을 알면서도, 자신의 분노를 참지 못하고 성난 성성이처럼 위협하며 덤벼들었다. 그리고 얼굴에 묻은 진흙을 닦아내는 것도 잊은 채 으름장을 늘어놓으며 돌아갔다.

손영청이 격분한 이유는 왕이 얼굴에 진흙을 맞았기 때문도, 용수로를 파서 그의 소유지가 침해되었기 때문도 아니었다. 그렇게까지 지주를 설득하는 데 애를 썼던 자신의 중간이득이 물거품이 되는 것이 자신과는 관계없다는 듯한 얼굴로 모른 체 외면한 학영덕을 증오하는 일념 때문이었다. 그리고 또 노 공안국장이 학영덕과 마현장을 규탄하는 데 앞장선 일과, 민중이 노의 선동에 완전히 넘어가기 직전에 다수의 편에 붙는 것이 일족의 안전을 지키는 길이라는 공리감(功利感)도 작용하여 극단에서 극단으로 쉽게 기울어지는 그의 성벽대로 잔인한 행동을 저지르게 된 것이다.

영청은 사촌 아우인 영명을 노에게 보내 선농이 용수로 공사를 계속하고 있다는 사실을 통고했다. 영명이 돌아와 보고한 바에 따르면, "용수로 공사를 공동조사 완료일까지 중단하기로 약속했음에도 불구하고 공사를 시작한 것은 곧 명백한 일본 측의 불법행위이고 월권이며 국권 침해이다. 따라서 어디까지나 잘못은 저쪽에 있으므로 어떤 결과가 나오더라도 이쪽은 정당방위의 권리와 의무를 가지고 있으니, 좋다, 일본 측은 스스로 제 무덤을 판 셈이다, 철저히 응징해 주자."라는 것이었다.

"하지만 공안대원을 공공연히 출동시켰다가는 저 교활한 일본인들이 나중에 어떤 구실을 찾을지 모르는 일이다. 이쪽도 비책을 세워 대응해야 한다." 그렇게 말하며 노는 "농민들을 최대한 많이 모아 총기를 들려주고 놈들을 몰살시켜버릴까. 농민들만으로는 통솔이 어려울 테니 공안대원 200명 정도를 변장시켜 투입시키자. 그리고 별동대를 보내 농민들 선동도 해보자."라고, 영명에게 세세하게 전술을 지시했다는 것이다.

"그래, 노 국장이 뒤를 받쳐주고 있으니 아무 걱정도 없겠군."이라고, 영명의 이야기를 듣고 나서 영청은 자신 있게 말했다.

그리고 장춘에서 잠입한 공안대원들을 몇 개 소대로 나누어 인근 부락으로 선동하러 보냈다. 모여든 오백여 명의 농민들에게 총기를 빌려주고 은화로 1원씩 일당을 지급하겠다고 약속했다. 이미 상당히 선동된 폭민들은 공안대원들과 공동행동에 나선다는 흥분까지 겹쳐 불붙은 야생 황소처럼 날뛰기 시작했다.

이 오백여 명의 폭민들이 용수로 공사장에 들이닥친 것은 6월 30일 오전 10시경이었다.

삼성네는 겨우 완성된 둑에서 막 물을 퍼내려던 참이었기 때문에 모두들 일에 열중하고 있었다. 그러다가 도랑의 동쪽, 항상 그들이 나타나는 곳과 같은 방향에서 회오리바람 같은 흙먼지를 일으키며 함성까지 지르며 달려오는 것을 잽싸게 발견한 박 순사의 고함소리에 번쩍 정신이 들었다.

"빨리 올라오세요. 그리고 절대로 저항해서는 안 됩니다."라고 외치며, 바짝 긴장한 야스모토는 농민들을 미리 준비한 참호에 숨겼다. 그리고 폭민들이 강 건너로 몰려들기 직전에 전서구로 급히 영사관에 위급상황을 알렸다.

9

나카가와 경부가 부하 열 명과 함께 현장에 도착한 것은 해가 지기 조금 전이었다. 그때까지 수적 우세를 믿고 뻐기던 폭민들은 손영청과 영명의 지휘를 받아 이쪽으로 진흙을 던지기도 하고 총을 쏘기도 하더니 그들의 농기구로 도랑을 메우기 시작했다.

도랑은 금세 바닥이 말라들었고 둑은 무참히 무너져 내리기 시작했다.

바로 그때 달려온 나카가와가 손영청을 향해 그들의 행위가 불법이며 월권임을 설득하려고 시도했다.

“지금 일중 양국 당국 간에 외교 절충 중인 것을 모르느냐. 너희들이 끝까지 폭력을 행사한다면 이쪽도 각오가 되어 있다.”

그러자 손영청은 증오에 가득 찬 어조로 응답했다.

“시건방진 소리 하지 마라. 네놈이 코우리 주제에 일본인 행세를 하고 있는 걸 다 알고 있다.”

“코우리도 훌륭한 일본인이다. 너희들의 야만행위를 묵시하는 그런 일본인이 아니야.”

이런 와중에 주변은 이미 어둠에 휩싸였고 폭민들도 슬슬 지쳐가고 있었다. 영청은 발포를 종용해도 쉽게 쏘지 못하는 폭민들을 데리고 자신의 집이 있는 우가와보(宇家窩堡) 쪽으로 물러났다. 그리고 오랜 시간에 걸쳐 선동을 계속하여 내일이야말로 일본 놈들을 몰살시키겠다고 만장기염을 토했다.

나카가와는 영사관에 보고하여 응원대(應援隊)를 파견해 줄 것을 요청했다.

“내일도 다시 습격해 올 텐데, 이쪽은 농민을 포함해도 마흔 명도 채 되지 않는 인원이다. 응원대가 도착할 때까지 침착하게 이곳을 지켜야 한다.”

나카가와는 그렇게 말하고 이통강으로 진을 옮겨 응전할 준비를 갖추고 기다렸다.

날이 밝으면 7월 1일이다. 이른바 7·1 만보산 사건이 발발하는 날의 새벽치고는 유난히도 고요했다.

그들은 어제 폭민이 나타난 우가와보 방향을 가만히 주시하며 긴장된 몇 시간을 보냈다.

“서서히 배를 채우러 가려는 모양이군.”이라고, 완전히 밝아버린 아침 공기를 들이마시며 나카가와가 말했다. 여름 아침의 이 순간이야말로 하루 중 가장 산뜻하고 즐겁게 보낼 수 있는 시간이다.

“그럼 우리도 배를 채웁시다.” 야스모토가 선뜻 응했다.

취사 담당인 의석네는 남아있는 쌀로 밥을 지었다. 나카가와는 주먹밥을 두세 개 집어 들고 부하들에게 각자의 담당 위치를 지시했다. 그리고 저쪽이 발포해도 경솔히 응전하지 말 것, 만약의 경우에는 이 둑과 나루터를 점령할 것, 격전이 되었을 경우에는 농민들 중 지원자에게도 총을 들게 할 것 등의 훈시를 내렸다.

하지만 이쪽은 권총 외에는 한 명도 장총을 들고 있지 않았다. 탄착거리 안에서 상대의 침입을 막는 것밖에 할 수 없었다.

정적은 계속되었다. 막아놓은 둑에서 물이 새어 나오는 소리만이 크게 들려와, 어쩐지 자극적이었다. 마침내 해 질 녘이 되었다.

"오늘은 오지 않을 건가……"라고, 히로오카가 중얼거렸다. 바로 그때였다. 약 2백 미터 전방에 대여섯 가구가 모여 사는 마가소구(馬家小口) 부락에서 돌연 폭민들이 우르르 밀어닥쳤다.

"놈들이 왔다."라며, 그들은 바짝 긴장한 채 대기했다.

말을 타고 선두에 서있는 한명 뒤로 장삼을 입은 남자가 따라왔다. 그리고 어제의 두 배는 족히 될 것 같은 폭민들이 그들의 푸른 옷을 입은 채 새까만 무리를 지어 달려왔다. 갑자기 광야에 몰아닥친 돌개바람 같았다.

"천 명은 되겠군."이라고 나카가와가 판단했다.

"말을 탄 사람은 만보산 공안국 분국장으로 보입니다."라고, 나카가와 일행의 뒤에 있는 삼성이 외쳤다.

"저 장삼을 입은 놈은 손영청입니다."

"영명도 선두에 서 있어요."

"어디서 저 많은 무기를 구했을까요?"

"공안대원도 섞여 있어요."

나카가와가 모두를 제지하며 말했다.

"조용히 하세요— 이쪽은 인원이 적습니다. 섣불리 대항하면 안 됩니다."

들이닥친 폭민들은 맞은편의 둑에서 갑자기 멈추었다. 도랑은 그들의 그림자로 순식간에 어두워졌다.

말에 탄 사람이 위풍당당하게 이쪽을 향해 소리쳤다.

"이 사람들은 자기 권리를 옹호하기 위해 온 것이다. 소유권을 침범당하지 않으려는 정당방위에 나선 것이니 본관은 강제로 제지할 생각은 없다. 만일 어떤 불상사가 발생하더라도 그것은 귀관의 책임이다."

"저놈, 상당한 외교가로군."이라고, 나카가와가 일어서며 말했다. "정당방위라고 하지만, 이쪽은 아무것도 관여하지 않았는데 무슨 방위인가?"

"도랑을 메우러 왔다. 매몰 작업을 방해하면 정당방위로 나서겠다."라고, 얇은 소매를 과장되게 흔들며 손영청이 앞으로 나와 소리쳤다. 그리고 뒤를 돌아보며 핏발이 선 목소리로 메우라고 외쳤다.

폭민들이 우르르 둑으로 몰려와 흙을 파고 퍼올려서 도랑 안으로 던져 넣었다. 물보라가 둑 위까지 튀어 올라 모색에 휩싸인 도랑을 모질게 때렸다.

나카가와가 둑의 가장자리까지 나갔다. 그리고 "멈춰라, 멈춰라!"

고 외쳤다. 그러나 도리를 따지는 말 따위는 하등 소용이 없었다. 그는 첨벙 도랑 안으로 뛰어들었다. 그리고 몸을 던져 상대의 폭거를 막으려 했다. 하지만 손영청은 증오로 핏발이 선 눈을 하고 이놈을 생매장시키라고 소리쳤다. 진흙은 가차 없이 나카가와의 몸에 내리꽂혔다. 숨이 막힐 정도로 흙에 맞으면서도 나카가와는 여전히 무언가를 외치고 있었다. 분격한 나머지 그는 정신을 잃고 그 자리에 쓰러졌다. 앗, 하고 외마디 비명을 지르며 히로오카와 야스모토가 도랑으로 뛰어내렸다. 그리고 나카가와를 일으켜 세웠다. 하지만 손영청은 여전히 폭민들을 선동하여 흙을 던지게 했다.

울컥 화가 치밀어 오른 히로오카는 건너편 기슭으로 뛰어올라갔다. 그리고 손영청의 멱살을 부여잡고 어깨너머로 메쳤다. 무어라 소리를 질렀고 어떻게 난동을 부렸는지, 히로오카는 정신이 없었다. 영청의 몸 위에 올라타서 마구 주먹질을 했다. 그리고 히로오카를 밀어내려고 발버둥 치는 영청을 구하러 달려간 영명이, 히로오카의 주먹에 맞아 비틀비틀 쓰러졌다. 영명은 일어서자마자 히로오카를 향해 권총을 쏘았다. 히로오카는 날렵하게 영명에게 달려들었지만 영명은 몸을 휙 돌려 도망쳤다.

그러자 폭민들은 와— 하고 함성을 지르며 뒤로 흩어지기 시작했다. 도망치나 싶었지만 그렇지 않았다. 마가소구 부락 근처로 물러나 흙담과 논두렁에 몸을 숨기고 난사를 퍼부었다.

"쏴라."라고, 겨우 정신을 차린 나카가와가 외쳤다. "야스모토, 나루터를 지켜라."

야스모토는 세 명의 부하와 함께 나루터 쪽으로 달려갔다. 삼성은 정신없이 그 뒤를 따랐다. 정신을 차리고 보니 창오도 의석도 와 있었다.

시간이 조금 흘렀다. 흥분한 나머지 조준도 하지 않고 총을 쏘아대던 적들은 서서히 진형을 정비하고 좌우로 흩어지기 시작했다. 정확히 나루터를 중심으로 포위 태세를 갖추는 것처럼 보였다. 그리고 야스모토네를 목표로 난사를 시작했다.

탄환은 삼성네의 눈앞에 우박처럼 쏟아졌다.

'놈들은 여기만 집중해서 쏘고 있군.'이라고, 삼성은 생각에 잠긴 채 총알에 맞아 튀어 오르는 물보라를 바라보고 있었다. '이러다 결국 나도 최후를 맞이할지도 모르겠군.'

이쪽에서 쏜 권총의 총알은 폭민들이 있는 흙담의 반턱에도 닿지 못했다. 하지만 나카가와네의 강렬한 기백은 폭민들에게 접근을 허용하지 않았다.

나카가와는 영사관으로 보낼 보고문을 급히 휘갈겨 썼다. "지금 충돌 격전 중, 긴급 지원을 요청한다. 현재 전원 사상자 없음." 전서구는 이 귀중한 쪽지를 몸에 지니고 어느새 어둠이 짙게 깔린 밤하늘로 날아올랐다.

다시로는 11명의 경관에게 즉시 지원을 명령했다. 열한 명이 장춘을 출발한 것은 한밤중인 1시 반이었다. 동틀 무렵 그들은 여가점(呂家店)으로 부랴부랴 달려갔는데 그때 격전의 총성을 듣게 되었다. 하지만 이통강 양안의 버드나무에 가려 적과 아군을 구별할 수 없었다. 그래서 척후병 한 명을 보내 나루터에서 야스모토와 연락을 취하고 강을 건넜다.

폭민들은 이 새로운 총성을 대부대의 지원으로 해석하고 우가와보 방면으로 총퇴각했다.

나카가와는 추격을 멈추고 부대를 재정비했다. 그리고 농민들을 모아 방어진지를 쌓게 했다.

그때 갑자기 육출이 괭이를 내던지고 오열하기 시작했다.

"보기 흉하다. 울음을 그쳐라."라며, 창오가 육출의 뺨을 후려쳤다. "계집애같이 구는 것도 정도가 있지. 지금 이 상황에서 울 여유가 어디 있어?"

"그런 말을 한들 너—"라고, 육출은 항변했다. "우가와보에는 우리 처자식들이 있잖아. 지금쯤이면 이미 놈들에게 몰살당하고 있을 거야."

이 말에 농민들은 가슴이 철렁 내려앉았다. 까맣게 잊고 있던 그들의 가족을 떠올렸기 때문이다.

"무슨 일을 당하더라도 이제 와서 어쩔 수 없지 않으냐."라고, 창오가 자포자기하는 심정으로 말했다.

"우리가 추격하지 않는 이상 설마 그런 잔인한 짓이야 하지 않겠지."라고, 세모가 위로하기 위해 말했다.

"걱정하지 않아도 됩니다."라고, 나카가와가 말했다. "좋은 생각이 있으니 내게 맡겨 두세요."

나카가와는 곧바로 한 통의 편지를 쓰고 “누가 이걸 손영청에게 전달해 줄 사람이 없을까요?”라고 외쳤다.

그것은 여자와 아이들을 해치는 경우에는 그쪽에도 같은 보복 수단을 취할 것이다, 라는 내용이었다.

“제가 다녀오겠습니다.”라고 말하며 창오가 나섰다.

“좋습니다. 다녀오세요. 당신은 말하자면 군사(軍使)이니까 의젓하게 행동하고 와야 합니다.”

창오는 뾰로통한 얼굴을 한 채 어둠 속으로 사라졌다.

민회에서는 다시로가 열한 명의 응원대를 파견함과 동시에 시내에 있는 동포들 중에서 현장의 복구공사에 지원할 인부를 모집했다. 시민들은 동포의 위기 소식을 듣고 격분하여 모집에 응했다. 이 인부들이 현장으로 서둘러 달려간 후 신의달은 시민대회를 열 준비에 착수했다. 이번 개간에 얽힌 경위를 누구보다 잘 알고 있는 그는 손영청과 노 공안국장 등의 정의에 어긋나는 행위를 증오하는 마음이 남들보다 갑절이나 컸기 때문이다.

이 인부들이 현장에 도착한 것은 7월 2일 오후였다. 그들은 나카가와의 지시에 따라 공사 복구 작업에 착수하는 대신 지구전에 대비하여 진지 구축에 종사했다.

그 무렵 다시로가 파견한 두 번째 응원대인 요시나리 경부보 외 10명이 도착하여 무장 대원은 이로써 33명이 되었다.

요시나리는 도착 직후 전서구로 일행의 도착을 다시로에게 알렸으나 그 비둘기는 길을 잃어 영사관으로 돌아오지 않았다.

그래서 다시로가 요시나리 일행이 도중에 강적을 만나 전멸한 것이 아닌가 하고 걱정하고 있을 때, 나카가와가 또다시 구원을 요청해왔다. 다시로는 경찰서장에게 세 번째 응원대를 조직하라고 명령하고 사태가 이렇게까지 악화된 이상 전력을 다해 싸울 수밖에 없다고 결심했다.

이 부대에는 중기관총을 비롯한 무기 탄약을 충분히 준비시켰고 다시로 영사와 경찰서장이 비장한 훈시를 하고 기념사진을 찍는 등 대원들은 결사의 각오로 출동했다. 그리고 두 명의 기마대원에게 척후를 명하여 도중을 경계하면서 음력 십팔일 밤의 달빛을 뚫고 현장으로 서둘러 달려갔다.

우가와보로 퇴각한 폭민들은 오후가 되어도 잠잠했다. 그러나 멀리서 보이는 모습으로는 무언가 필사적으로 진영을 재정비하고 있는 것처럼 보였다. 때를 봐서 그들이 수적 우세를 믿고 역습해올 것이 분명했다.

그러다 4시경, 서서히 기울어지는 서녘 햇볕을 받으며 약 80명가량의 무장 폭도들이 마가소구 부락에 나타난 것 같더니 그대로 우가와보 방향을 향해 거침없이 질주했다. 그들이 각지로부터 증원을 받고 있는 것에 반하여, 일본 측은 새로운 응원대가 오는 것도 모른 채 필사적으로 방어진을 다지고 있었다. 33명의 무장경관을 전열에 배치하고 그 뒤에 지원 인부와 농민들을 엎드리게 하여 폭도들의 습격에 대비하고 있었다.

해가 질 무렵, 나카가와는 전원을 3개 소대로 재편성하고 거기에 농민들을 적절히 배치하여 한 소대씩 교대로 선잠을 자기로 했다.

그러나 폭민들은 달이 태양을 대신할 즈음 분주하게 움직이기 시작했다. 그리고 은은한 달빛 속에서 조그마한 소리도 내지 않으려는 듯 조용히 다가왔다. 그들의 진형은 좌익을 용수로의 둑 위에 두고 마가소구 부락을 중익으로, 이통강의 둑에 우익을 배치하여 일본 진영을 반원형으로 에워싸고 있는 것이 명확하게 보였다.

"적은 우리를 포위 섬멸하려는 음모를 꾸미고 있지만 우리 쪽의 응원대도 곧 도착할 것이라고 생각한다. 그때까지 대여섯 시간만 열심히 버티자. 탄환은 이제 거의 남아 있지 않으니 총알 한 발도 낭비하지 마라. 적을 충분히 유인한 후에 쏘도록 해라."

지켜보는 와중에도 폭민들은 거리를 좁혀왔다. 왼쪽 부대가 갑자기 속도를 높여 용수로를 따라 달려오더니 순식간에 오두막이 있는 근처에서 흩어졌다.

두 개의 깃발이 오두막 앞에 세워지는 것이 선명하게 보였다. 청천백일기와 다른 하나는 흰 천으로 된 깃발이었다. 그 근처에 엎드려 있는 히로오카 순사는 그 깃발에 매국노 학영덕, 이라고 묵흔마저 생생할 정도로 굵은 글씨로 쓰여 있는 것을 읽었다.

저쪽의 목소리는 이제 손에 잡힐 듯이 들렸다. 어쩐지 흥분한 노성이 끊임없이 들려왔는데 누군가가 전투에 익숙하지 않은 폭민들을 꾸짖고 있는 것 같았다.

그리고 마침내 저쪽에서 전투를 개시했다. 총알은 숨 쉴 틈도 없이 날아왔지만 폭민들의 조준이 엉망이었던 탓에 일본 진영의 훨씬 앞쪽에서 튕겨나가거나 도랑에 물보라를 일으키거나 머리 위로 윙윙 소리를 내며 높이 날아갔다.

"좀 더 유인해라. 아직 쏘지 마라."라고, 나카가와는 속삭이는 듯한 작은 목소리로 말했다.

폭민들은 한곳에 멈춰 서서 무턱대고 총을 쏘기만 할 뿐 돌진해 들어오지는 않았다. 하지만 그들 사이에서 거칠게 꾸짖는 소리가 나자 폭민들은 비슬비슬 일어나 대여섯 걸음 전진해 오더니 허둥지둥 엎드렸다.

폭민들은 이미 충분히 아군 권총의 탄착거리 안으로 들어오고 있었다. 나카가와는 그제야 "쏴라!" 하고 명령했다.

이쪽의 총알은 저쪽의 코앞에서 흙먼지를 일으키며 힘차게 튀어 올랐다. 폭민들이 깜짝 놀라 뿔뿔이 흩어져 후퇴했다. 그러자 요란한 질책소리가 퇴각하는 폭민들을 저지했다.

삼성은 아군의 분전(奮戰)에 힘을 얻고 있었지만 아군의 서른 배나 되는 폭민들이 한꺼번에 몰려들기라도 하면 이쪽은 또다시 속수무책으로 당할 것 같아 숨이 턱턱 막힐 듯한 초조함에 시달리고 있었다.

전진했다가 후퇴하는 폭민들을 바라보며 쉴 새 없이 계속되는 총성에 정신을 잃을 지경이었지만 총격전이 시작된 이후로 이미 상당한 시간이 흐른 것처럼 느껴져, 초조한 나머지 한시라도 빨리 최후의 순간이 오기를 바라기도 하는 기묘한 심리에 빠져들었다.

아군의 결사적인 응전에 신뢰는 가지고 있지만 집요하게 총을 쏘아대는 적의 대부대를 앞에 두고는 음울한 압박감을 어찌할 수 없었다. 울적해 오는 감정을 참을 수 없어 무의식중에 몸을 일으켜 참호를 뛰쳐나가고 싶은 마음이 굴뚝같았다. 왁— 하고 적진으로 뛰어들고 싶은 심정이었다.

실로 길게 느껴지는 시간이 흘렀지만 적들은 줄기차게 총을 쏘아댔다. 마치 소나기가 옆에서 퍼붓는 것 같았다. '끈질긴 놈들이다.'라고 삼성은 생각했다. 문득 저 총알에 맞아 죽으면 어떨까 하는 생각이 떠올랐다. 그러자 아버지의 죽은 얼굴이 보였다. 그리고 형의 그 처참한 최후가 생각났다. '내가 죽으면 우리 일가는 이제 전멸이다.'라는 생각에 쓸쓸한 마음을 견딜 수 없어 한줄기 눈물이 조용히 뺨을 타고 흘러내리도록 내버려두었다. '우리를 위해 싸우고 있는 사람들을 앞에 두고 이래서는 안 된다.'라며, 그는 곧바로 스스로를 부끄러이 여겼다. 그리고 눈물을 닦고 빗발치듯 날아오는 총알 소리에 정신을 집중했다. 하지만 익숙해지자 또다시 기묘한 정적이 그의 마음에 스며들었다. 그리고 형들과 함께 죽어간 젊은이들, 용병에게 능욕을 당한 옥희의 여동생과 그 일가의 죽음, 영준 일가의 최후, 그러한 참사들이 순서도 없이 떠올랐다. '인간이 죽는다는 것은 보잘것없는 일이다.' 삼성은 머리 위를 스쳐 가는 총알 소리를 들으며 생각했다. 하지만 슬픔은 죽음에 대한 것은 아니었다. 아버지가 돌아가신 이후 정착할 땅, 아버지와 형의 유골을 모셔와 그들의 생명을 영원히 이어줄 집을 아직 찾지 못했다는 유감에 대한 것이었다.

개간지에 다다를 때마다 마주치는 고난이 언제까지나 그들을 떠나지 않고 따라다녔다. 그리고 이런 고난에도 불구하고 개간을 계속하려는 자신들의 강한 끈기에 스스로 탄복하는 것도 그 때문이었다.

그때, 누군가 갑자기 와악, 소리를 지르며 참호를 뛰쳐나갔다. 그 호리호리한 남자가 의석이라는 것은 금방 알 수 있었다. 하지만 세모와 삼성의 외침보다 먼저 나카가와가 호되게 꾸짖으며 참호 안으로 다시 밀어 넣었다.

"위험한 짓을 하는 놈이군. 어쩌자고 그렇게 무모한 일을 벌이는 거야."라고, 나카가와는 자신의 위치로 돌아가며 말했다.

"죽고 싶습니다. 난 살고 싶지 않아요."라고, 의석은 몸부림치며 외쳤다.

"개죽음이다. 죽을 때가 오면 죽게 할 수도 있겠지만 허망하게 죽어 버리면 내 체면이 뭐가 되겠는가."라고, 나카가와는 천천히 조준을 맞추며 말했다. 하지만 나카가와는 의석의 가슴에서 격렬히 요동치는 번민을 이해할 여지도 없었다. 그날 아내가 능욕당하고 죽은 이후, 겉으로는 평온해 보였지만 의석의 슬픔은 계속 불타오르고 있었다. 그 역시 삼성과 같이 울적한 마음을 견디지 못하고 이런 발작을 일으킨 것이었다.

이미 자정도 지나고 있었다. 총을 쏘느라 지친 폭민들도 잠시 참호 속에 몸을 숨기고 서쪽으로 기울어 이울어진 잔월을 바라보고 있었다.

나카가와는 보초를 남기고 나머지 대원들에게 휴식을 명령했다.

그때, 야스모토가 조용히 기어 와서,

"응원대가 도착했습니다. 나루터에 인부를 몇 명 보내주시겠습니까?"라고, 작은 목소리로 보고했다.

"그래—"라고, 나카가와는 투지를 불태우듯이, "좋다. 인부들은 곧 보내겠다. 그리고 적에게 들키지 않게 이쪽에서 먼저 총을 쏘겠다. 그 틈을 타서 넘어가도록 하라."라고 대답했다.

야스모토는 그가 사수하고 있는 나루터로 돌아갔다.

"인부가 필요하다. 탄환을 운반해야 한다. 누가 자원해서 가겠나."라고, 나카가와가 뒤를 돌아보며 말했다. "의석, 자네는 어떤가?"

"가겠습니다."라고, 나카가와의 말과 동시에 의석이 자진해 나섰다.

"저도 가겠습니다."

"저도—"

삼성과 수봉 그리고 민수가 차례로 외치며 나섰다. 그리고 잇따라 여덟아홉 명의 지원자들이 나왔다. 나카가와는 일곱 명 정도를 선발해 나루터로 보냈다.

"포복해서 가게. 자네들이 도착할 즈음에 이쪽에서 사격을 시작할 거야. 그것을 신호로 배를 띄우게."라고, 나카가와가 뒤쫓아 가듯이 명령했다.

삼성네는 숨을 죽이고 기어가고 있었다. 기쁨과 안도감이 오히려 그들을 격렬한 불안으로 몰아넣었다.

"그럼, 잘해 봐."라고, 야스모토가 삼성네에게 말했다.

나카가와가 총을 쏘기 시작했다. 그러자 폭민들은 허둥대며 응전을 시작했다.

탄환은 이전과 마찬가지로 나루터에 무섭게 집중되었지만 응원대의 도착을 알아챘기 때문은 아닌 듯했다. 그들은 이제 습관적으로 나루터에 포화를 퍼붓고 있었다.

나룻배는 총알에 맞아 여러 군데 구멍이 뚫려 있었다.

"신경 쓰지 말고 띄워."라고, 삼성은 불타는 마음을 참지 못하고 말했다.

밑바닥이 평평한 배는 천천히 물살을 따라 밀려났다. 뛰어올라 탄 청년은 목숨을 건 노를 마구 저었다.

중류로 나갈 때까지 숨을 죽이고 있던 그들도 건너편 강기슭에 가까워지자 한숨 돌리고 등 뒤로 멀어져 가는 총성을 뒤로 한 채 배를 힘껏 몰고 나아갔다.

버드나무 밑동에서 기다리고 있던 응원대가 잽싸게 배에 올라탔다. 삼성네는 둑 위에 부려놓은 탄환을 물가까지 운반하러 올라갔다.

삼성은 높이 쌓인 상자에 담긴 탄환에 달려들었을 때,

'이 총알들이 우리를 살려줄 거야.'라는 생각이 들어 와락 껴안고 울음을 터뜨렸다.

1400발이나 되는 탄환을 채워 넣은 상자를 삼성네는 사랑하는 자식이라도 안은 듯 온 마음을 다해 옮기기 시작했다.

그 사이 나룻배는 적에게 들키지 않고 두 번 왕복했다.

'이번이 마지막인데—'라고 생각하며 삼성은 짐을 모두 실은 배에 올라탔을 때 또다시 숨이 막힐 듯한 긴박감을 느꼈다.

현장으로 건너간 응원대를 맞이하며 아군의 사기는 더욱 앙양되었다. 적은 이번에도 또 아군의 대규모 증원대가 도착했다는 것만으로도 이미 겁을 먹고 퇴각의 조짐을 보이고 있었다. 그러나 삼성네의 이 탄환을 가득 실은 배는 결국 적에게 발각되어 강가로 나온 적의 집중사격을 받게 되었다. 총알은 배의 좌현에 가까운 물살 속으로 돌팔매처럼 날아들었다. 화들짝 놀란 삼성네는 순간 어찌할 방법이 없다는 듯 망연히 있었지만 상류로 노를 저어 탄착 거리에서 벗어날 수밖에 없다는 사실을 마침내 깨달았다.

이 위기는 나루터를 지키고 있던 야스모토 부대가 즉시 알아차렸고 야스모토의 견제로 적은 강가에서 떨어져 나갔다.

배를 무사히 넘긴 삼성은 지나친 긴박감에 녹초가 되어 쿵 하고 물가에 쓰러졌다.

그때, 그의 이름을 부르며 달려오는 남자가 있었다. 삼성은 아차 싶은 생각이 들었다.

"너, 창오 아니냐?"

죽은 사람과 상봉한 듯한 놀라움에 삼성의 눈은 흐릿해져 버렸다.

"그래. 우가와보에 갔다가 지금 막 돌아온 참이야."라고, 창오는 무뚝뚝하게 말했다.

그 순간 삼성은 갑자기 어머니를 떠올렸다.

"그래서, 다들 무사하더냐?"

"응— 그런데 꽤 겁을 먹은 모양이야. 나를 만나자마자 다들 엉엉 울음을 터뜨렸어. 우리 집 여편네랑 애들이랑 다 같이 모여서 나를 가지 못하게 붙잡는데 겨우 빠져나왔어."라고, 창오는 단숨에 이야기했다.

"만나러 갔어? 어떻게 그곳에?"라고, 삼성은 깜짝 놀라며 말했다.

"천천히 얘기하고 있을 시간도 없지만—"라고, 바로 그 순간 또다시 격렬하게 서로 맞서 쏘아대고 있는 총성에 귀를 기울이며 빠른 어조로 말을 이어갔다. "나카가와 선생의 편지를 들고 갔는데 놈들이 멀리서 날 노리고 총을 마구 쏴대더라고. 대여섯 발이 휘휘 내 어깨를 스쳐 지나갔어. 망했다고 생각했지만 느릅나무줄기 뒤에 숨어서 편지를 내밀고 열심히 흔들었어. 그러자 총격이 멈추고 왕 그 놈이 뛰어왔지. 그래서 내가 말했어. '네게 건네줄 수 없다. 손영청에게 와달라고 전해라.' 그러자 얼마 뒤에 손영청이 왔어. 그 사이에 여러 가지 복잡하게 얽힌 이야기가 있었지만 지금은 그런 얘기까지 할 여유는 없네. 아무튼 그래서 나는 손영청에게 말했어. 어떤 얘기냐면 사이가 나빠지기 전의 일을 얘기했어. 그래서 '여자와 아이들, 노인들을 잔인하게 대하지는 않겠지요.' 하고 못을 박았어. 놈은 그 정도로 이성을 잃지 않았다고 대답했지만 언제까지나 용수로에 매달려 있는 한 보증은 할 수 없다고 지껄여댔지."

"그래서 지금까지 어디 있었어?"

"숲속에 숨어 있었어. 잠깐이라도 가족을 만나지 않으면 도저히 미련을 떨칠 수 없어서 돌아갈 수 없었거든. 해가 저물자 마침 운좋게 놈들이 이동해 갔어. 그 틈에 부락으로 들어가 처자식을 만났지.”

“허—” 하고, 삼성은 감탄했다. 평소였다면 농담이라도 한마디 던지고 싶었지만, “아무튼 다행이네.”라고 안도하며 말했다.

“그래, 정말 다행이지.” 잠시 다시 총소리에 귀를 기울이고, “어쨌든 저쪽으로 가서 탄약 운반이라도 거들어야겠다.”라고 말하며 재빨리 기어 나갔다.

전투는 새벽녘까지 계속되었다. 달이 지고 잠시 어둠이 깔렸을 무렵 총격전은 멈췄지만 날이 완전히 밝아올 때쯤 나카가와는 폭민들이 잘 보이는 곳에 기관총을 설치해놓고 난사하기 시작했다.

이는 엄청난 효과를 발휘했다. 폭민들은 이 무기의 위력에 대해 미신적인 공포를 가지고 있었다. 폭민들은 그들의 지휘관의 명령을 거역하고 일제히 퇴각하기 시작했다.

10

이 사건 직후에 발생한 각지의 대일 압박은 날이 갈수록 더욱 노골화되었다. 7월에서 8월 사이에 일어난 사건들 중 주요한 것들을 열거하면 다음과 같다.

하얼빈의 조선인 소학생이 중국인 학생에게 폭행을 당해 1명이 부상을 입었다.

수화에서 선농 40가구가 중국인 지주의 압박을 받아 추방되었다.

동지나 철도 남부선 도뢰소(東支那鐵道南部線陶賴昭) 부근의 선농이 중국 관헌에 의해 추방되었다.

흑룡강성 오지에서 선농들이 경영하는 용수로가 폭도들에 의해 파괴되었다.

길림성 정부는 짐마차 삼십여 대에 선농 백 명을 묶어 성내로 압송했다. 죄명은 통비였으며 그중에는 열두세 살짜리 아이도 섞여 있었다.

장작상(張作相)은 일본인 배척에 관한 훈령을 내렸다.

돈화에서는 천 명의 군중이 만보산 사건에 대한 보복을 외치며 시중에서 시위행진을 벌였다.

남경시 당부는 만보산 사건에 대해 전국에 전보를 발송하여 일본과의 영구적인 경제 단교를 즉시 실행할 것을 결의했다.

이에 대해 장춘, 봉천 등 각지의 거류민들은 거류민 대회를 열어 중국 측의 불법 행위를 비난하고 항의를 제출했다. 그리고 도쿄에서는 청년연맹 대표 다섯 명이 상경하여 진정을 올림으로써 선만(鮮滿) 문제 유지 대회가 7월 21일 오후 6시부터 우에노 세이요켄(上野精養軒)에서 개최되었다. 조야의 명사 800여 명이 참석한 가운데 우치다 료헤이의 개회사에 이어 기쿠치 중장을 좌장으로 추대하고 다음과 같은 결의를 선언한 후 연설회는 시작되었다.

결 의

일, 재만몽 동포 선인에 대해 즉시 현지 보호를 실행한다.
이, 기정 조약을 철저히 이행하여 제국의 만몽에서의 특수 권익의 지반을 확립한다.

만주로 이주한 선농들이 그들의 30년에 걸친 개간사에 기록되어야 할 피로 얼룩진 참사들은 이 만보산 사건을 계기로 차례차례 드러나기 시작했다. 그리고 만보산 사건보다도 수십 배는 더 심한 선농 압박의 진상이 세상에 밝혀졌지만 후일 국제연맹의 조사원들은 일본에 불리한 보고서를 작성하기 위해 선농들의 이 비참한 실정에는 단 한 번도 눈길을 주지 않았다.

이러한 불의가 공공연히 행해졌다는 사실을 알게 된 조선 내 사람들이 그동안 우호적인 정애로 대해왔던 중국인들에 대한 태도를 바꾸기 시작한 것은 당연한 일이었다.

어쨌든 만보산 사건을 계기로 일중 양국의 감정은 점점 더 소원해지고 첨예화되었다.

8월 상순까지 나카가와 일행은 경호를 맡았다. 그동안 삼성네는 용수로의 완성을 서두르고 있었다. 이미 경작 시기는 완전히 지나갔지만 다가올 봄의 농경에 대비해 혹한기에 접어들 때까지는 계속 일할 생각이었다. 이즈음에 잠시 피난을 갔던 이민자들도 어디선가 다시 돌아와 그들의 대열에 합류했다. 하지만 이후에 합류한 약 백육십여 가구는 여전히 약간의 불안을 남겨둔 채 가족은 데려오지 않고 장정들만 일하러 보내는 신중한 태도를 취했다.

나카가와네 경호대가 철수한 이후로는 농민들은 자신들이 직접 경계를 하면서 일을 계속해 나갔다.

그러나 불안은 여전히 그들의 마음을 무겁게 짓눌렀다. 각 도시의 배일 시위가 날이 갈수록 치열해지면서 질 나쁜 유언비어가 그들을 캄캄한 불안의 도가니로 몰아넣었다. 그중에서도 음력 8월 14일 추석 전날을 신호로 발발할 항일 대음모가 착착 진행 중이다, 라는 소문이 그럴듯하게 퍼졌다. 그날 만주의 모든 원주민들은 각자 책임을 지고 일본인, 특히 선농을 공격해야 한다. 그 방법은 독만두를 이용하든 창이나 총을 사용하든 수단을 가리지 말라는 것이었다. 어쨌든 이 만주의 구석구석에서 일본인의 모습을 없애야 한다는 것이었다고 한다.

삼성네는 설마 그런 잔인한 일이 일어나겠느냐며 바로 지난달에 겪은 재앙에도 불구하고 그렇게 흘려들으려 했다. 그들과 한 집에서 기거를 같이 하고 있는 원주민의 사람 좋은 얼굴을 보면 그런 잔인한 행위를 계획하고 있다고는 도저히 생각할 수 없었기 때문이다.

어느 날, 그들은 개간지에 있었다. 그 난리통에 뿌린 벼는 어떻게든 자라기는 했지만 여기에 꽃이 피고 이삭이 여물 것 같지는 않았다. 그들은 백양을 뽑아내며 조금씩 자신들의 논을 넓히는 일에 몰두하느라 다가올 겨울의 기아도 잊고 있었다.

한낮 무렵이었다. 이통강의 나루터 쪽에서 두 명의 원주민 남자가 갑자기 맑게 갠 대기 속에 마치 둥둥 떠 있는 듯한 모습으로 이쪽을 향해 다가오고 있었다.

"누가 온다."라고, 육출이 일손을 놓고 말했다.

이미 경계심을 완전히 풀고 있던 그들도 잠깐 동안이지만 한껏 긴장한 얼굴로 다가오는 사람을 주시했다.

"뭐야, 곽 선생님이잖아."라고, 창오가 말보다도 먼저 넘쳐흐르는 기쁨의 감정을 드러내며 말했다. "이 먼 곳까지 분명 나를 만나러 온 것일 거야."

용수로 변두리로 나간 창오는 자신의 은인을 맞이하기 위해 걸음을 옮겼다. 그의 모습은 멀리 작아져 갔다. 그리고 무언가 애정 어린

대화를 나누는 듯하더니 다시 돌아왔다. 삼성네 옆을 지날 때,

“황니하역에서 오셨대. 잠깐 집으로 모시고 갈게.”

너무 반가운 나머지 얼굴을 시뻘겋게 붉히며 말했다.

오랜 시간이 지나고 창오는 아까의 노인과 노인의 종처럼 보이는 청년을 데리고 왔다. 그리고 다시 의미심장하게 웃어 보이고는 이통강 쪽으로 점점 작아져 갔다.

이윽고 개간지로 돌아온 창오는 삼성의 곁으로 다가와 말을 꺼냈다.

“곽 선생님께서 그때의 돈을 가져다주셨어. 지금 또다시 위험한 상황인 듯해 도저히 가지러 올 수 없을 것 같아 보였다는 이유로 말이야.”

“돈이라면, 피난할 때 맡겨두었던 그 돈 말인가?”라고, 삼성이 물었다.

“그래. 천이백 원 정도의 봉표를 말이야. 나는 이제 완전히 포기하고 있었는데. 그런데 곽 선생이 말씀해 주셨어. 봉표는 날이 갈수록 폭락하고 있으니 지금이라면 설령 1원 10전의 비율일지라도 현금으로 바꿀 수 있을 테니 가져다주겠다고, 그렇게 생각하고 나오셨다는 거야.”

“그럼 지금 당장 장춘에 가져가면—”

“전부 합쳐서 백 엔은 될까. 그보다도, 그 소문은 사실인 것 같아.”라고, 창오는 얼굴색을 바꾸며 말했다.

“그 소문?”

"추석의 대음모 말이야."

"그래—"라며 육출이 옆으로 다가왔다. "그럼 역시 우리는 당하는 건가. 우라질, 정말 배알이 뒤틀리는 놈들이군. 어느 쪽이든 우리를 살려둘 수 없다는 거지. 흥, 신이시여, 보시옵소서. 우리에게 대체 무슨 죄가 있어서 이렇게까지 괴롭힘을 당하는 걸까요."

"그러게나 말이야. 우리 조상님들은 상당히 나쁜 짓을 했던 모양이야. 가는 곳마다 이래서는 정말로 끔찍하군."이라고, 동술이 원통하다는 듯이 말했다.

"하나밖에 없는 목숨이다. 두 번 뺏기진 않겠지." 삼성이 탄식했다.

"하나밖에 없는 목숨이니까 빼앗기고 싶지 않은 거잖아. 말도 안 되는 소리 하지 마."라고, 육출이 화를 내며 말했다.

"육출— 너는 먹보이니까 만두를 받아먹지 마라."라고, 인석이 조금 떨어진 곳에 쭈그리고 앉아 담배에 불을 붙이며 말했다.

"이런 놈은 눈앞에서 독을 넣어도 분명 덥석 물 거야."

삼성이 육출의 머리를 쥐어박으며 말했다. 가벼운 웃음이 모두의 사이에서 터져 나왔다.

"그럴지도 모르지. 저 녀석은 설령 죽임을 당했더라도 어쨌든 먹고 나서의 이야기니까."

"흥, 사람을 바보로 보네. 여기 있는 녀석 중에 먹지 않고 살아있을 수 있는 놈이 있다면 한번 만나보고 싶군. 그놈의 면전에 절을 해주겠어." 육출은 아우성쳤다.

"뭐, 이렇게 농담이라도 할 수 있는 동안은 괜찮은 편이지. 그것이 사실이라면 제대로 생각해 봐야겠네."라고, 인석이 말했다.

"아니, 괜찮아. 놈들의 횡포는 이번에야말로 송두리째 뽑혀버릴 거야." 창오가 대답했다.

"어떻게?"

"그건 모르겠어. 그냥 왠지 그런 느낌이 들어."

창오의 이 막연한 예감은 적중했다. 그들이 9·18 만주 사변의 발발을 알게 된 것은 19일 정오쯤이었다. 민회에서 김용옥이 장춘으로 철수할 것을 통보하러 온 것이다.

"아, 잘 됐다."라고, 창오는 외치듯 말했다.

사람들도 음력 추석날이 다가오는 것을 음울한 마음으로 지켜보고 있었는데 그 직전에 그 음모가 뒤엎어진 느낌이었다.

"장춘이 점령되기 전까지 우리는 농성할 겁니다. 맨몸뚱이만으로도 좋으니 당장 철수해 주십시오. 패잔병의 피해는 비적의 습격에 비할 바가 아닙니다."라고, 위험을 무릅쓰고 먼 길을 달려온 김용옥의 얼굴에는 결사의 의지가 넘치고 있었다. 그가 장춘을 빠져나올 무렵에는 이미 도시 전체에 계엄령이 내려진 상태였다.

"어떻게 할까?"라고, 삼성은 김용옥이 대다수 피난민을 인솔해 떠난 후 창오에게 물었다.

창오는 남아있겠다고 버티고 있었기 때문에 삼성도 망설이고 있었다.

"나는 역시 여기 남을 거야."라고 말하는 창오는 완고했다.

"너는 왠지 영준을 닮았구나."라고, 삼성은 언뜻 어두운 그림자에 겁을 먹으며 말했다.

"너희들의 당황한 모습을 보고 있자니 사실 웃음이 난다. 김용옥 선생은 그런 말을 하지만 나는 전혀 두렵지 않아. 불안하지도 않다. 뭐랄까, 정말 밝은 느낌이야. 어둠 속에서 등불을 만난 것 같아."

"…………" 창오의 말을 부정할 수도 없어서 "그렇구나."라고 말하며 왜인지 미심쩍은 마음으로 삼성은 창오를 계속 지켜보고 있었다.

"이제 마지막이다. 비적의 습격에 겁먹었던 그 시절과는 아주 딴판이야."라고, 창오는 혼자서 마구 떠들어대고 있었다.

"…………"

"그때는 무한히 계속되는 재앙이었지. 언제 끝날지도 모르는 재난 속을 버젓이 돌고 돌아다녔던 우리들이다. 하지만 이제 재난은 끝이다. 적어도 비적의 습격은 끝난 거야."

"하지만 너, 패잔병이……"

"장춘이 점령되면 그것도 끝이야."

"그러니까 그전까지가 위험하다는 거야."

"그건 위험하지."

"그런데 왜 남겠다고 하는 거야?"

"왠지 떠나고 싶지 않아. 괜찮을 것 같다는 느낌이 들어. 내 마음은 새벽녘의 동쪽 하늘처럼 빛나기 시작했어."

'이 녀석, 뭔가 신들린 것 같은 말을 하는구나.'라고, 삼성은 생각했다.

“아침놀의 구름처럼 내 마음은 물들어가고 있어. 이대로 가만히 있고 싶어. 움직이고 싶지 않은 건 그래서야.”

“이해가 안 가네. 영준의 전철을 밟고 싶은 거냐, 너는?” 삼성은 분통을 터뜨렸다.

“화를 내도 어쩔 수 없어. 재난의 마지막 모습을 나는 이 눈으로 똑똑히 보고 싶어.”

“정신이 나갔구나 넌. 목숨을 버리는 놈들은 다 고만고만한 소리를 해. 영준은 뚱하게 입을 다물고 있었지만 매한가지야. 그래, 마음대로 해라.” 삼성은 잔뜩 골이 난 채 나갔다. 하지만 도저히 미련을 떨쳐버릴 수가 없어서 다시 돌아가 말했다. “하지만 절대 조심해라. 이건 위험하다고 생각되면 바로 대피해. 버들 숲으로든 어디로든—”

삼성은 어머니의 손을 잡고 이통강을 따라 장춘으로 서둘러 달려갔다. 주변의 버들과 멀리 보이는 느릅나무숲, 지평선은 여느 때와 다름없이 가을 하늘 아래서 고요히 휴식을 취하고 있었다. 그러나 들판에는 일하는 사람들의 모습도 보이지 않았고 그런 곳에서 전쟁의 냄새를 맡을 수 있었다. 그리고 이 사변이 자신들의 그 만보산 사건에서 직접적으로 기인했다는 것을 생각하면 왠지 모르게 자신들의 존재가 크게 느껴졌다.

삼성은 문득 창오의 말을 떠올리며,

“정말이네. 이것으로 이제 재앙은 영원히 사라질 거야.”라고 중얼거렸다. 여기서 말하는 재앙이란 비적의 습격이나 이 나라 관청의 생트집 등 모든 인재(人災)를 의미했다. 그들에게는 가뭄이나 홍수 같은 천재는 문제가 되지 않았다.

'철저히 끝내줬으면 좋겠다. 그리고 언제까지나 점령해 줬으면 좋겠다.'라고, 그는 또 생각했다. 이 전쟁에서 일본이 패할 것이라고는 눈곱만큼도 의심하지 않았다. 그날 단 서른 몇 명으로 천여 명의 폭민들을 물리쳤던 일을 상기함으로써 그는 그런 확신을 가지게 되었다.

한 시간만 더 가면 장춘에 도착할 수 있는 지점까지 왔다. 이쯤에서 슬슬 경계하기 시작해야 했다. 도시는 아직 장학량 군의 손에 있는지, 일본군이 점령한 것인지 도무지 짐작이 가지 않았던 그들은 어느 쪽에서 시가에 들어왔는지를 차분히 생각할 필요가 있었다. 버드나무 밑동에 앉아 삼성은 어머니와 둘이서 주먹밥으로 배를 채웠다.

"해가 질 때까지 기다립시다. 낮에는 아무래도 위험한 것 같아요."

"그래. 밤에도 민회의 위치를 알 수 있다면 말이야."

해가 지기까지는 오랜 시간이 걸렸다. 한곳에 가만히 있는 것은 실로 위험했기 때문에 삼성 모자는 다시 걸음을 재촉했다.

그런데 그들이 버들 사이에서 나와 몇 걸음 채 걷지도 못했을 때, 오른쪽 숲속에서 와악, 하는 외마디 비명 소리가 들렸다. 깜짝 놀라 멈춰 섰으나 자신들과 같은 복장의 처녀가 뛰쳐나오자 두 사람은 안도의 한숨을 내쉬었다.

"도와주세요."라고 애처롭게 외치며 처녀는 삼성의 어머니의 가슴에 매달렸다. 그리고 새파랗게 질린 채 흐느끼기 시작했다.

무슨 까닭일까, 삼성은 안타까운 듯이 처녀의 옆얼굴을 바라보았다. 오동통한 뺨이나 가는 어깨와 허리를 보며 아무리 판단해 보아도 한 번도 본 적이 없는 처녀였다. 이 근처에 만보산 개간민 외에 동포의 입식이 있었다는 이야기는 듣지 못했다.

어머니는 처녀의 어깨를 쓰다듬어 주었다. 그리고 처녀를 안은 채 길가에 앉았다.

"이젠 울지 마시게. 우리가 옆에 있으니 이제 괜찮을 거요."

어머니는 별다른 말없이 그저 그렇게 말씀하셨다.

처녀의 어깨는 여전히 심하게 떨리고 있었다.

"아가씨는 왜 그런 곳에 있었던 건가?"

처녀는 격렬한 흐느낌 때문에 대답을 할 수 없었다.

"부모님은 안 계시나?"라고, 어머니가 다시 물었다.

"계, 계십니다."라고, 처녀는 겨우 대답했다.

"두 분 모두?"

"네."

"형제도 있나?"

"네, 남동생과 여동생이……"

"그럼 다들 어디로 갔나?"

"피난 갔어요."

"그럼 왜 아가씨 혼자 남게 된 건가?"

"도중에 놓치고 말았어요."

처녀는 그제야 어머니의 품에서 떨어졌다. 가만히 연분홍색 저고리의 고름으로 눈가를 누르고 있었다.

"놓쳤다고? 어쩌다 일행을 놓쳤어?"

"많은 사람들을 따라 달리고 있었는데 문득 정신을 차려보니 어머니도 아버지도 없어졌어요. 주변에는 온통 다른 사람들뿐이었고 이건 분명 저 혼자 먼저 달려온 것이 틀림없다고 생각했어요. 그래서 다시 돌아간 사이에 모두와도 떨어져 버리고 무서워져서 저쪽에 숨어있었어요. 누가 지나갈 때까지 기다리고 있었어요."라고 말하며 처녀는 다시 울기 시작했다.

"이제 그만 울어."라고, 어머니는 조금 엄하게 말했다. "그래서 아가씨네는 어디 살았어?"

"삼성보에 살았어요."

"삼성보?"라고 되물으면서, 어머니가 삼성 쪽을 돌아보며 이 처녀를 본 적이 있느냐, 라고 묻는 듯한 눈짓을 했다. 삼성은 고개를 가로저었다.

"그럼 나중에 온 사람들이겠네?"라고, 어머니가 물었다.

"네, 돈화에서 왔어요."라고, 처녀는 의외로 시원시원하게 대답했다. 그 말에 따르면 창오네 뒤를 이어 피난 온, 창오의 부락과 인접한 부락의 사람들인 것 같았다.

"그럼 창오라는 사람을 알고 있나?"

"네. 잘 알고 있어요. 아버지가 늘 신세를 지고 있어요."

"그런데 왜 지금까지 모르고 있었을까."라고, 어머니가 삼성을 보며 말했다.

"강가와보와는 꽤 멀리 떨어져 있으니까요."라고, 삼성은 대답했다. 창오도 삼성과 같은 부락에 살고 있었기 때문에 어쩌면 창오도 알아차리지 못했을지도 모른다. 이런 생각까지 하게 된 까닭은 다름이 아니었다.

'어쩌면 이 처녀가 언젠가 얘기했던 그 처녀일지도 모른다.' 그런 생각이 어머니에게도, 또 삼성에게도 번뜩 떠올랐기 때문이었다. 모자는 흘끗 주고받은 서로의 눈빛에서 분명 그렇게 서로 말했던 것 같았다.

"그래서 아가씨 이름은 뭔가?"라고, 어머니가 조금 캐고들 듯이 물었다.

"영순이라고 합니다."

"아버님은 박 선생님이셨지?"

"네—" 의아한 듯, 영순은 삼성의 어머니를 바라보았다. 검은 눈동자는 맑았다. 힐끗 쳐다보던 삼성은 낯간지러워서 슬그머니 고개를 돌렸다. 가슴이 갑자기 두근거리기 시작했다.

"자꾸 이런 걸 물어봐서 미안하지만 나이는 어떻게 되나?"

"열일곱입니다."

"그래—" 만사가 정해졌다는 듯이 어머니는 고개를 끄덕였다. "자, 걷자구. 세상에 이런 기연도 다 있네."

처녀는 무슨 말인지 이해하지 못했다. 그저 동행자가 생겼다는 사실에 안도하며 가슴을 쓸어내리고 있을 뿐이었다.

“가족들은 지금쯤 얼마나 걱정하고 있을까요?”라고, 처녀는 혼잣말로 말했다.

“뭘, 민회에 가면 만날 수 있네. 걱정할 필요 없어.”

“네— 아주머니, 정말로 신세를 많이 졌습니다. 저는 어젯밤부터 지금까지 살아있다는 느낌조차 들지 않았어요.”라고 말하며 다시 울먹였다.

“그럼 피난을 간 게 어젯밤인 모양이네.”

“네, 한밤중이었어요. 깜깜해서 누가 누구인지— 중간에 총소리를 듣고 정신없어서 뿔뿔이 뛰쳐나갔으니—”

삼성은 그 순간의 모습을 마음속으로 그렸다. 그리고 한밤중부터 지금까지 살아있다는 느낌도 없이 지냈다는 처녀의 심정을 짐작하고 말로 표현할 수 없는 애통함을 느꼈다. 몰래 위로하듯 처녀의 뒷모습을 바라보면서 ‘창오가 이 일을 알게 된다면 뭐라고 할까.’라고 생각했다.

창오가 있는 강가와보에 패잔병이 습격해왔다는 것을 탐지해 낸 것은 지주이자 창오의 집주인인 갈봉춘이었다. 그는 허둥지둥 창오의 집 문을 두드렸다.

“무슨 일입니까?”라고, 문을 열고 나온 창오가 잠이 덜 깬 목소리로 물었다. 그는 완전히 편안한 기분으로 매일 낮잠만 자고 있었다. 그날의 폭민들이 치안이 문란한 틈을 타 그에게 복수를 다짐하고 있다고 해서 밖으로 나가는 것을 단념하고 있던 참이었다.

“패잔병이 왔네.” 갈봉춘은 새파랗게 질려 있었다.

“장춘은 점령되었습니까?” 창오는 느긋하게 물었다.

“그런 건 모르네. 빨리 도망가.”

“뭐 걱정할 필요 없어요. 곧 일본군이 추격해올 테니까 괜찮습니다. 그때는 제가 당신의 은혜에 보답하겠습니다. 양민이라는 것을 제가 보증해 드리겠습니다.”

갈봉춘은 멍해졌다. 실제로 그럴 수도 있겠구나 하는 생각이 들었다. 그들의 귀에 들어온 풍문의 범위 내에서도 일본군의 추격은 의외로 신속하고 민활했다. 만철연선은 물론, 평소 장학량이 난공불락이라고 믿었던 요충지는 대부분 이미 함락된 상태였다.

하지만 갈봉춘은 현실에 눈을 떴다.

“패잔병들은 이제 곧 여기로 올 것이야. 입에서 입으로 자네 위치를 듣게 될 거고 폭민들도 합류해서 습격해 올 거야. 그날의 복수를 하겠다고 부르짖으며 쌍심지를 켜고 있다고.”

“뭐 상관없어요. 죽임을 당하는 게 오히려 숙원입니다. 우리는 가는 곳마다 우리의 개간지를 피로 세례하고 있는 겁니다.”

“그런 말은 나한테 통하지 않네. 코우리를 집에 두었다고 하면 나한테도 폐가 되지 않겠나.”라며, 갈봉춘은 창오를 억지로 끌어내기 시작했다.

창오는 마지못해 갈봉춘에게 끌려나갔다. 그리고 안쪽 안채의 헛간방에 갇혀 갈봉춘이 닥치는 대로 집어던진 멍석과 돗자리 밑에 묻혔다.

"앗, 벌써 왔네. 부인과 아이를 숨길 겨를이 없어."라며, 갈봉춘은 헉헉 가쁜 숨을 몰아쉬며 뛰어갔다.

소란스러운 소동이 바깥쪽에서 계속되었다. 갈봉춘이 뭐라고 연신 사과하는 소리가 들렸다. 그리고 갈봉춘의 두 부인의 목소리와 자신의 아내의 목소리도 들려왔다.

"이 여자는 뭐야? 코우리의 마누라가 아니냐?"

"아니, 이 여자는 내 셋째 부인이야."

"거짓말 마라. 코우리 여자잖아."

"아니, 빚의 담보로 받은 거야."

창오는 킥킥 웃었다. 갈 선생님, 나중에 어떤 표정을 지을지 볼만하겠다고 생각했다.

한밤중이 돼서야 그는 불려나갔다. 갈봉춘은 안도하며 천만다행이라고 말했다. 그리고 창오의 부인을 그런 식으로 말한 건 실례지만 어쩔 수 없었다고 사과했다.

자신들의 방으로 돌아오자 아내가 난잡하게 어질러진 방 안에서 새파랗게 질려있었다.

"그 돈 덕분에 살았어요."라고 아내는 말했다.

그녀의 이야기에 따르면, 혈안이 되어 덤벼든 패잔병들이 버들고리 안의 봉표에 눈이 멀어 그 두툼한 지폐를 움켜쥐고는 동료들끼리 서로 욕설을 퍼부으며 나가버렸다고 한다. 요컨대 돈이 그들 모자를 대신한 셈이었다.

이와 같은 일은 세모네에서도 일어났다. 인석, 의석과 같은 젊은

이들은 죄다 장춘으로 철수시키고 세모 부부만 남아 있었던 것이다.

"그들의 잔인한 의욕은 온통 그 돈에 빨려 들어가 버렸지. 값어치 없는 봉표 따위 불태워버릴까도 생각했지만 남겨두길 잘했어."라고, 세모는 말했다. "하지만 무일푼의 사람들은 몽땅 당했어. 삼성보에 여덟 가구가 남아 있었는데 한 사람도 빠짐없이 몰살당했지."

"총살이었습니까?"

"총알이 없었던 모양인지, 그건 정말 참혹한 짓이었네."

"그렇군요."

창오는 힘없이 고개를 떨군 채 통탄스럽고 원한에 불타는 뜨거운 숨을 내뱉었다.

11

사변은 상해로까지 번져갔으나 마점산이 도망친 뒤에는 패잔병의 준동(蠢動)도 차츰차츰 오지로 밀려나 치안은 만철연선을 거점으로 확립되어 가고 있었다. 그리고 이 쇼와 7년도 지나 쇼와 8년으로 넘어갈 무렵에는 만주에 세워진 새로운 나라, 만주국은 이미 견고한 초석을 다졌고 이듬해인 쇼와 9년 3월 10일에는 이미 황제의 등극이 해외에 선언되었으며 장춘은 신경(新京)으로 개칭되었다.

이 삼 년 동안 만보산의 개척민들에게는 여전히 가시밭길이 이어졌지만 그것은 더 이상 이전에 그들을 계속해서 덮쳤던 것과 같은 종류의 재난은 아니었다. 그들이 말하는 바위에 깔린 듯한 답답한 기분은 완전히 사라졌다. 창오가 왠지 모르게 밝다고 했던 것은 이것에 대한 예언이었던 것 같았다. 세상이 이렇게까지 변할 것이라고 누가 예상했을까. 그들이 만보산의 용수로에 흘린 피는 귀하게도 오늘날의 찬란한 세상을 불러온 것이다.

구름 한 점 없는 쾌청한 하늘 아래 그들은 해방되어 나왔다.

"그 시절을 생각하면 정말 꿈만 같구나."라고, 창오는 술회했다.

"정말 그래. 마치 꿈에서 가위에 눌리고 있었던 것 같은 기분이야."라고, 삼성은 응수했다.

사변을 하나의 선으로 치면 그 이전과 이후는 명확히 구분되는 밤과 낮이었다.

"그때는 암흑시대였지."

"그 암흑시대는 이제 영원히 지나갔어."

개간민들의 표정은 날이 갈수록 변해갔다. 밝고 생기 넘치며 활달해졌다. 삶은 인간을 어떻게든 변화시키는 것 같았다. "그 누렇게 망령 같은 모습을 하고 있던 개간민과 같은 농민이 맞나!" 하고, 3년 후 이곳을 방문한 나카가와는 감탄했다.

"그 사건 당시 사람들이라고는 생각되지 않을 정도로 아름답군."이라고, 나카가와는 깊은 감회를 담아 말했다고 한다.

그러나 지난 3년 동안 그들을 찾아온 것은 마냥 즐겁고 행복한 일들만은 아니었다. 저런 암흑 속에서 그들의 힘으로는 꼼짝도 할 수 없었던 재앙과는 달랐지만 여전히 편안한 삶 속으로 일약할 수는 없었다.

우선 사변으로 인해 백지로 되돌아간 지주와의 관계를 갱신해야 하는 일이 있었다. 농민들은 이를 간단하게 생각하고 있었다. 이제는 학영덕과 같은 중간 인물을 필요로 하지 않게 되었으니 지주와 직접 대면하여 새로운 계약을 맺으면 된다는 것을 알고 있었다.

하지만 여기에 불쑥 끼어든 신의달을, 농민들은 아무런 검토도 없이 받아들였다. 그것이 이 세 해 동안 농민들을 괴롭힌 큰 어려움이었다.

신의달은 용수로 공사에 일여덟 명의 인부를 투입한 것을 구실로 농민 대표 자격으로 지주와의 모든 계약 체결에 개입했다. 그러한 법무적인 일에 익숙하지 않은 농민들은 신의달이 장차 이 농장의 권력자가 되고자 하는 야망을 간파하지 못했다.

사변 발발 이듬해에 민회에서는 이 농장을 농민들 스스로의 농장으로 만들기 위해 만보산 농장 조합의 설립을 계획했다. 자금은 금융회가 담당하고 민회가 농민들 자체 농장 경영을 지도하는 방안이었다.

이는 일본대사관 내에 조선과가 설치됨과 동시에 조선총독부의 지시에 따라 농무계로 개편되었으나 목표는 여전히 자작농 창정(創定)이었다.

조선에는 민간의 자치적인 금융기관으로 계(禊)라는 것이 있었다. 이는 이삼십 명을 조직 단위로 하여 각자 적게는 이십 전, 삼십 전과 같은 소액의 금액을 각출하여 저축하고 대출하여 이자를 불려 만기가 되면 차례대로 분배하는 방식이었다. 그리고 단순히 금융기관일 뿐만 아니라 길흉 때의 경조사를 함께 나누는 상호부조의 정신과 자율 자계를 실천하는 도덕 준수의 단체이기도 했다.

당국은 그 계의 장점을 충분히 살려 개척촌의 자치경영에 활용한 것이었다.

만보산에서는 그들의 부락을 첫해에는 삼성보, 강가와보, 성가둔, 변가둔의 네 군데에 만들었다. 농장의 동서남북 주변 땅이다. 따라서 이 부락을 단위로 농무계를 만들고 그 위에 연합회를 두어 연합회 이사의 감독과 지도를 받는 조직으로 만든 것이다.

이 일에 직접 힘을 쏟은 사람은 민회의 김동만 회장, 대사관의 도모토 조선과장, 관동군의 이하라 상필 대위 등이었다. 이들 관련 관청이 만주사변의 기인인 만보산 사건을 중요시 여기고 따라서 그 사건으로 피를 흘린 부락의 성장에 온정을 쏟는 것은 당연한 인지상정이었다.

그런데 이를 달갑지 않게 여기는 사람이 있었다. 바로 신의달이었다. 농민의 이익을 도모한다는 명목으로 자신의 야망을 포장했던 것이 스스로의 책동으로 위장의 가면이 벗겨진 것이었다.

즉 신의달은 농무계의 조직에 반대했던 것이다. 그는 그 무렵 유력한 출자자를 찾아내어 이 농장을 통째로 매입하는 계획의 실현을 눈앞에 두고 있었다. 사변 이전에는 이러니저러니 주저하고 있던 자본가들이 두 번째 해의 농장 수확이 예상외로 양호한 것에 눈독을 들이고 토지 매입을 위한 잠행 운동을 벌이기 시작했다. 그렇게 되자 이권(利權)에 약삭빠른 사람들이 멀리 반도나 내지에서도 우르르 몰려들었던 것이다.

그중에서 가장 열정적이고 유력한 인물이 신의달이었다. 그는 농민들의 의지를 자유롭게 조종할 수 있다는 자신감이 있었다.

그래서 의달은 농민들을 설득하여 농장의 경영권을 민회에 위양

하는 것에 반대하도록 하기 위해 앞장서서 책동을 시작했다. 민회에 위양(委讓)만 하지 않으면 농무계는 중단될 것이기 때문이다.

농민들은 처음에는 의달의 설득에 귀를 기울였다. "민회에 위양하면 여러분의 자유의지는 전혀 통하지 않게 됩니다. 우리들의 선혈을 흘리며 싸워서 얻은 이 농장은 끝까지 우리들의 손으로 지켜야 합니다."라는 교묘한 표현은 어느 정도 사람의 마음을 현혹시킬 수 있는 법이다. 농민들은 어리석게도 이 의달의 말에 현혹되어 위양 반대에 나서기 시작했다.

이 사실을 탐지한 사람은 민회의 서기 김용옥이었다. 김용옥은 회장에게 이 사실을 알리고 농장의 유력자들을 불러 모았다. 세모, 삼성, 창오 등에게 당국의 진의를 차근차근 설명했다.

"그럼 역시 의달 선생은 농장을 사유지로 만들고 우리를 소작농으로 만들려고 하는 거군요?"라고, 창오는 물었다.

"그렇습니다. 게다가 그는 출자자의 앞잡이가 되어 움직일 뿐, 자기 돈으로 하는 것이 아닙니다."라고, 김용옥은 대답했다.

삼성네는 지난해 의달이 출자자를 찾기 위해 동분서주하던 때를 떠올렸다.

"의달 선생의 말을 듣고 있다가는 또다시 그 해와 같은 일이 벌어질 거야."라고, 창오는 말했다.

그리고 부락민들을 설득하러 다녔다.

성가둔 부락에는 의달의 직계 농민이 열 가구 정도 있었다. 이 열 가구가 의달의 의견을 지지하여 창오를 눈엣가시로 여기며 동지를 얻기 위해 분주히 뛰어다녔다. 그러나 뜻대로 되지 않자 어느 날 밤 창오를 습격해 난타를 가했다. 창오는 병상을 찾은 삼성에게 말했다.

"우리들을 괴롭히는 건 비적이니, 패잔병이니, 그런 놈들이라고만 생각했었는데 말이야. 의달도 일종의 비적이라고 생각하지 않나?"

"평화의 가면을 쓴 비적이지. 오늘 부락민 대회를 열어 놈을 제명 처분했어. 다들 놈의 가면을 꿰뚫어 봤기 때문에 지금 엄청나게 분노하고 있어."라고, 삼성은 몰라볼 정도로 활달해져 있었다. 그의 화난 얼굴에도 어두운 그림자는 전혀 없었다.

"그래서 의달의 하수인은?"

"십여 명이 회장으로 몰려와서 소란을 피웠는데 놈들을 치우느라 또 한 번 고생이었지."

"인간에게 고생은 으레 따르게 마련이지."

"계속해서 형태를 바꿔가며 찾아올 테지."

"그래도 마음은 편해. 그때에 비하면 말이야."

"참말로 밝지. 우리들의 세상이니까. 같은 고생이라도 남에게 맞아서 생긴 상처가 아니라 안에서 난 종기라서 스스로 해결할 수 있을 것 같은 기분이 들어."

"그래서 결국 어떻게 하기로 했어?"

"영사관에 고발하기로 했어. 얼마 안 있어 반대파는 영사관에 불려가게 될 거야."

농무계가 결성되고 관선 이사가 임명된 것은 쇼와 9년 4월이었다.

민회의 서기, 김용옥이 선출되었다. 의달 일파의 사리사욕 패거리의 책동을 배제하기 위해 열심히 노력한 것이 인정받은 것이다.

용옥은 백칠십여 가구의 입식자를 인솔하여 농장에 도착했다. 4월 24일이었다. 마침 몽고바람이 한창이어서 풍진 때문에 농장을 둘러보는 것이 정말 힘들었다.

그가 직접 데리고 온 백칠 십여 가구와 그 이전에 입식한 오십 가구를 합쳐 이백이십 가구가 당분간 농장의 구성원이 되기로 했다.

그러나 최초의 스물한 가구와 두 번째로 입식한 자들은 농장의 경작지 분할에 대해 우선권을 인정받고 싶다고 주장해왔다. 용옥은 이를 인정하고 싶었다. 하지만 경작지의 위치나 토질의 우수성 등을 고려했을 때 선주자의 독단에 맡길 수는 없다고 생각하여 면적에는 우열을 가하되 위치 선택은 제비뽑기로 결정하고 싶다고 대답했다. 이로 인해 그는 일단 선주자들의 반감을 샀다. 이듬해 4월 9일의 정기총회에서는 모든 계원이 그에게 반대하는 취지의 결의를 내리기도 하는 등, 그의 공명한 태도가 오해를 받게 되었다. 그뿐만 아니라 의달 일당이 삯꾼을 잠입시켜 다섯 가구 정도의 소작권을 장악하고 있었던 것이 이 선주자들의 반대에 가담하게 된 원인이었다. 한 가구는 3 향의 경작권을 의미했다. 용옥은 의달 등 부재작인(不在作人)을 배제하기 위해 현지에 가족을 데리고 정착하지 않는 자는 제명하는 안(案)을 이 정기총회에 제출했으나 부결되었다.

용옥은 영사관에 사표를 제출했다. 그러나 도모토와 총독부 파견원 야마무라 등이 극력 만류하여 그는 단 한 명의 아군도 없는 적진

속으로 귀임하게 되었다.

그의 진의가 인정받기까지는 또 1년이라는 시간이 걸렸다. 이듬해 추기에 농장에서 생산된 쌀의 공동 판매를 계획하여 대다수 계원들의 지지를 얻은 것이다. 그 이유는, 그전까지의 곡물 판매는 농민들 각자가 임의로 이루어져왔는데 신경의 정미업자들(그중에는 신의달도 있었다.)이 농민들이 곡물 시세에 어두운 것을 이용해 부당이익을 가로채고 있었기 때문이다.

쇼와 9년부터 계속된 대풍작이었음에도 불구하고 농민들은 곡물 시세의 하락으로 인해 영농자금의 상환조차 막연한 상태였다.

농민들이 이 공동판매 안에 진심으로 찬성한 것은 바로 그러한 사정 때문이었다.

용옥은 농무계의 연합회가 성립될 때까지는 곡물공판조합을 만들어 운행하기로 했다.

이것이 신경 업자들의 거센 반대에 부딪혔다. 신경 업자들은 농민들을 꾀어 용옥을 배척하는 데 동참하게 하려 했으나 농민들은 이번만큼은 그 수에 넘어가지 않았다. 그러자 업자들은 불매 동맹으로 이에 대항했다. 용옥은 이에 분개한 농민들과 모의하여 신경에 판매점을 설치하고 지구전에 돌입했다. 곤란해진 건 업자와 중개인들이었다. 결국 업자들이 항복하고 중개인들은 전부 물러나는 결과를 가져오면서 농장의 수입은 증가하게 되었다.

어느 날 밤, 창오가 찾아와 말했다.

"이사님, 산 넘어 산이라는 말을 황니하가의 곽 선생님께 배웠는데요. 저는 최근 들어 정말이지 그 말을 자주 떠올리며 깊은 감명을 받고 있습니다."

"그것이 인생행로를 암시하는 말일 테지요."라고, 용옥은 대답했다.

"하지만 저는 너무나도 고난이 많은 삶을 겪어왔기 때문에 이제 슬슬 즐거움을 누리고 싶습니다."

"올해는 예년에 없던 대풍작이어서 참으로 즐거우시겠네요."

"그건 그렇습니다. 저희 집 창고는 오랜만에 벼로 가득 차 있습니다. 벼를 베러 논두렁에 섰을 때 그 통통하게 잘 여문 벼 이삭들로 가득차고 그것들이 그렇게 무겁다는 듯이 고개를 숙이고 들판을 가로지르는 바람에 사락사락 흔들리는 모습을 가만히 보고 있자니 지난날들이 떠올라서 울컥 눈물이 났습니다. 그리고 어느 달 밝은 밤이었죠, 저는 가만히 벼 이삭을 쓰다듬으며 한숨을 내쉬었습니다. 너무나도 행복해서, 이렇게 행복해져도 되는 건가 싶어 걱정이 되었지요. 조용한 밤에 그러고 있는데 문득 총소리가 들리는 겁니다."

"총소리요?"

"아니요, 마음의 총소리죠. 그 공안대와 접전을 벌였던 날이 떠올랐습니다. 왠지 어제 일처럼 느껴져서요, 용케도 여기까지 왔구나 싶어 저는 정말로 눈물이 나서 참을 수가 없었습니다."

"그런 마음가짐이 있었기에 고난도 견뎌왔던 것이겠지요."

"그건 그렇고, 이사님께 여쭙고 싶은 것이 있습니다만."

"묻고 싶은 것이요?"

"네, 실례가 될지도 모르겠습니다만."

"말씀하십시오."

"저희들은 여기서 이렇게 땅을 일구고 벼를 길러 냅니다. 거기서 말로 다 할 수 없는 기쁨을 느끼는데 이사님께서는 무슨 낙이 있으신지요? 물론 뭐 월급도 받으시니 보수를 목적으로 하신다면 그것에도 낙은 없지 않겠지만 계원들에게 반대도 당하고 외부로부터 중상모략도 당하고 실로 성가신 역할 아닙니까. 저는 이렇게 생각했습니다. 아, 저분은 아마도 겨우 두 가구 남짓한 논에서 나오는 수익을 바라시는 건지도 모르겠구나, 라고 말이죠. 이런, 정말 실례가 되는 말씀을 드렸네요."

"정말로 그럴지도 모릅니다. 여러분의 경작권은 한 가구씩으로 한정되어 있지만 저는 많습니다. 그래서 제 땅에서 나오는 수익이라도 없었다면 도저히 이런 일을 참아낼 수 없을 것이다, 라고 생각하시는 것도 무리는 아닙니다. 그만큼 이사라는 일은 힘들다는 거죠. 하지만 그것만은 아닙니다. 이욕만을 추구하는 것도 아닙니다. 물론 모든 것을 희생해서 이 농장을 위해 다 바치겠다, 그렇게 생각하고 이곳에 왔던 것도 아니었습니다. 이사로 추천받았을 때 저는 솔직히 말해서 자신이 없었습니다. 이런 농장 일은 문외한이었으니까요. 물론 뭐 공주령에 있을 때 조금 관계는 있었지만요."

"그럼 우리는 모르는 어떤 기쁨이 있는 것이군요."

"아니요, 여러분이 가장 잘 알고 계신 것과 같은 기쁨이 있는 것이지요. 그럼 말씀드리겠습니다. 제가 새로운 입식자들을 데리고 왔을 때가 올해 봄이었습니다. 그 황무지를 여러분이 개간하기 시작했습니다. 버들을 뽑아내고 갈대 뿌리를 베고. 그리고 서벅서벅 땅을 파서 일구고. 갈고. 멀리서 보고 있으니 여러분의 모습은 뽕잎에 달라붙어 있는 누에 같았습니다. 그리고 서벅서벅하는 괭이 소리는 누에가 뽕을 먹는 소리 같았습니다. 저는 여러분들의 괭이 소리에서 참으로 말로 표현할 수 없는 장엄한 기운에 사로잡혔습니다. 감격으로 몸이 부들부들 떨렸죠. 저도 괭이를 잡았습니다. 하지만 곧 물집이 생겨 괭이를 내동댕이쳤지만 괭이를 잡았던 순간의 제 결의는 다른 형태로 나타났습니다."

"…………" 창오는 엄숙한 표정으로 용옥의 가냘픈 얼굴을 지켜보고 있다.

"그것은 이 농장의 완성에 힘을 쏟는 것입니다. 여러분은 땅을 갈고, 저는 사무적인 일을 하고. 그리고 이 두 가지가 합쳐져서 농장에 벌레가 생기지 않도록 하는 것입니다."

"벌레가 생기지 않게— 정말 그렇습니다. 벌레는 벼에만 생기는 것이 아니지요."

"신의달 같은 자들도 벌레입니다. 게다가 그런 벌레는 다른 모습을 하고 앞으로도 분명히 나타날 것입니다. 생각해 보십시오. 농무계가 결성되어 이제 경작권은 우리들의 것이 되었지만 토지 소유권은 여전히 남의 것입니다. 그것도 많은 사람들의 것이지요. 이것이 원주민의 손에 있을 때는 괜찮겠지만 만약 외부에서 이권에 눈이 밝은 자가 들어와 사들이기라도 하는 날에는 큰일이겠지요. 십 년의 계약기간은 금세 지나가 버릴 것입니다. 그러면 우리는 새로운 계약을 맺어야 할 텐데 그때는 완전한 소작인으로밖에 되지 않을 것입니다."

"…………" 창오는 한숨을 내쉬었다.

"그래서 저는 영사관에 부탁해서 이곳의 지주들이 마음대로 토지 매매를 할 수 없도록 조치를 해두었습니다. 하지만 그것도 절대적인 것은 아닙니다. 만약 농장 전체가 누군가 한 개인의 사유가 되어버린다면 어떻게 되겠습니까."

"…………"

"또한 이 농장 주변의 기경지와 미경지는 상당히 넓습니다. 이 농장의 소속 면적은 천이백 정보(町步, 1町步=3천 평)밖에 되지 않습니다. 만약 주변의 땅이 개인의 농장이 될 경우, 용수로의 관수 사용 문제가 분명히 발생할 것입니다."

"근본 문제는 땅을 사들이는 것이군요."

"그렇습니다. 자작농 창정의 완성, 이것입니다. 이것이 최종 단계입니다."

"그렇습니까." 창오는 피부가 희고 보통 몸집에 보통 키의 이 남자가 이렇게도 원대한 이상을 품고 농장을 위해 애정을 쏟고 있다는 것을 알고 감격을 금치 못했다.

"그때까지 온갖 책동을 막고 자작농 창정을 위한 자금을 확보해야 하는 큰일이 남아 있습니다. 손에 물집이 생기도록 개간하는 것과 같은 노력이 필요하겠지요."

"아니요, 그보다 훨씬 큰 노력이 필요합니다. 저희들은 그저 열심히 경작하기만 하면 되는 줄 알았는데 그렇지 않군요. 내가 일군 만큼을 온전히 내 것으로 만들기까지는 이사님께 의지할 수밖에 없습니다."

"할 수 있는 한 최선을 다해봅시다. 자작농 창정의 방침은 정해져 있으니 그중 어디선가 자금은 나올 것입니다. 책동하는 자가 있다면 조정의 힘을 빌려서라도 막아내겠습니다."

"부탁드립니다." 창오는 진심으로 고개를 숙였다.

"연합회의 사전 준비라도 해두는 게 좋겠습니다. 회장은 세모 씨에게 부탁드리는 것이 어떨까요. 그리고 우선 각 부락에 계장을 선정해 두지 않겠습니까?"

"이사님께서 생각해 두신 바가 있으시겠지요."

"있습니다. 이 삼성보는 세모 씨의 장남 인석 선생에게, 강가와보는 당신에게, 변가둔은 삼성 선생에게, 성가둔은 병일 선생에게 맡기려고 이렇게 생각합니다만 어떻겠습니까?"

삼성은 계장 임명식에서 돌아오는 길에 창오의 집에 초대되어 저녁 식사를 대접받았다. 임명식 이후에도 세모가 내놓은 술에 얼근히 취한 데다 창오의 아내가 빚었다는 탁주를 넘치도록 마신 탓에 그는 이미 완전히 비틀거리고 있었다.

그는 술을 잘 마시지도, 좋아하지도 않았다.

"아, 난 이제 못 마시겠어."라고 말하며 술잔을 밀어내도 창오는,

“무슨 소리야. 계장씩이나 되는 사람이 그렇게 패기 없어서 어떡하겠어?”라며 술잔을 삼성의 입에 억지로 밀어 넣고 깔깔대며 장난을 치다가 갑자기 차분하게 말했다. “오랜 시간 고생만 했는데 이제 좀 한숨 돌릴 수 있겠네. 올해는 보기 드문 풍작이고. 내년에 한 향을 더 개간하면 먹고사는 데 어려움은 없을 테니까.”

“하지만 용옥 선생도 이야기했듯이 자작농 창정이 이루어지기 전까지는 아직 안심할 수 없어.”

“걱정도 많은 놈이로군. 그런 일은 모두 용옥 선생에게 맡겨두면 되지 않겠어. 지난날의 고난은 죄다 잊어버리자고.”

“그렇게 말해주니 기쁘군. 자, 마실까?”

“그리고 너한테 할 말이 있어.”

“빨리 장가를 가라는 거겠지. 계장씩이나 되는 사람이 혼자 사는 건 꼴사납잖아.”라고, 삼성은 와하하 하고 헛웃음을 지으며 창오의 말을 받아쳤다.

하지만 창오와 헤어진 뒤에도 이 말은 시종 귓전에 맴돌았다.

‘그래. 오늘 밤은 이 일도 매듭짓도록 하자.’라고, 그는 결심했다. 그래서 강가와보에서 일단 자신의 부락인 변가둔으로 돌아간 그는 그대로 발길을 돌려 성가둔으로 가기로 했다.

논두렁길은 촉촉하게 젖어 고무처럼 부드럽고 탄력있게 튀어올랐고 이미 완전히 베어진 벼 그루터기가 띄엄띄엄 가지런히 늘어서 있었다. 용수로 옆 자신의 논두렁에 이르렀을 때, 삼성은 잠시 멈춰서서 스무날 달의 희미한 빛 속에 어렴풋이 떠오른 넓은 논을 바라보며 가득 익은 벼가 일렁이던 모습을 떠올렸다.

올해는 비도 바람도 모두 순조로웠다. 벼알이 나날이 부풀어 올라 스스로의 무게를 견디지 못하고 황금빛 고개를 숙이던 주렁주렁한 광경을 바라보았을 때 저도 모르게 내뱉은 한숨에 얼마나 큰 기쁨을 머금었던가.

"우리들의 논에 벼가 열렸어."라고, 육출이 말했던 것이다.

그러자 의석이,

"당연한 거 아니냐. 벼가 열리지 않고 강아지풀이라도 열리면 큰일이지."라고 비웃었다.

"하지만 말이야, 이렇게 훌륭하게 여문 이삭은 난 처음이야." 육출은 진지했다.

의석도 육출을 놀리기만 할 뿐 진심은 아니었다.

"그건 뭐 그렇지. 교하 때에도 이런 풍작은 없었지."

"없고 말고. 전대미문의 풍작이야." 육출은 점점 득의양양해졌다. 그리고 육출은 너무 기쁜 나머지, 에헤야, 좋다, 하고 노래에 맞춰 춤을 추기 시작했다.

삼성은 그것을 떠올리며 어느새 눈물을 글썽이고 있었다. 도랑을 사이에 두고 총격전을 벌였던 때가 언뜻 떠오르기도 하고 총소리가 귓전을 스치기도 했다. 그럼에도 그러한 기억에 비추어, 오늘이란 얼마나 행복한 날인가 하고 생각하며 도랑을 따라 걷기 시작했다.

도랑에는 물이 가득 흐르고 있었다. 달이 반쯤 이지러진 얼굴을 그 안에 담그고 있었다. 고요한 밤이었다.

삼성은 끝도 없이 넓게 펼쳐진 평원에 눈길을 돌렸다. 이제는 더 이상 백양 따위, 목표물로 남겨둔 것 외에는 전부 깨끗이 뽑혀 버렸다. 미경지도 기경지도 모두 평평하게 개간되어 군데군데 느릅나무 숲 외에는 시야를 가리는 언덕도 없이 아득히 먼 저편의 둥근 지평선으로 이어지는 흙의 바다였다.

개간지의 어느 곳에서든지, 부락에서 새어 나오는 불빛으로 겨우 그 존재를 알 수 있는 그들의 네 개의 부락을 이 끝없는 평원에서 바라보는 것은, 입식 당시의 그 기댈 곳 없는 불안을 느끼는 일 없이 이제는 충분히 즐거운 일이었다. 그리고 마음이 탁 트이고 활달해졌다.

술에 취한 그는 한층 더 대범한 기분이 되어 남은 미경지를 모조리 개간하고 싶은 욕망이 부글부글 끓어올랐다.

용수로를 건너야 하는 곳에 이르렀다. 외나무다리를 건널 때 삼성은 자신의 다리가 휘청거리는 것을 보았다. '창오 녀석, 정말이지 많이도 먹였군.'이라고 생각했다. 그리고 자신이 지금 무엇을 하러 성가둔에 가는 것인지 문득 떠올렸다.

'중요한 일을 잊어버리다니, 나 역시 취했구나.' 하지만 술김에 영순의 아버지와 담판을 짓고 싶다는 마음을 떠올리며 삼성은 큰 보폭으로 계속 걷기 시작했다.

얼마 뒤 성가둔 부락은 그 먼지투성이의 검은 그림자를 그의 앞에 드러냈다. 오른쪽으로 살짝 치우친 곳에서 새어 나오는 불빛이 영순의 집이었다.

'장인어른, 아직도 화나셨으려나.'라고 삼성은 생각했다.

작년 경작기였다. 개간지 선택이 있던 날, 삼성과 영순의 아버지가 정면충돌을 한 것이다. 경작지는 각 부락을 단위로 하여 부락에 가까운 위치로 선정하고 그것을 다시 부락민들에게 분배하는 방침이었다. 그래서 인접해 있는 변가둔과 성가둔이 이해관계가 일치하지 않는 곳에서 부딪히게 되었다. 삼성과 영순의 아버지는 각자 자신의 부락을 위해 자기주장을 고수하며 굽히지 않다가 결국 게거품을 튀기며 서로 욕설을 퍼붓는 지경에까지 이르고 말았다. 그래서 너 같은 벽창호한테 딸을 줄 수 있겠느냐, 그럼 안 줘도 된다, 이런 상황이 되어 그 해 봄 거식의 준비까지 이르게 되었던 혼담이 깨끗이 무산되고 말았다.

굳이 먼저 나서 찾아갈 일도 아니라 하며 또 창오가 거듭 중재하려던 것도 양쪽의 고집 때문에 물리쳐 온 터라, 지금 이렇게 새삼스럽게 영순의 아버지를 찾아간다는 것은 여간이나 쑥스러운 일이었다. 그래서 술에 취한 오늘 밤과 같은 기회를 놓쳐서는 안 될 것 같은 기분이 들었다.

— 장인어른, 이제 그날 일은 잊어버립시다.

— 그래. 지나간 일을 두고두고 끙끙 앓을 필요는 없지.

'이런 식으로 대화를 이어갈 수 있다면 그다음은 술술 풀릴 텐데.' 그렇게 생각하고 있는 삼성은 다소 초조한 기색이었다.

이윽고 영순의 집에 도착했다. 그들 개척민들은 자신들의 집을 지을 때 누구라 할 것 없이 흙담을 쌓는 방식도 사립문을 달고 초가지

붕도 선저형(船底型)으로 만들어 자연스럽게 그들의 고향인 경주의 전통을 그대로 살려냈다. 그리고 몸채의 내부 구조를, 봉당을 중심으로 좌우에 방을 만드는 원주민식을 도입했다.

삼성이 그 사립문 앞에 서자 검은 개가 마구 짖어댔다. 그러자 안에서 개를 꾸짖는 소리가 들렸다.

'영순의 목소리구나.'라고 삼성은 생각했다. 그러자 어느 가을날, 그들이 모두 볏가을을 하느라 정신없었던 때의 일이 떠올랐다. 논두렁에서 쉬고 있던 삼성은 베어낸 볏단 더미의 그늘에서 영순의 모습을 얼핏 보았다. 무심코 그쪽으로 가보니 영순이 날라온 점심 식사가 든 커다란 목대접을 머리에서 내리느라 애를 먹고 있었다. 워낙 20인분이나 되는 점심 식사를 담은 목대접이었다. 가녀린 여자의 팔로는 무리였다. 삼성은 깜짝 놀라 목대접에 손을 얹어 내려주었다. 영순은 재빨리 고개를 돌렸다. 삼성도 얼굴이 화끈거려 새빨갛게 달아오른 채 자신의 자리로 돌아갔다. 일에 몰두하고 있던 농민들은 아무도 이를 눈치 채지 못했지만 멀리 있던 창오가 이 광경을 보고 일부러 삼성을 놀리러 왔다.

"좋은 구경을 했어. 오늘 밤 만보산가로 가서 만주 요리를 사주지 않으면 모두에게 말해버릴 거야." 그렇게 끈질기게 치근댔다. 하지만 그때 영순이 어떤 표정을 지었는지, 특히 화가 났는지 여부를 확인하지 못한 것을, 그 일이 있고 나서 가끔 끙끙 앓을 때가 있었다.

그것은 벼훑이로 바쁜 날 밤이었다. 타곡장에 밤참을 나르고 돌아가는 길인지 영순은 여느 때와 다름없이 커다란 목대접을 머리에

이고 심지어 한 손에는 무거워 보이는 바구니를 들고 있었다. 비틀비틀 쓰러질 듯 위태로운 모습에 견딜 수 없어서 삼성은 남의 눈을 피해 몰래 영순의 곁으로 다가갔다.

"엄청 무거워 보이는데, 그 바구니를 들어줄게."

하지만 영순은 눈길조차 주지 않았다.

"자, 들어줄게."라고 말하며 삼성은 손을 내밀었다. 하지만 역시나 영순은 가만히 있었다. 뾰로통해 있는 것처럼도 보였다. 내민 손이 부끄러워져서 삼성은 억지로 바구니를 낚아챘다. 아니나 다를까 묵직한 바구니였다. 사립문 앞에 이르러 삼성은 그 바구니를 그녀에게 돌려주려고 했다. 하지만 그가 바구니를 내밀기 전에 홱 빼앗아 집 안으로 들어가 버렸다.

'화가 났구나.'라고 삼성은 생각했다. 그러자 이삼 일이 지나고 영순의 어머니가 삼성의 어머니에게 찾아와 불만을 제기했다.

— 아직 시집도 안 간 처녀잖아요. 너무 따라다니지 말아 주세요.

두 집안이 사이가 틀어졌을 때였기 때문에 이런 항의를 받아도 어쩔 수 없었지만 삼성은 영순이 진심으로 화를 냈다는 사실이 못내 섭섭했다.

개를 꾸짖는 영순의 목소리에 문득 그날의 일을 떠올린 삼성은 한순간 절망의 늪에 빠졌다.

'쌀쌀맞게 거절당하면 어떡하지?'라고 생각하며 풀이 죽었다. 어느 부락에도 독신자는 많고 결혼 적령기의 처녀는 거의 없었다. 처음부터 모르는 사이였다면 모를까, 교하에서부터 이어진 혼담이었다. 다른 사람에게 빼앗기기라도 하면 견딜 수 없을 것 같았다.

삼성은 스스로에게 기운을 북돋우려는 듯 기침을 한 번 했다. 그리고 큰 소리로 안내를 청했다.

잠시 후 이 집의 주인이 나왔다. 삼성인 것을 보더니 괴이쩍은 표정을 지었다. 삼성은 겸연쩍은 듯이 말을 꺼냈다.

"실은, 저, 잠깐 할 얘기가 있어서요. ―"

하지만 상대는 여전히 경계심을 풀지 않았다.

"얘기라니, 뭔가?"

"실은 그날의 일인데요. ― 참 이제 와서 면목이 없어서……"

"아무것도 면목 없을 일은 없어. 지나간 일을 무슨―"

"그렇게 말씀해 주시니 마음이 편합니다. 한 번 사과하고 싶다고 생각하고 있던 참이었습니다."

"어서 들어오게. 아무것도 대접할 건 없지만―"

"아, 아닙니다, 감사합니다." 술에 취한 자신의 얼굴이 신경 쓰여서, "오늘은 급한 일이 있어서, 다음에 다시 오겠습니다."라고 말해 버렸다.

"그렇게 말하지 말고, 잠깐 정도는 괜찮잖아."

"네, 그렇지만 얼굴이― 아닙니다, 다음에 들르겠습니다. 그럼 그 일은 잊어주십시오."라고 말하고 삼성은 이미 걸음을 옮기기 시작했다.

애써 찾아가서 가장 긴요한 이야기를 하지 못한 것은 유감이었지만 점점 멀어질수록 그래서 오히려 다행이다는 생각도 들었다.

'내일이 되면 역시 창오에게 부탁하는 것이 좋겠어.' 삼성은 그렇게 생각하며 집으로 돌아갔다.

하지만 날이 밝자 자신이 직접 창오에게 그 이야기를 하러 가는 것은 아무리 생각해도 창피했다. 그러자 어머니가 창오에게 이야기하겠다고 말을 꺼냈다.

정오가 지나갈 무렵, 창오는 삼성의 집에 와서,

"그러니까 작년에 내가 말을 꺼냈을 때 맡겨줬으면 좋았을 텐데." 라고 말하고 성가둔으로 향했다.

창오는 해 질 녘에 혼담을 성사시키고 돌아왔다.

"만사가 잘 풀렸어. 저쪽도 기다렸다는 듯이 승낙했어. 여식도 이제 스무 살이잖아. 하지만 생각해 보면 꽤 오랜 시간 옥신각신했던 것 같은데 결국은 너와 인연이 있었던 거지."

거식은 모두 세모의 지시에 따르기로 했다. 여기서는 신랑 가마도, 혼례복도 구할 수 없었다. 그래서 가마 대신 당나귀를 사용하고 혼례복은 원주민의 것을 빌리기로 했다. 하지만 식순만큼은 철저히 그들의 전통을 따르기로 했다.

세모는 문득 저 산기슭에서 올렸던 영준의 결혼식을 떠올렸다. 그때는 맑은 물이 전부였다. 하지만 지금은 그들이 만든 온갖 진수성찬이 준비되었고 술도, 축하 선물도 풍부했다. 짐짓 점잔을 빼는 얼굴로 식장에 나온 신랑 신부를 슬쩍 바라보면서 행복한 결혼식이라고 뼈저리게 느꼈다.

식이 끝난 후 사람들은 밤늦게까지 먹고 마시며 시끄럽게 떠들었다.

"자, 이제 슬슬 신부를 신랑의 방에 밀어 넣을 시간이다."라고 창오가 가락을 떼자 모두가 함께 신부를 들쳐 업고 삼성의 방으로 데려왔다. 신부는 형식적으로 신랑의 방에 들어가기를 거부했지만 결국 마지못한 척하며 삼성의 곁에 가서 앉았다.

"오늘 밤의 신랑은 마치 달 같구나."라고, 장지문을 닫으며 육출이 외쳤다.

"허둥대지 마. 신랑을 칭찬하면서 신부를 칭찬하지 않는 놈이 어디 있어."라고 핀잔을 주며 동술이 장난스럽게 육출의 머리를 주먹으로 툭 쳤다.

"아프잖아, 이 자식아. 신랑이 달이면 신부는 당연히 태양이지."

"점점 더 이상해졌잖아. 야, 야, 음양을 혼동하지 마."

"아, 그렇군, 신부가 달이고 신랑이 태양이지."

쾌활한 웃음소리가 신혼부부 주위에 오래오래 울려 퍼졌다.

이튿날 아침, 이 역시 그들 지방의 전통에 따라 신랑 고문회를 시작했다. 간밤의 자초지종을 신문하는 자리였다. 신부에게는 나이 든 오라버니나 종형제가 없었기 때문에 모든 역할을 창오네가 대행하게 되었다. 창오는 판관이었다. 육출은 형리였다. 의석과 동술이 집장 형리였다. 나머지는 방청자였다. 고집이 센 삼성이니 순순히 자백하지 않을 것이라는 생각에 삼성의 한쪽 다리는 처음부터 끈으로 묶어 육출이 둘러멨다. 삼성은 거꾸로 매달린 채 싱글벙글했다.

"지금 이 자리는 남의 따님을 더럽힌 큰 죄로 삼성을 신문하는 자리입니다."라고, 창오는 목소리를 바꾸어 말했다. 모두 껄껄 웃었다.

"그럼 먼저 묻겠는데 그대는 어젯밤 신부가 곁에 왔을 때 어떤 기분이 들었는가?"

"너무 기뻤지."

사람들이 일제히 웃음을 터뜨렸다. 너무 술술 대답해서 뒤통수를 맞은 기분이 들었던 것이다.

하지만, "신부의 손을 잡고 그다음에 어떻게 했나?" "저고리를 벗겼다고 하는데 치마는?" "치마 아래에는 무엇이 있었나?" "그다음에는 어디를 벗겼나?" 이런 식으로 점점 외설스러운 쪽으로 신문이 이어지자 삼성은 과연 곧이곧대로 대답할 수 없는 상황에 이르러,

"그런 건 몰라."라고 일축했다. 그러자 창오는 위용을 갖추고,

"그놈의 발바닥에 회초리 열 대를 때려라."라고 명령했다. 육출은 이때만 기다렸다는 듯이 삼성의 다리를 들어 올렸다. 그리고 회초리를 든 의석네가 철썩철썩 내리쳤다.

"앗, 아파. 항복이야, 항복!"이라고 삼성은 외쳤다. 그리고 전부 자백했다. 하지만 거기서 또 다음 단계로 넘어갔다. 삼성이 말한 것이 전부 사실인지 신부의 증인신문을 하는 것이다.

그렇게 사람들은 하루를 즐겁게 보냈다. 이미 지나간 날들의 고뇌 따위 누구의 머릿속에서도 사라져 있었다. 삼성의 결혼은 그들을 완전히 고향으로 돌아간 기분이 들게 했다.

그 환희에 찬 기분을 그대로 사람들은 다음 일에 옮겨갔다. 그들 자녀의 교육을 위한 학교를 설립하는 일이었다. 회의 결과, 땅이 얼

기 전에 임시 교사를 짓기로 결정했다.

사람들은 합의한 다음 날부터 벌써 제각기 도구를 들고 작업장으로 모여들었다.

삼성은 이 봉사 작업에 나서기 전에 해두어야 할 일이 있었다. 그는 미안한 듯이 창오에게 말했다.

"아버지와 형의 성묘를 다녀오고 싶은데—"

창오는 흔쾌히 승낙했다.

"아, 그래, 다녀오는 게 좋겠다. 결혼한 것도 보고할 겸 꼭 다녀오도록 해."

"성묘하는 김에 유골을 모셔오고 싶어."

"그럼 여기로 이장할 생각이야?"

"응— 아버지와 형도 안심할 수 있을 것 같아."

"그거 좋은 생각이네. 하는 김에 이곳에 우리들의 묘지도 선정해 두자. 네가 돌아올 때까지는 대강 준비해 놓을게."

삼성은 아버지와 형의 유골이 이 마을로 이장될 것을 생각하니 왠지 모르게 눈물이 났다.

여행 채비를 마치고 작별을 고하자 어머니가 이왕이면 영준 일가의 무덤도 둘러보고 오라고 말씀하셨다. 삼성도 그럴 생각이었지만 영준네는 역시 그곳에 잠들게 하는 것이 좋겠다고 생각했다.

가족들에게 배웅을 받으며 삼성은 집을 나섰다. 용수로를 따라 이통강의 나루터에 도착했을 때 그는 둑 위에 서서 자신들의 부락 쪽을 바라보았다.

개간된 개간지와 부락에서는 따뜻한 기운이 가득 넘쳐흘렀다. 멀리 느릅나무숲을 앞에 두고 지평선에 둘러싸인 이 들판이 마치 오래전부터 그들의 고향이었던 것처럼 그에게 여로에 오르는 쓸쓸함을 안겨주었다.

그는 처음 여행을 떠나는 어린아이처럼 어머니, 그리고 아내의 모습을 그리워하며 발이 떨어지지 않는 미련을 간신히 떨쳐내고 나룻배에 올랐다. 그리고 유골을 모셔올 때 이 개간지에 한층 더 애착이 생길 것임이 틀림없다고 생각했다.

후기

이 소설은 다음과 같은 세 단계로 나누어져 있다. 장학량 군벌의 항일 정책에 따른 우리 이주 농민들에 대한 부당한 처사와 새로운 개간지에서의 훗날 '만보산 사건'으로 알려진 충돌 사건, 그리고 만주국 건국 이후의 밝은 건설의 모습을 그리고 있다.

건국 이전 구군벌 통치 아래의 이주자들의 생활 상황은 실로 불행한 것이었다. 이 시기의 궁핍한 생활상은 결코 과장하지 않아도 여기에 그려진 것처럼 암울한 모습이었다.

장개석의 항일 정책이 얼마나 잘못된 것이었는지는 오늘날 왕 주석 치하의 신생 중국인들이 인정하는 바라고 생각하지만 이 소설의 첫 번째 단계에서 묘사된 사실에 비추어 보아도 만주사변이 일어날 수밖에 없는 필연적인 흐름이었음을 알 수 있다.

피난 전후부터 만보산 사건까지 읽은 독자는 건국 이후의 시대로 접어들면 문득 밝은 기분이 들 것이라고 생각한다. 그러나 나는 두 차례의 만주 개척지 시찰을 통해, 이상의 결론이 틀리지 않았다는 확신을 얻었다.

오늘날 개척민의 삶은 행복하다. 만보산 부락민에 비하면 얼마나 복받은 조건에서 개척에 종사하고 있는가.

이들 개척민에게, 그리고 일반 독자에게(만주국 국민, 중화민국 사람도 물론) 만주 건국의 높은 이상을 이해하는 방편으로서도 이 소설에 그려진 사실을 아는 것이 필요하지 않을까.

그리고 오늘날 만주국에서는 오족협화(五族協和)의 실현을 내세우고 있는데 이 소설에서도 그 점을 그렸다고 생각한다. 다만 잘못된 정치가 민족 화합을 방해하고 있었던 것이다.

또한 이 만보산 부락은 그 후 여러 우여곡절이 있었지만 관동군의 보호 아래 순탄하게 성장하여 쇼와 17년 봄, 만주척식주식회사(滿拓)의 적극적인 지원을 받아 자작농 창정을 완성하게 된다.

만보산 부락 및 기타 개척지 시찰에 즈음하여 많은 편의를 제공해 주신 조선총독부 척무과(拓務課) 및 신경의 일본대사관 조선과(朝鮮課), 척식위원회(拓殖委員會)의 관계자분들께 감사드리며, 이 소설이 개척 사업에 조금이라도 유효하게 사용되기를 바란다.

쇼와 18년 2월
저자

저자 **장혁주**

장혁주(張赫宙, 1905년 10월 13일~1998년 2월)는 한국의 소설가, 문학평론가로, 본명은 장은중(張恩重)이다.

1926년 대구고등보통학교를 졸업했고 아나키즘 단체인 진우연맹(眞友聯盟) 회원으로 활동하기도 했다. 1929년 이후부터 대구 희도(喜道)소학교 훈도로 근무했고 1932년 소설 ≪아귀도(餓鬼道)≫를 발표하여 일본 문단에 등단했다. 일본 문단에서 활동하던 장혁주는 1933년 장편 ≪무지개≫로 한국 문단에도 선을 보였다. 이후 남녀 간의 복잡하게 얽힌 애정 관계가 묘사된 ≪삼곡선(三曲線)≫(1934~1935) 등 점차 통속적인 경향의 소설을 발표했으며 이 무렵 평론가로도 활동했다.

임진왜란 때 조선을 침공한 일본인 장수 가토 기요마사를 다룬 ≪가등청정≫(1939)을 시작으로 전시 체제에 협력하는 친일 작품을 집필했다. 2002년 발표된 친일 문학인 42인 명단에 수록되었고, 2008년 민족문제연구소가 정리한 친일인명사전 수록예정자 명단 중 문학 부문에 선정되었다. 친일반민족행위진상규명위원회가 발표한 친일반민족행위 705인 명단에도 포함되었다.

광복 후 일본에서 활동하며 일본에 귀화했고 사이타마현 히다카시에서 거주하다가 사망했다.

편역자 **박혜진**

중국 연변대학교 외국어학원 전임강사

김 강

중국 연변대학교 외국어학원 부교수